W0346785

KNAUR

Über die Autorin:
Lucía de la Vega (*1982) ist in Sóller (Mallorca) aufgewachsen und studierte Jura an der Universität der Balearen. Nach einigen Jahren als Rechtsanwältin machte sie ihr neben der Literatur größtes Hobby – das Sporttauchen – zu ihrem Hauptberuf und managte fünf Jahre lang ein Tauchsafari-Schiff in Indonesien. Heute lebt sie mit ihrem mallorquinischen Lebensgefährten in Palma und arbeitet als freiberufliche Autorin und Übersetzerin.

LUCIA DE LA VEGA

COMISARIA FIOL

UND DER TOTE AUF DER HOCHZEIT

EIN MALLORCA-KRIMI

KNAUR

Besuchen Sie uns im Internet:
www.knaur.de

Aus Verantwortung für die Umwelt hat sich die Verlagsgruppe Droemer Knaur zu einer nachhaltigen Buchproduktion verpflichtet. Der bewusste Umgang mit unseren Ressourcen, der Schutz unseres Klimas und der Natur gehören zu unseren obersten Unternehmenszielen. Gemeinsam mit unseren Partnern und Lieferanten setzen wir uns für eine klimaneutrale Buchproduktion ein, die den Erwerb von Klimazertifikaten zur Kompensation des CO_2-Ausstoßes einschließt.
Weitere Informationen finden Sie unter:
www.klimaneutralerverlag.de

FSC
www.fsc.org
MIX
Papier aus verantwortungsvollen Quellen
FSC® C083411

Originalausgabe März 2021
Knaur Taschenbuch
Ein Imprint der Verlagsgruppe
Droemer Knaur GmbH & Co. KG, München

Redaktion: Bernhard Stäber
Covergestaltung: ZERO Werbeagentur, München
Coverabbildung: Val Thoermer, totally out/shutterstock.com
Satz: Daniela Schulz
Druck und Bindung: CPI books GmbH, Leck
ISBN 978-3-426-52596-8

2 4 5 3 1

Für Sabine

Stammbaum der Familie Adrover Estades

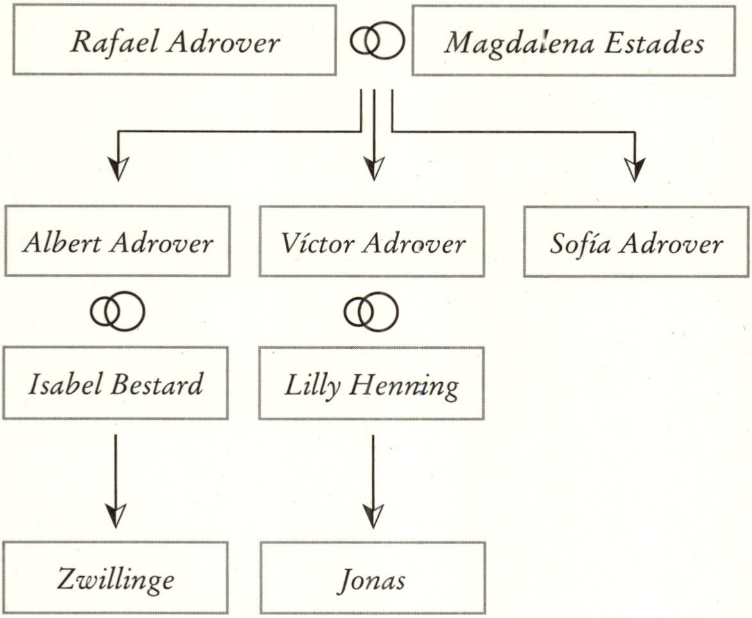

SAMSTAG, 18. MAI 2019

Kapitel eins

So, meine Liebe, ich denke, wenn ich Sie noch mehr herrichte, wird Ihr Bräutigam sprachlos vor so viel Schönheit dastehen. Womöglich bekommt er nicht mal mehr das ›*Sí, quiero*‹ heraus.« Die korpulente Stylistin lachte vergnügt, während sie ein letztes Mal mit dem Puderpinsel über Lilly Hennings Stirn fuhr.

»Ich bin begeistert, Carmen. Wie haben Sie das nur hinbekommen? Man sieht ja kaum mehr meine Fältchen!« Lilly zeigte mit den frisch manikürten Fingern auf ihre Augenpartie. »Und meine Haare! Endlich habe ich Volumen!«

»Bei Ihrer natürlichen Schönheit habe ich nicht viel dazutun müssen, *cariño*.«

Marie Lindner beobachtete die Szene vom Sofa der Hotelsuite aus und musste über die Anrede der Stylistin schmunzeln. Mittlerweile lebte sie seit fast zwei Jahren auf Mallorca, aber noch immer empfand sie es als ein wenig irritierend, dass viele Mallorquiner ihre Mitmenschen mit Kosenamen ansprachen. Ob an der Supermarktkasse, in einer Boutique oder an der Rezeption des Sportvereins, überall hängten die Insulaner ein »Schätzchen«, »Königin« oder »du Hübsche« an ihre Sätze.

Lilly musste wohl gerade das Gleiche gedacht haben, denn sie sah zu Marie herüber und zwinkerte ihr zu. In den vergangenen Wochen hatten die Freundinnen oft über die Eigenheiten der Mallorquiner gesprochen. Für Lilly, die erst acht Monate auf der Insel lebte, war verständlicherweise vieles noch sehr gewöhnungsbedürftig. Aber Lilly war der mallorquinischen Mentalität ja auch auf eine ganz andere Weise begegnet als sie selbst. Marie hatte sich langsam an ihr neues Zuhause und die Einheimischen gewöhnen können. Ihre Freundin jedoch hatte schon kurz nach ihrer Auswanderung einen Mallorquiner kennengelernt und sich Hals über Kopf in ihn verliebt. Marie freute sich aufrichtig für Lilly, denn während der vergangenen Jahre hatte sie wirklich Pech in Bezug auf Männer gehabt. Entweder waren die Typen, die sie kennenlernte, schon vergeben, oder es handelte sich um komplette Freaks. Dagegen war Víctor Adrover ein wahrer Traummann, der Lilly auf Händen trug und nie irgendwelche Spielchen mit ihr spielte. Er sah gut aus, war gebildet, sehr wohlhabend und sprach obendrein noch ausgezeichnetes Deutsch. Natürlich hatte auch er seine Fehler, und Lilly hatte sich oft bei Marie über seine viel zu aufdringlichen Eltern beschwert. Aber im Großen und Ganzen war Marie der Ansicht, dass ihre Freundin einen wahren Glückstreffer gelandet hatte.

»Jetzt muss ich mich aber wirklich auf den Weg machen«, sagte Carmen und begann, die zahlreichen Pinsel und Döschen zurück in ihren Schminkkoffer zu räumen. »Heute Vormittag steht noch eine weitere Braut auf meinem Plan. Zwar handelt es sich nicht um so eine spektakuläre Hochzeit wie die Ihre, aber die Arbeit ruft.«

Nachdem die Stylistin sich sowohl bei Marie als auch bei Lilly mit den obligatorischen Küsschen auf die Wangen verabschiedet hatte, blieben die zwei Freundinnen alleine in der Hotelsuite zurück.

»O Mann, jetzt werde ich aber langsam echt nervös«, sagte Lilly und ließ sich auf das mit rotem Samt bezogene Sofa fallen.

Marie schaute auf ihre Armbanduhr. Es war 10:30 Uhr.

»Ich glaube, es ist an der Zeit, dass wir uns ein Gläschen Schampus gönnen«, sagte sie und ging zu dem silbernen Eiskühler, in dem eine Flasche Laurent-Perrier bereitstand.

»Für mich nur einen Schluck, Marie«, sagte Lilly und versuchte, es sich auf dem Sofa bequem zu machen, ohne dabei ihre gestylte Frisur zu beschädigen. »Stell dir mal vor, ich fange mitten in der Kathedrale vor dreihundert Gästen zu lallen an.«

Marie köpfte die Flasche und schenkte die golden schimmernde Flüssigkeit in zwei der bereitgestellten Champagnerflöten ein. Sie überreichte eines der Gläser ihrer Freundin und setzte sich dann neben sie auf das Sofa.

»Jetzt komm schon, so ein bisschen Edelgesöff wird deinen Nerven guttun! Auf dich, Süße, und darauf, dass du mit Víctor den Mann deiner Träume gefunden hast!«

»Und auf dich, Marie. Denn ohne deine Überredungskünste wäre ich nicht nach Mallorca ausgewandert und hätte Víctor niemals kennengelernt.«

Sie stießen an und nahmen einen Schluck.

»Haben wir noch ein wenig Zeit, bis deine Eltern mit Jonas und Markus kommen und wir dich in dein Prinzessinnenkleid stecken müssen?«, fragte Marie.

»Sie wollten um elf Uhr hier sein, also haben wir noch ein bisschen.«

»Dann erzähl mir endlich, wie das Essen gestern mit ihnen und deinen Schwiegereltern gelaufen ist!«, sagte Marie und strich sich über die kurzen blonden Haare.

»Ach, nicht besonders gut.« Lilly betrachtete nachdenklich das Champagnerglas in ihrer Hand. »Magdalena und Rafael sind schon zwei harte Brocken und nicht gerade einfühlsam. Da prallen einfach komplett verschiedene Welten aufeinander.

Außerdem ist die verbale Verständigung ja kaum möglich. Weder meine noch Víctors Eltern sprechen richtig Englisch, und Víctor war meist bemüht, zu übersetzen.«

»Ist doch super von ihm, dass er sich da so reinhängt, wo dies ja eigentlich dein Spezialgebiet ist«, sagte Marie und lächelte ihre Freundin aufmunternd an.

Lilly war freiberufliche Dolmetscherin und Übersetzerin für Englisch und Spanisch. Als Marie sie vor über einem halben Jahr nach einer weiteren gescheiterten Kurzbeziehung dazu überredet hatte, nach Mallorca zu ziehen, hatte Lillys Beruf dem in keiner Weise entgegengestanden. Lilly konnte von überall aus arbeiten, und die Agentur, die ihr häufig Dolmetscherjobs vermittelte, besaß sogar eine Filiale in Palma.

»Ja, Víctor ist einfach der Beste«, sagte Lilly und nippte an dem Champagner. »Und weißt du, eigentlich kann ich die Abneigung, die Rafael und Magdalena mir gegenüber verspüren, auch irgendwie nachvollziehen.«

»Jetzt red keinen Unsinn, die sind doch mit ihren Einstellungen im letzten Jahrhundert hängen geblieben. Verteidigen musst du sie wirklich nicht!«

»Klar sind sie altmodisch und ziemlich steif. Aber sie sind halt geschockt. Ihr geliebter Sohn heiratet innerhalb weniger Monate eine Deutsche, die weder Mallorquinisch spricht noch aus gehobenen familiären Verhältnissen stammt und obendrein eine alleinerziehende Mutter ist.«

»Na und? Du bist tough, hast einen erfolgreichen Beruf, und Jonas ist ja wohl das Musterkind schlechthin.« Marie stand auf und strich sich das dunkelblaue Kleid glatt. »Ich finde, deine Schwiegereltern sollten sich am Riemen reißen und darüber freuen, dass ihr Sohn mit fast vierzig Jahren endlich seine Traumfrau gefunden hat.«

»Ja, da hast du recht. Bestimmt werden sie sich nach und nach mit der Situation abfinden.« Lilly stellte ihr halb volles Glas auf den Sofatisch. »Ah, und ich wollte dir noch etwas anderes erzählen, was mir gestern aufgefallen ist.«

Marie ging zur Anrichte und schenkte sich ein wenig Champagner nach.

»Schieß los!«

»Víctors Geschwister und Markus waren ja auch gestern bei dem Mittagessen, und mein Bruder hat mächtig ein Auge auf Sofía geworfen.«

Marie lachte und setzte sich erneut neben ihre Freundin. »Das wundert mich nun überhaupt nicht. Du sagtest ja, dass Víctors kleine Schwester toll aussieht. Und Markus konnte sich in Bezug auf attraktive Frauen noch nie zurückhalten.«

»Du hättest mal das Gesicht von Rafael sehen sollen.« Lilly kicherte. »Ich sag dir, der hatte Panik in den Augen. Wenn jetzt seine Tochter ebenfalls mit einem verhassten Deutschen rummacht, dann kriegt er noch einen Herzinfarkt.«

Ein kräftiges Klopfen an der Tür unterbrach das Lachen der Freundinnen.

»Das müssen sie sein.« Lilly sprang vom Sofa auf, um ihrer Familie zu öffnen.

Marie erhob sich ebenfalls und warf einen raschen Blick in den Spiegel. Das hochgeschnittene Kleid stand ihr ausgezeichnet und brachte ihre langen Beine zur Geltung. Auf hohe Absätze hatte sie gewissenhaft verzichtet. Zum einen, weil sie es nicht gewohnt war, in Pumps herumzulaufen, und zum anderen, weil sie mit ihren 175 Zentimetern Körpergröße inmitten der meist wesentlich kleineren Mallorquinerinnen ohnehin schon groß genug war. Ihr Make-up war dezent gehalten, nur die grünen Augen hatte sie etwas stärker betont, weil es gut zu ihrem neuen Kurzhaarschnitt passte.

»Mama, hast du das coole Auto gesehen, das unten steht? Fahren wir damit zur Kirche?« Lillys Sohn war der Erste, der in die Hotelsuite stürmte.

»Ja, mein Schatz«, sagte Lilly und strich ihm über den dunkelblonden Lockenschopf.

Jonas war während Lillys einziger längeren Beziehung geboren, die jedoch danach ziemlich schnell in die Brüche gegangen war. Für Lilly waren es harte Jahre gewesen, da sie das alleinige Sorgerecht bekam und beruflich noch kaum Fuß gefasst hatte. Marie hatte ihr beigestanden, wo sie konnte, aber für sie selbst war es damals, während ihrer Anfangsjahre bei der Hamburger Kriminalpolizei, ebenso eine stressige Zeit gewesen. Es war Marianne Hennings unermüdlicher Hilfe zu verdanken, dass Lilly ihren Beruf ausüben und gleichzeitig Jonas aufziehen konnte.

»Liebes, du siehst ja umwerfend aus! Was für eine Frisur!« Marianne umarmte ihre Tochter. »Aber nun musst du schleunigst aus diesem schrecklichen Jogginganzug raus und in dein Traumkleid schlüpfen.«

»Schlüpfen ist wohl etwas übertrieben. Ich brauche wirklich eure Hilfe, um mich in diese Robe zu quetschen. Bei den endlosen Familienessen ist es ja kein Wunder, dass ich kein Gramm abgenommen habe.«

»Aber Jonas und ich können es uns derweil auf dem Sofa bequem machen, nicht wahr, mein Schatz?«, fragte Bernd Henning. Er gab Lilly einen Kuss auf die Wange.

»Ja, keine Sorge, Papa! Nehmt euch ruhig Getränke, in der Minibar müsste alles vorhanden sein.«

Bernd und Jonas setzten sich auf das Sofa. Der Junge griff sofort nach der Fernbedienung, um den riesigen Flachbildschirm einzuschalten.

Markus Henning kam auf Marie zu und begrüßte sie. »Du siehst ebenfalls umwerfend aus. Das Kleid steht dir spitze!«

Lillys jüngerer Bruder war ein Frauenheld wie aus dem Lehrbuch. Er war lässig, leicht machomäßig, unglaublich charmant, aber leider auch ein wenig zu sehr von sich selbst überzeugt. Sein Verhältnis zu Lilly war nie besonders innig gewesen. Die beiden Geschwister waren einfach zu verschieden, und oft schämte die eher zurückhaltende Lilly sich für ihren arroganten Bruder. In einer Hinsicht jedoch war Markus vorbildlich: Er kümmerte sich sehr um Jonas. Zusammen mit Marianne und Bernd war er schon vor über einer Woche angereist und hatte viel mit Jonas unternommen, damit Lilly Zeit hatte, sich um die unzähligen Hochzeitsvorbereitungen zu kümmern.

Marianne klatschte ein paarmal in die Hände und ging zum Schrank, an dem das wunderschöne weiße Kleid hing.

»Genug der Worte, an die Arbeit, Lilly! Sonst kommst du noch zu spät zu deiner eigenen Hochzeit.«

Kapitel zwei

»Meine Damen und Herren, in wenigen Minuten beginnen wir mit dem Landeanflug auf Palma de Mallorca. Bitte schließen Sie Ihre Sicherheitsgurte, bringen Sie den Sitz in eine aufrechte Position, klappen Sie den Tisch vor sich ein und suchen Sie die Waschräume nicht mehr auf.«

Silvia Fiol warf einen Blick aus dem Fenster. Wie immer, wenn sie auf ihre Heimatinsel zurückkehrte und die steile Felsküste des Tramuntana-Gebirges aus der Luft erblickte, machte sich ein wohliges Gefühl in ihrer Bauchgegend breit. Es gab einfach keinen besseren Ort auf der Welt als ihre *roqueta*. Das mediterrane Licht, der blaue Himmel, die unzähligen kleinen Buchten mit ihren wunderschönen Sandstränden, die imposanten Berge des Nordwestens, die jahrhundertealten Oliven- und Mandelbäume, die Ruhe der Dörfer und das rege Treiben der Hauptstadt. Es war die immense Vielfalt, die diesen kleinen Fleck Erde so besonders machte.

Silvia war froh, den alljährlichen Polizeikongress in Madrid hinter sich zu haben, und freute sich auf einen ruhigen Nachmittag in ihrer Altstadtwohnung. Sie war alleine nach Madrid geflogen und hatte drei volle Tage damit verbracht, langweiligen Ausführungen von anzugtragenden Psychologen und arroganten, selbst ernannten Kriminalexperten zu lauschen. Wie sehr sie die ironischen Kommentare von Ramón Colom, der in den vergangenen Jahren stets mit ihr geflogen war, vermisst hatte! Damals waren sie abends nach den ermüdenden Veranstaltungen immer in irgendeine schummrige Kneipe gegangen, hatten Bier getrunken und sich über ihre Kollegen aus Madrid lustig gemacht.

Nun aber lag Ramón im Krankenhaus Son Espases. Es war erst wenige Wochen her, dass Silvia ihn endlich dazu hatte überreden können, zum Arzt zu gehen. Ihr Kollege hatte seit den Wintermonaten eine hartnäckige Erkältung mit sich herumgeschleppt und unter starkem Husten gelitten. Aber besonders hatte Silvia beunruhigt, dass er sehr dünn geworden war, obwohl doch seit Jahren keine seiner unzähligen Diäten angeschlagen hatte. Als Ramón endlich seine Ärztephobie überwand und seinen Hausarzt aufsuchte, hatte dieser ihn sogleich mit Verdacht auf Lungenentzündung ins Krankenhaus eingewiesen. Dort jedoch übermittelte man ihm noch am gleichen Tag die vernichtende Diagnose: Lungenkrebs im Stadium IV. Da sich bereits Metastasen in seinem Gehirn gebildet hatten, gab es keine Chance auf Heilung. Außer einer palliativen Therapie, die seine Lebenserwartung um einige Wochen verlängern konnte, waren den Ärzten die Hände gebunden. Obwohl Silvia von der Diagnose vollkommen erschüttert gewesen war, hatte sie sich Ramón zuliebe zusammengerissen und versucht, ihre Trauer herunterzuspielen. Vom ersten Tag an war sie täglich nach der Arbeit ins Krankenhaus gefahren und hatte Ramón mit dem neuesten Klatsch aus der Polizeiwache versorgt. Die Gefasstheit, mit der ihr Kollege dem Tod ins Auge sah, und seine Fähigkeit, über ihre dämlichen Witze herzhaft zu lachen, hatten Silvias Hochachtung vor ihm noch mehr wachsen lassen.

Es war ein Glück, dass die vergangenen Wochen zumindest arbeitstechnisch ruhig verlaufen waren. Die Lösung eines komplizierten Mordfalls war etwas, was Silvia nun wirklich nicht gebrauchen konnte, zumal man ihr auch noch keinen definitiven neuen Arbeitskollegen zugewiesen hatte. Im vergangenen Jahr hatten Ramón und Silvia vereinzelt mit Marie Lindner zusammengearbeitet. Silvia hatte die ehemalige Kriminalkommissarin während der Jagd auf einen Serienmörder kennengelernt, der die Deutsche entführt und mehrere Tage gefangen gehalten hatte. Marie hatte ihnen nach ihrer Befreiung als externe Mitarbeiterin bei zwei Fällen, in die Deutsche verwickelt gewesen waren, mit ihren Fach- und Sprachkenntnissen zur Seite gestanden. Silvia hatte Maries bedachte und professionelle Arbeitsweise sehr imponiert, und sie konnte sich die hochgewachsene Deutsche durchaus als ihre neue Partnerin bei der Policía Nacional vorstellen. Aber sie war sich bewusst, dass dies mehr als unwahrscheinlich war. Zwar hatte Marie mit Enthusiasmus an diesen Fällen mitgearbeitet, aber Silvia wusste, dass sie Jahre zuvor in Hamburg durch ein traumatisches Erlebnis ihren Beruf aufgegeben hatte. Außerdem konnte eine Ausländerin, auch wenn sie in ihrem Heimatland jahrelang als Polizistin gearbeitet hatte, nicht so einfach zur Policía Nacional überwandern. Als externe Mitarbeiterin hoffte Silvia jedoch, sie auch zukünftig bei dem einen oder anderen Fall dabeizuhaben.

»Und da sind wir wieder. Kommen Sie ebenfalls aus Palma?«, fragte Silvias weißhaariger Sitznachbar, der den ganzen Flug über leise geschnarcht hatte.

Die Maschine war soeben gelandet und rollte nun in gemäßigtem Tempo auf das große Gebäude des Flughafens Son Sant Joan zu.

»Ja, ich wohne seit meinem Studium in Palma, aber meine Familie kommt ursprünglich aus Campos«, sagte Silvia und verstaute das Buch, in dem sie keine einzige Seite gelesen hatte, in ihrer Handtasche.

»Ah, Campos. Einer meiner Söhne ist arbeitsbedingt nach Santanyí gezogen. Immer wenn ich ihn besuche, fahre ich durch Campos.«

Campos zählte zu den unspektakulärsten Dörfern Mallorcas. Vor einigen Jahren war es in einer Umfrage sogar zu einer der hässlichsten Ortschaften der Insel gewählt worden. Nur Manacor, Consell und Muro hatten noch schlechter abgeschnitten.

»Ja, mein Heimatdorf hat außer der Durchfahrt zu den schönsten Stränden der Insel auch nicht viel zu bieten«, scherzte Silvia.

»Ach Kindchen, mich werden keine zehn Pferde jemals aus Palma hinausbekommen. Es gibt keinen besseren Ort zum Leben als unsere Hauptstadt«, sagte der alte Mann und rieb sich über den weißen Bart.

»Da muss ich Ihnen recht geben«, erwiderte Silvia.

Die Maschine war zum Stehen gekommen. Um sie herum breitete sich das übliche Chaos von Passagieren aus, die hektisch ihr Handgepäck aus den oberen Ablagen zogen und wie wild begannen, auf ihren Smartphones herumzutippen. Der alte Herr erhob sich langsam von seinem Sitz. »So, dann wollen wir doch auch mal in die Gänge kommen, damit wir schnell zu Hause sind. Ich freu mich schon auf das *frit*, das meine Catalina immer samstags kocht.«

Silvia schenkte dem Mann ein Lächeln und griff nach ihrer Tasche, bevor sie ebenfalls aufstand und sich in die Schlange einreihte, um die Maschine zu verlassen.

Im Flughafengebäude angelangt, schaltete sie ihr Handy ein und sah, dass sie zwei verpasste Anrufe von Rachel erhalten hatte. Ramóns Ex-Frau hatte Silvia noch nie zuvor auf ihrem privaten Handy angerufen. Die Halbamerikanerin mochte Silvia nicht besonders, und dies beruhte auf Gegenseitigkeit. Sie hatte oft genug miterleben müssen, wie Rachel ihren Ex-Mann mit emotionaler Erpressung an den Rand eines Nervenzusammenbruchs gebracht hatte, wenn er seine halbwüchsigen Töchter hatte treffen wollen. Doch Silvia musste zugeben, dass Rachel seit der Nachricht von Ramóns unheilbarer Krankheit eine 180-Grad-Wende hingelegt hatte. Sie sorgte sich wirklich um ihn und besuchte ihn täglich mit den Mädchen im Krankenhaus.

Silvia zögerte einen Moment, bevor sie die Rückruftaste auf ihrem Smartphone betätigte. Ihr war klar, dass Rachel sie nicht wegen Belanglosigkeiten kontaktierte. Es musste etwas Ernstes vorgefallen sein. Sie betete stumm, dass Ramón noch nicht von ihnen gegangen war. Die vergangenen Tage in Madrid über hatte sie die täglichen Gespräche mit ihrem Kollegen vermisst, und den Gedanken, ihn nicht noch einmal zu sehen, konnte sie kaum ertragen. Sie atmete tief durch und versuchte, den Kloß in ihrem Hals hinunterzuschlucken. Dann drückte sie den grünen Knopf unter Rachels Nummer.

»Silvia, dein Handy war ausgeschaltet. Sorry, dass ich dich an einem Samstagmorgen anrufe.« Ihre Stimme klang gehetzt, aber gefasst.

»Hallo, Rachel, kein Problem, ich saß im Flugzeug. Was ist passiert?«

»Vor einer Stunde dachte ich wirklich, dass er nur noch wenige Minuten zu leben hätte. Er begann, stark zu röcheln und bekam kaum noch Luft.« Sie hielt einen Moment inne. »Aber jetzt haben sie ihm Sauerstoff verabreicht, und seine Atmung hat sich zum Glück wieder normalisiert.«

»Gott sei Dank«, murmelte Silvia und spürte, wie die Anspannung aus ihren Muskeln wich. »Ich bin gerade in Palma gelandet. In fünf Minuten setze ich mich in ein Taxi und komme bei euch vorbei.«

»Ja, mach das, er wird sich freuen, dich zu sehen. Aber erschrick dich nicht bei seinem Anblick, die letzten Tage hat er körperlich ziemlich abgebaut.«

»Okay, ich verstehe. Dann bis gleich, Rachel. Und vielen Dank, dass du mich sofort informiert hast«, sagte Silvia und beendete das Gespräch.

Sie wischte sich eine Träne aus dem Augenwinkel. Dann griff sie nach ihrer Tasche und ging schnellen Schrittes Richtung Ausgang des Flughafengebäudes.

Kapitel drei

Bon dia, was darf ich Ihnen bringen?«

»*Bon dia*, ein *llonguet* mit Serranoschinken und einen *cafè*, bitte«, antwortete Andreas Lindner dem gut gekleideten Kellner auf Mallorquinisch.

Der kleine, etwas füllige Mann, sah ihn erstaunt an. »Entschuldigen Sie, *senyor*, ich dachte, Sie wären Ausländer, aber Ihr Mallorquinisch ist ja ausgezeichnet.«

Andreas lachte und rückte seine Brille gerade. »Sie haben vollkommen recht, ich bin ein *guiri*, aber ich mühe mich seit fast zwei Jahren mit dem Erlernen Ihrer Sprache ab.«

»Na, dann gratuliere ich Ihnen! Es wäre schön, wenn alle Ausländer sich ein Beispiel an Ihnen nehmen würden. Ihr *cafè* kommt sofort.«

Der Mann verschwand im Lokal, und Andreas ließ seinen Blick über die belebte Terrasse schweifen. Die Bar Bosch an der Plaza Joan Carles I im Herzen von Palma war seit jeher eine Institution. Sowohl Touristen als auch Einheimische belegten zu jeder Tages- und Jahreszeit die Tische und Stühle des Cafés. Rechts neben ihm aßen zwei ältere Mallorquiner *ensaïmadas* und unterhielten sich lautstark über das anstehende Fußballspiel von Real Mallorca. Auf seiner linken Seite nahm ein braun gebranntes deutsches Pärchen ein spätes Sektfrühstück ein.

»Ihr *cafè*.« Der Kellner stellte mit einem Kopfnicken den Espresso vor Andreas auf den runden Tisch.

»Moltes gràcies.«

Er nahm einen kleinen Schluck und lehnte sich entspannt zurück. Es war ein herrlicher Samstagvormittag. Der Himmel war wolkenlos, und die Luft war rein und frisch nach dem Regen der vergangenen Tage. Er liebte den Mai auf Mallorca. Alles blühte, und die Insel war noch nicht allzu überfüllt mit Touristen. Die winterliche Feuchtigkeit war angenehmen Temperaturen gewichen, aber sie waren Gott sei Dank noch weit entfernt von der Gluthitze des vergangenen Hochsommers.

Es war Maries und sein zweiter Frühling auf Mallorca. Bis jetzt hatte er die Entscheidung, Hamburg den Rücken zu kehren, nicht eine Sekunde lang bereut. Er fühlte sich pudelwohl in seiner neuen Heimat, und ihr letztes Jahr eröffnetes Landhotel war für die kommenden Monate fast vollkommen ausgebucht. Auch ihre Ehe war nach all den schrecklichen Erlebnissen, die Marie in den vergangenen Jahren hatte durchmachen müssen, endlich wieder auf einen grünen Zweig gekommen, und sie genossen das Inselleben in vollen Zügen.

Der Kellner brachte das Schinken-Llonguet. Das längliche Brötchen mit der Rille in der Mitte war in Mallorcas Hauptstadt derart beliebt, dass die Einwohner Palmas auch oftmals einfach *llonguets* genannt wurden.

»Guten Appetit, *senyor!*«

»Vielen Dank«, sagte Andreas. Er biss genüsslich in das Weißbrot, ehe er einen Blick auf sein Smartphone warf, das ihm soeben den Eingang einer neuen E-Mail angezeigt hatte. Der Bissen blieb ihm vor Schreck im Hals stecken, und er musste husten. Es war Sandra. Seine ehemalige Arbeitskollegin hatte seit Monaten nichts von sich hören lassen, und Andreas hatte gehofft, endlich mit diesem schwarzen Kapitel in seinem Leben abschließen zu können.

Nachdem Marie und er nach Mallorca gezogen waren, hatte Andreas das Angebot seines Ex-Chefs angenommen und war jedes zweite Wochenende nach Hamburg geflogen, um für ein paar Tage seiner Tätigkeit als Chirurg nachzugehen. Auch wenn er seinem ehemaligen Hauptberuf keine Träne nachweinte, hatte das zusätzliche Einkommen ihrer finanziellen Lage, die durch den Erwerb der alten Finca im Tramuntana-Gebirge ein wenig angeschlagen war, gutgetan.

Doch an einem Sommerwochenende vor fast zwei Jahren hatten der Alkohol und das lange Ausbleiben von Sex mit seiner Frau Andreas dazu verleitet, mit Sandra zu schlafen. Schon wenige Stunden später hatte er es zutiefst bereut und sich geschworen, niemals wieder einen solchen Fehler zu begehen. Das Allerschlimmste jedoch war gewesen, dass genau in jener Nacht, als er mit einer anderen Frau auf einer Autorückbank wilden Sex hatte, Marie in ihrem gemeinsamen Haus in Sóller überfallen und entführt worden war.

Noch Monate später hatten ihn Gewissensbisse geplagt, und es war ihm schwergefallen, Marie nicht alles zu beichten. Aber er hatte gewusst, dass dies nur dazu geführt hätte, ihrer zaghaft wiederkehrenden Beziehung erneut einen derben Schlag zu versetzen. Er hatte geschwiegen und all seine Bemühungen in seine Ehe und ihr neu eröffnetes Landhotel gesteckt.

Sandra jedoch hatte den gemeinsamen Sex nicht als einen einmaligen Ausrutscher gewertet. Als Andreas erneut einen Notdienst in Hamburg übernahm, hatte sie ihre Schicht umgelegt, um Seite an Seite mit ihm zu arbeiten. In einem langen Gespräch hatte Andreas versucht, ihr klarzumachen, dass er sie als Arbeitskollegin sehr schätzte, aber dass er keine weiteren Gefühle für sie empfand. Er entschuldigte sich aufrichtig für die verhängnisvolle Nacht und bat sie darum, keinen weiteren außerberuflichen Kontakt zu pflegen. Daraufhin war Sandras anfängliche Trauer in Wut umgeschlagen, und sie hatte versucht, ihm einzureden, dass seine Ehe am Ende war. Andreas hatte höflich reagiert und es sogar geschafft, dass sie im Guten auseinandergingen. Doch nur wenige Tage später begann Sandra, ihm WhatsApp-Nachrichten zu schicken. Aus Angst, dass Marie eine dieser Nachrichten zu Gesicht bekommen könnte, blockierte er Sandras Nummer und löschte ihre Kontaktdaten. Nach einem weiteren Wochenende in Hamburg, an dem Sandra ihn in der Klinik bedrängte, beschloss Andreas, die Notdienste zu kündigen und sich vollkommen auf ihr Finca-Hotel zu konzentrieren. Und tatsächlich hatten nach seiner Kündigung Sandras Kontaktversuche stetig abgenommen, bis sie sich vor einigen Monaten komplett einstellten. Andreas hatte geglaubt, dass er endlich mit der Geschichte abschließen konnte. Aber damit hatte er offensichtlich falschgelegen.

Er drückte auf die Gmail-App des Displays, um die Nachricht zu öffnen.

Liebster Andreas,

ich hoffe, es geht dir gut. Mir geht es sehr schlecht. Seit Wochen bin ich krankgeschrieben und nicht imstande, meinen Alltag zu meistern. Krank, fragst du dich? Was mir fehlt? Du fehlst mir! Ich bin krank vor Liebe. Ich kann dich nicht vergessen. Ich weiß, dass wir füreinander bestimmt sind. Seit jenem 22. Oktober vor vier Jahren, als ich das erste Mal in der Uniklinik mit dir sprach, denke ich jeden Tag an dich. Ja, du hast es damals nicht gemerkt. Aber das machte mir nichts aus. Mir hat deine Anwesenheit gereicht. Mit dir zusammenzuarbeiten, hat mich glücklich gemacht. Doch als du dann mit deiner depressiven Frau nach Mallorca ausgewandert bist, ist meine

Welt zusammengebrochen. Zum Glück aber kamst du an einigen Wochenenden. Und endlich in jener wundervollen Nacht vor einem Jahr und zehn Monaten hast du deine Augen geöffnet und in mir eine begehrenswerte Frau gesehen. Ich weiß, dass auch du mich liebst, ich sah es in deinem Blick, als wir in meinem Auto übereinander herfielen. Du willst es dir nur nicht eingestehen, du willst nicht wahrhaben, dass deine Ehe genauso kaputt ist, wie meine es vor der Scheidung war.
Die vergangenen Monate habe ich versucht, dich zu vergessen, habe andere Männer gedatet und mich in die Arbeit gestürzt. Aber das hat rein gar nichts gebracht, denn wenn zwei Menschen wirklich füreinander bestimmt sind, gibt es kein Vergessen. Nun weiß ich, dass ich nicht ohne dich leben will. Meine Existenz ist ohne deine Anwesenheit komplett wertlos. Ich bitte dich aus tiefster Seele, mir zu antworten! Bitte ignoriere mich nicht! Sonst will ich sterben …

»Hallo, Schatz!«

Andreas zuckte zusammen. Marie stand strahlend in ihrem wunderschönen blauen Kleid vor ihm. Er brauchte eine Sekunde, um sich zu sammeln, dann drückte er hastig Sandras E-Mail weg und steckte das Smartphone in seine Jacketttasche.

»Was ist passiert? Du machst ein Gesicht, als wäre jemand gestorben. Ist was mit deinen Eltern?«, fragte Marie und setzte sich ihm gegenüber.

»*Bon dia*, schöne Frau! Was kann ich Ihnen bringen?«, fragte der aufmerksame Kellner, der soeben an ihrem Tisch erschienen war.

Andreas sandte ein Stoßgebet Richtung Himmel. Die kurze Unterbrechung gab ihm einen Augenblick zum Überlegen, was er Marie sagen sollte. Denn einfach so zu tun, als sei gar nichts geschehen, war bei den feinen Antennen seiner Frau keine Option. Sie würde ihm sowieso nicht glauben und intensiv nachhaken.

»Einen Milchkaffee, bitte«, sagte Marie.

»Sehr gern. Und Sie, *senyor*, schmeckt Ihnen das *llonguet* etwa nicht?«, fragte der Kellner und zeigte auf das angebissene Brötchen, das Andreas in den vergangenen Minuten nicht angerührt hatte.

»Doch, doch, ich war nur gerade etwas abgelenkt. Es schmeckt wie immer ausgezeichnet«, erwiderte er.

»Dann ist es ja gut! Ihr Kaffee kommt sofort, *senyora*«, sagte der Kellner und wandte sich an einen anderen Tisch.

Marie widmete ihre Aufmerksamkeit erneut Andreas. »Nun sag schon: Was ist los?«

Aus den Augenwinkeln sah er, dass das braun gebrannte deutsche Pärchen neben ihnen die Ohren spitzte. Das war das Unangenehme auf den gut besuchten Terrassen. Privatsphäre war Fehlanzeige.

Andreas rückte den Stuhl etwas näher an Marie und legte die Ellbogen auf den runden Tisch. »Frank hat mir eine E-Mail geschickt und ein bisschen von der Arbeit im Krankenhaus erzählt. Eine Kollegin, mit der ich oft die Notdienste übernommen habe, ist wohl schwer erkrankt.«

Das war wenigstens keine komplette Lüge.

»Oh, das tut mir leid. Was hat sie denn?«, fragte Marie und griff nach seiner Hand.

Andreas wurde übel. Er musste schleunigst das Thema wechseln.

»Das wissen sie noch nicht genau, irgendetwas am Herzen.«

»Mist.«

»Ja, das wird schon.« Andreas drückte ihre Hand und zeigte dann mit dem Kinn auf das *llonguet*. »Möchtest du die Hälfte? Das Ganze ist mir eh zu viel.«

»Gerne. Ich habe schon ein Gläschen Schampus getrunken, etwas zu essen kann meinem Magen nicht schaden. Außerdem dauert es bestimmt noch Stunden, bis auf der Feier das Menü serviert wird.«

Andreas reichte ihr den Teller, und Marie nahm sich eine Hälfte des Brötchens.

»Und wie war es mit Lilly? Ist sie sehr nervös?« Andreas war dankbar, dass Marie bezüglich der Krankheit seiner Arbeitskollegin nicht nachhakte.

»Na ja, ein wenig schon, aber das ist ja verständlich. Mir wäre ein so prunkvolles Event auch ein bisschen zu viel – aber was tut man nicht alles für die Liebe.« Marie lächelte ihn an, bevor sie in das Brötchen biss.

Wie sehr er dieses Lächeln liebte und wie lange er es damals vermisst hatte, als Marie durch eine so schwere Phase gegangen war! Endlich lief wieder alles rund zwischen ihnen, Marie hatte zurück zu ihrer Lebensfreude gefunden, und da musste ausgerechnet die Sache mit Sandra wie ein Damoklesschwert über ihnen schweben.

»Was genau wäre dir zu viel?«, fragte Andreas und strich ihr einen Krümel aus dem Mundwinkel.

Der Kellner brachte den Milchkaffee und stellte ihn vor Marie. Sie nahm einen Schluck, bevor sie antwortete.

»Eine so große Hochzeit, mit so vielen Gästen, fast alles wichtige mallorquinische Herrschaften. Bestimmt sind auch viele Politiker da. Ich hatte dir ja erzählt, dass Víctors Bruder bei den kommenden Wahlen als Ministerpräsident der Balearen kandidiert.« Marie wischte sich mit der Papierserviette über den Mund. »Außerdem werden vor der Kathedrale mit

Sicherheit einige Presseleute lauern, um ein Foto des frisch verheirateten Brautpaares zu ergattern.«

»Ja, du hast recht, das hört sich anstrengend an. Aber da muss Lilly jetzt durch!«, sagte Andreas.

»Es ist schon alles unglaublich, findest du nicht?«, fragte Marie.

»Was meinst du?«

»Na, in welchem Tempo das alles vonstattengeht. Lilly war erst seit ein paar Wochen auf der Insel, schwups, lernt sie auf der Tourismusmesse, auf der sie ja eigentlich nur einen Dolmetscherjob gemacht hat, den Geschäftsführer der größten mallorquinischen Hotelkette kennen. Und keine drei Monate später hält Víctor schon um ihre Hand an. Du und ich haben uns damals ja wesentlich mehr Zeit genommen, um uns erst mal richtig kennenzulernen.«

»Ach komm, du weißt ganz genau, dass ich dich auch nach einer Woche schon geheiratet hätte und mich nur nicht getraut habe, weil ich Angst hatte, mir eine Abfuhr einzuholen«, sagte Andreas und zwinkerte Marie zu.

»Blödmann«, erwiderte sie und lachte.

Andreas schaute auf seine Armbanduhr. »Apropos heiraten, ich glaube, wir sollten uns so langsam auf den Weg machen, um einen guten Platz in der Kirche zu bekommen, bevor zu viel Rummel herrscht.«

Marie trank rasch ihren Kaffee aus und griff nach ihrer Handtasche. »Okay, ich zahle drinnen und gehe noch mal auf die Toilette. Wer weiß, wie lange wir dazu keine Gelegenheit bekommen.«

Als Marie im Inneren der Bar verschwunden war, holte Andreas sein Handy hervor und löschte Sandras E-Mail. Er atmete tief durch. Ein Schnaps täte seinen angespannten Nerven jetzt bestimmt gut. Aber das würde nur weitere Fragen bei Marie hervorrufen, da er nie vormittags trank. Außerdem würde es sicherlich bei dem Mittagessen und der darauffolgenden Feier auf der Luxus-Finca der Familie Adrover Estades noch genug Alkohol geben.

Er versuchte, die düsteren Gedanken an Sandra zu verscheuchen. Heute war ein Tag der Freude für Marie, und er wollte, dass sie ihn in vollen Zügen genoss. Er stand auf und ging auf seine Frau zu, die soeben aus dem Lokal gekommen war.

Kapitel vier

»Um wie viel Uhr geht denn euer Flieger am Montag?«, fragte Magdalena Estades und sah Víctor Adrover eindringlich an.

Im Lauf der Jahre hatte sich die Strenge in den Gesichtszügen seiner Mutter um ein Vielfaches verschärft. Mit fast siebzig sah sie zwar immer noch gut aus und achtete stets penibel auf ihre äußere Erscheinung, aber die ständige Verbitterung hatte tiefe Falten rund um ihren Mund gezeichnet.

»Um vier Uhr nachmittags.« Víctor band sich die Seidenkrawatte vor dem antiken Spiegel im Wohnzimmer seines Elternhauses. »Ich denke, wir sollten so um kurz vor zwei zum Flughafen fahren.«

»Dann isst du Montag also auch nicht bei uns zu Mittag?« Da war er wieder, dieser vorwurfsvolle Unterton.

»Mama, Montag wird es stressig. Mit den ganzen Hochzeitsvorbereitungen sind wir noch gar nicht zum Packen gekommen.«

»Heißt das, dass du dich gar nicht von uns verabschieden wirst?«

»Mama, wir sehen uns doch heute den ganzen Tag.«

»Ihr fahrt drei Wochen in den Urlaub!« Magdalena verschränkte die Arme vor der Brust, merkte aber anscheinend sofort, dass das unschöne Falten auf ihrem Designerkleid warf, und löste sie wieder.

»Es sind unsere Flitterwochen!« Er war fertig mit dem

Knoten und drehte sich zu ihr um. »Aber gut, morgen Abend komm ich noch mal vorbei, um Tschüss zu sagen.«

Als hätte sie seine Worte nicht gehört, redete sie einfach weiter. »So lange auf Reisen! Und dann auch noch nach Peru! Wer macht denn schon so was? Andere Leute fliegen eine Woche auf eine Südseeinsel, und fertig.« Nun hatte sie Fahrt aufgenommen. »Wenn du dir nur öfter ein Vorbild an deinem Bruder nehmen würdest! Eine Woche war er mit Isabel auf den Malediven nach der Hochzeit, dann hat er sich wieder gewissenhaft seiner Arbeit gewidmet.«

»Voilà! Na, wie sieht das aus?« Sofía kam zu Tür herein und drehte sich um die eigene Achse.

»Wow, sehr schön«, sagte Víctor und war froh, dass seine kleine Schwester Magdalenas Lästereien unterbrochen hatte. Die vergangenen Wochen waren purer Stress für ihn gewesen. Der Spagat zwischen den Ansprüchen seiner Eltern und Lillys Erwartungen hatte einen Kraftakt ohnegleichen dargestellt. Magdalena und Rafael konnten einfach nicht verstehen, wieso er eine Deutsche zur Frau nahm, noch dazu eine alleinerziehende Mutter, in deren Leben weder Religion noch traditionelle Werte eine Rolle spielten. Seit dem Tag, an dem er ihnen Lilly vorgestellt hatte, hatten sie versucht, ihm einzureden, dass eine Frau wie Isabel viel besser zu ihm passen würde als diese Ausländerin, wie sie Lilly stets nannten. Sein großer Bruder Albert hatte ihrer Ansicht nach alles richtig gemacht. Isabel kam aus einer wohlhabenden mallorquinischen Familie, war immer tadellos gekleidet, liebte es, an Familienzusammenkünften teilzunehmen, und ging vollkommen in ihrer Rolle als Gattin des aufstrebenden Politikers und Mutter der entzückenden Zwillinge auf. Víctor mochte seine Schwägerin sehr, sie war lieb und zuvorkommend, aber bei der Vorstellung, sie als Frau zu haben, kam er fast um vor Langeweile.

Magdalena musterte Sofía mit mürrischem Blick. »Was für ein bunter Fummel! Ich dachte, wir hätten beschlossen, dass du das Rosafarbene anziehst, das stand dir viel besser!«

»Boah, Mama, kannst du nicht einmal was Positives sagen? Du versprühst eine so negative Energie, dass es dich noch krank machen wird!«, sagte Sofía. Sie begann, mit einer Strähne ihrer langen dunklen Locken zu spielen.

»Jetzt fängst du schon wieder mit deinem spirituellen Mist an.« Magdalena setzte sich mit einer theatralischen Geste der Erschöpfung in einen der altmodischen Sessel vor den Kamin. »Seit du aus Indien zurück bist, hast du nur noch Flausen im Kopf, ziehst dich wie ein Hippie an und willst nicht mal mehr Fleisch essen. Was für einer Gehirnwäsche haben sie dich da bloß unterzogen?«

Sofía verdrehte die Augen. »Meinst du, du hast in den vergangenen Wochen nicht schon genug auf Lilly rumgehackt? Muss ich jetzt auch noch deine Frustration abbekommen? Kannst du nicht einfach mal aufhören, dich andauernd in unser Leben einzumischen, und dich freuen, dass Víctor heute heiratet?«

Bevor Magdalena ihrer Tochter etwas entgegensetzen konnte, erklang Rafaels tiefe Stimme im Flur.

»Seid ihr endlich fertig?«

»Wenn du es gutheißt, dass deine Tochter in diesem Kleidchen vor unserer gesamten Familie erscheint, dann sind wir fertig, ja«, rief Magdalena zurück und funkelte Sofía aus zusammengekniffenen Augen an.

»Nun lasst uns bitte diesen für mich wichtigen Tag in Frieden verbringen«, versuchte Víctor zu vermitteln, während er sein maßgeschneidertes Jackett überzog.

Rafael erschien in dem riesigen Wohnzimmer, und sein Blick fiel direkt auf Sofía.

»Also das ist ja wohl nicht dein Ernst, mein Fräulein!« Er trat einen Schritt auf sie zu und erhob ermahnend den Zeigefinger. »Hör mir mal zu, hast du eine Ahnung, wer alles auf unserer Gästeliste steht? Willst du etwa von der Presse als Flittchen abgestempelt werden?«

Sofía kochte nun ebenfalls vor Wut. »Das ist mir vollkommen egal! Ich ziehe an, was ich will. Seht endlich ein, dass ich nicht mehr euer kleines Mädchen bin, das ihr herumkommandieren könnt.«

Rafael wechselte einen Blick mit seiner Frau. Wieder einmal war Víctor von der Verbundenheit seiner Eltern beeindruckt. So starrköpfig und herrisch, wie sie beide waren, so waren sie sich doch in ihrer Verbissenheit stets einig. Seit er denken konnte, traten sie als autoritäre Einheit auf, und nur sehr selten war er in all den Jahren Zeuge von Meinungsverschiedenheiten zwischen ihnen geworden.

»Ja, du hast recht, meine Liebe, du bist erwachsen, und ich kann dir leider nicht vorschreiben, wie du dich zu kleiden hast.« Rafael schnaubte. »Aber lass dir eins gesagt sein: Wenn du vorhast, dich mit diesem Fummel an den Machobruder der Ausländerin ranzumachen, dann dreh ich dir den Geldhahn zu! Ich brauch nicht noch einen verfluchten Deutschen in der Familie.«

»Was denn für einen Geldhahn? Ich verdiene ja wohl mein eigenes Gehalt!«

Magdalena stand auf und trat an Rafaels Seite. »Ach ja? Und von wem ist die Luxuswohnung, in der du mitten in der Altstadt lebst? Meinst du, von deinem mickrigen Einkommen könntest du dir ein solches Apartment leisten?«

»Jetzt gebt endlich Ruhe!« Víctor erschrak selbst über die Lautstärke seiner Stimme.

Alle drei sahen erstaunt zu ihm herüber. Solch eine Bestimmtheit waren sie von ihm nicht gewohnt. Dann lächelte

Sofía ihn anerkennend an, bevor sie sich erneut an ihre Eltern wandte. »Víctor zuliebe gehe ich heute nicht weiter auf eure Provokationen ein, aber nur damit eins klar ist: Ich ziehe an, was ich will, und unterhalte mich, mit wem ich will!« Sie griff nach dem bunten Tuch, das über dem Schreibtischstuhl hing.

»Unglaublich, dieses Benehmen«, murmelte Rafael. »Womit haben wir nur diese Undankbarkeit der Kinder verdient, Magdalena?«

»Ich weiß es auch nicht«, sagte Magdalena resigniert.

Víctors Handy begann in seiner Hosentasche zu klingeln. Es war Albert.

»Ja, hallo! ... Ja, ist gut, bis gleich«, sprach Víctor ins Telefon und beendete rasch das Gespräch.

»Albert sagt, dass wir nicht auf sie warten sollen, sie kommen direkt in die Kirche.«

»Wieso das denn?«, wollte Magdalena sofort wissen.

Víctor steckte das Handy zurück in die Hosentasche. »Weil sie spät dran sind.«

»Dein Bruder spät dran? Albert ist doch die Pünktlichkeit in Person.«

Víctor holte tief Luft. »Das ist doch jetzt egal! Er kommt mit Isabel und den Zwillingen direkt in die Kathedrale und fertig.«

»Also, egal ist das nicht!«, mischte sich nun auch Rafael ein. »Wie sieht es denn aus, wenn wir als Familie nicht zusammen in der Kirche erscheinen?«

Sofía verdrehte die Augen, blieb jedoch ruhig. Víctor war dankbar, dass sie keinen erneuten Streit hervorrief.

Den Kommentar seines Vaters ignorierend, sah er ein letztes Mal in den Spiegel, bevor er Richtung Tür ging. »Lasst uns gehen. Ich kann es kaum erwarten, meine zukünftige Frau zu sehen.«

Kapitel fünf

Marie ließ sich auf den Stuhl neben Andreas fallen und griff nach ihrem Wasserglas. »Uff, ich bin fix und fertig.«

»Kein Wunder!« Andreas lachte. »Du gibst ja seit fast einer Stunde alles auf der Tanzfläche. Jonas schläft heute bestimmt wie ein Baby, nachdem du ihn so herumgewirbelt hast.«

Marie kniff Andreas sanft in die Taille. »Wenn mein lieber Ehemann so ein Tanzmuffel ist, muss ich mir eben einen anderen Partner suchen.«

Andreas nahm einen Schluck von seinem Whisky und seufzte. »Also gut, wenn du wieder zu Atem kommst, tanze ich ein richtig romantisches Lied mit dir.«

»Abgemacht. Aber vorher brauche ich unbedingt eine Zigarette«, erwiderte Marie.

Andreas zog eine Augenbraue hoch.

»Keine Sorge, ich qualme dich schon nicht voll«, sagte Marie und stand auf.

Sie gab Andreas einen Kuss auf den Mund und ging dann in den hinteren Garten des Anwesens, vorbei an Dutzenden von weißen Tischen und Stühlen. Gut die Hälfte der Gäste war sitzen geblieben, als vor zwei Stunden die Liveband zu spielen angefangen hatte. Dank des Champagners, der Weine und Liköre war die Stimmung nun wesentlich ausgelassener als zu Beginn des festlichen Mittagessens.

Als Marie den alten Steinbrunnen erreichte, zündete sie sich ihre Marlboro an und nahm einen tiefen Zug. Von ihrer Position aus hatte sie einen Großteil des pompös geschmückten

Gartens im Blick. Es war mittlerweile fast dunkel, und die Luft war angenehm kühl. Sie schaute auf ihre Armbanduhr. Es war kurz vor 21 Uhr. Nach der prächtigen Trauung in der Kathedrale hatten sich alle Gäste auf die Finca der Familie Adrover Estades begeben. Das Anwesen lag nur fünfzehn Autominuten außerhalb von Palma. Es umfasste circa zwei Hektar ebenes Land, auf dem überwiegend Mandel- und Johannisbrotbäume wuchsen. Außerdem gab es ein dreistöckiges Herrenhaus, ein Gästehäuschen, ein separates Toilettengebäude und den riesigen Garten, in dem das Hochzeitsfest stattgefunden hatte. Alles war perfekt gewesen, der Champagnerempfang, das hervorragende Drei-Gänge-Menü, die zahlreichen Reden der Familienmitglieder und die wirklich gute Performance der Liveband. Lilly hatte nicht aufgehört zu strahlen, und selbst Víctors grimmige Eltern hatten ordentlich das Tanzbein geschwungen.

Ein Lächeln streifte Maries Lippen, als sie daran dachte, wie die Auswanderung nach Mallorca sowohl Lillys als auch ihr eigenes Leben zum Guten hin verändert hatte. Nach Maries Vergewaltigung in Hamburg vor fast drei Jahren war sie in eine immer tiefere Lethargie gefallen. Es war eine unglaublich harte Zeit und eine Zerreißprobe für ihre Ehe mit Andreas gewesen. Damals hatte sie ihren geliebten Beruf an den Nagel gehängt und war kaum mehr vor die Tür gegangen. Sie hatte begonnen, immer mehr Alkohol zu trinken und sich von Tag zu Tag mehr von ihrem Mann und ihrem gesamten Umfeld zu distanzieren. Nur Andreas' Entschlossenheit, auf Mallorca einen kompletten Neuanfang zu wagen und all die düsteren Erinnerungen hinter sich zu lassen, war es zu verdanken, dass sie wieder zu ihrer Lebensfreude zurückgefunden hatte. Die Umbauten an ihrem Finca-Hotel hatten ihr gar nicht die Zeit gelassen, weiter ihren kreisenden Gedanken nachzuhängen, und nach und nach hatte sie sich immer heimischer auf diesem wunderschönen Fleckchen Erde gefühlt.

Marie nahm einen letzten Zug von der fast aufgerauchten Zigarette und drückte sie in dem Aschenbecher auf dem Brunnen aus. Gerade als sie nach ihrer Handtasche greifen wollte, hörte sie Schreie einer weiblichen Stimme aus der Richtung des Festes. Von einem Moment auf den anderen verstummte die Musik. So schnell sie konnte, lief Marie auf die eben noch feiernde Menschenmenge zu.

Ein wirres Durcheinander empfing sie. Zahlreiche Gäste rannten aufgeregt in die Richtung, in der sich das Gästehäuschen befand. Lillys Eltern standen mit bleichen Gesichtern in der Mitte des Geschehens und stützten einander. Jonas hielt die Hand seiner Großmutter.

»Marianne, was ist hier los?«, fragte Marie und berührte Lillys Mutter an der Schulter.

»Marie, da bist du ja!« Andreas stand auf einmal neben ihr.

»Was ist passiert?«, fragte sie ihn.

Andreas schaute kurz in die entsetzten Gesichter von Lillys Eltern, dann wandte er sich leise an Marie. »Sofía ist gerade eben hier hereingeplatzt und hat geschrien, dass Markus tot im Gästehaus liegt.«

»Was?« Maries Gedanken rasten.

»Sofía meinte, es wäre überall Blut«, sagte Andreas.

Marie guckte ihn ungläubig an.

»Schatz, vielleicht treibt sich hier gerade ein Mörder herum«, sagte er.

»Wo ist Lilly?«, fragte Marie.

»Sie ist auch zum Gästehaus, mit Víctor«, sagte Bernd.

»Hat jemand schon die Polizei verständigt?«, fragte Marie.

»Ja, Magdalena Estades hat sofort die Policía Local angerufen«, erwiderte Andreas.

»Okay, wir müssen versuchen zu vermeiden, dass all die Leute am Tatort herumtrampeln und womöglich wichtige Spuren verwischen«, sagte Marie. Sie rannte zum Kiesweg, der zum Gästehaus führte.

Als Marie die Menschenansammlung vor dem Häuschen erreichte, erblickte sie sofort Lilly und Víctor.

»Víctor, bitte sag allen, dass sie nichts anfassen und sich vom Tatort fernhalten sollen«, rief Marie.

Víctor nickte in ihre Richtung. »Alle mal herhören! Bitte lasst Marie durch, sie ist Polizistin.«

Marie bahnte sich einen Weg durch die Menschen und betrat das kleine Gebäude, in dem sich zwei Zimmer und ein Bad befanden. Ein kleiner Mann mit hochrotem Kopf und lose um den Hals baumelnder Krawatte kam ihr entgegen.

»*Senyora,* ich bin Arzt. Der arme Mann hat keinen Puls mehr. Er ist eindeutig tot.«

Marie senkte die Augen einen Moment, dann fragte sie: »Haben Sie etwas angefasst? War sonst noch jemand mit Ihnen im Bad?«

»Meine Brüder und mein Schwager da vorne haben den Toten gesehen.« Er zeigte auf drei Männer, an denen Marie gerade vorbeigegangen war. »Sie haben aber nichts angefasst. Und ich habe nur die Halsschlagader des Toten berührt.«

»Danke. Ich will einen Blick auf die Leiche werfen. Bitte sorgen Sie dafür, dass niemand mehr das Gebäude betritt, bis die Polizei kommt.«

Der Mann nickte.

»Marie, hier läuft ein Mörder frei herum!« Andreas war in das Schlafzimmer gekommen. »Du bist nicht bewaffnet. Bitte warte mit uns draußen auf die Polizei.«

»Gib mir eine Minute. Und bitte lauf jetzt nicht auch noch hier herum.«

Andreas schüttelte resigniert den Kopf und folgte dem kleinen Arzt nach draußen.

Marie ging auf die offene Badezimmertür zu und blickte ins Innere. Markus lag ausgestreckt vor der Toilettenschüssel. Seine starren Augen blickten zur Decke, und sein Körper war von einer Blutlache umgeben. Marie ging langsam etwas näher auf ihn zu und sah eine Einschusswunde in seiner Brust. Sein Kopf war ebenfalls von Blut umgeben, und als Marie in die Knie ging, erkannte sie eine Wunde an seinem Hinterkopf. Ihr Blick fiel erst auf das Jagdgewehr, das auf der Anrichte neben dem Waschbecken lag, dann auf die Toilettenschüssel, an der ebenfalls Blut klebte. Marie erhob sich und schluckte den Kloß in ihrem Hals hinunter. Den Bruder ihrer Freundin tot am Boden liegen zu sehen war entsetzlich, aber schon trat ihre Professionalität als Ermittlerin in den Vordergrund. Mit vorsichtigen Schritten, um keine Spuren zu verwischen, ging sie aus dem Badezimmer und holte ihr Handy aus der Handtasche. Sie scrollte durch ihre Kontaktliste und drückte dann auf die Nummer von Comisaria Fiol.

Kapitel sechs

Zum zweiten Mal innerhalb von fünf Minuten klingelte Silvias Telefon. Soeben hatte ein Kollege sie über einen mutmaßlichen Mord auf einer Finca außerhalb Palmas informiert und Silvia gebeten, zum Tatort zu fahren. Und nun war es Marie Lindners Nummer, die auf dem Display ihres Smartphones erschien. Silvia war überrascht, denn die Deutsche hatte sie nie zuvor privat angerufen, und es waren ein paar Monate vergangen, seit sie sich zuletzt gesprochen hatten.

»Sorry, Ramón. Da muss ich leider auch ran«, sagte Silvia und erhob sich erneut von ihrem Stuhl neben dem Krankenbett.

»Kein Problem«, sagte Ramón mit heiserer Stimme. »Du musst nicht raus auf den Flur. Mir macht es nichts aus, wenn du hier im Zimmer telefonierst.«

Silvia lächelte ihn an, dann nahm sie das Gespräch entgegen.

»Ja, hallo, Marie.«

»Silvia, es tut mir leid, ich weiß gar nicht, ob du heute im Dienst bist, aber ich wollte dich persönlich benachrichtigen.«

»Was ist denn los? Ist was bei euch im Hotel passiert?«

»Nein, ich bin gar nicht in Sóller. Wir sind hier auf einer Hochzeitsfeier von einer Freundin von mir in der Nähe von Llucmajor.« Marie hielt kurz inne. »Der Bruder der Braut ist ermordet worden. Er liegt mit einem Schuss in der Brust im Gästehaus des Anwesens. Die Policía Local müsste gleich eintreffen. Ich wollte dir trotzdem Bescheid geben.«

»Oh, verdammter Mist, Marie, das tut mir leid«, sagte Silvia. »Ich hatte keine Ahnung, dass du vor Ort bist. Vor zwei Minuten hat mich die Zentrale verständigt. Ich wollte mich gerade auf den Weg machen.«

»Ah, dann bist du schon informiert!«

»Man hat mir nur gesagt, dass es anscheinend ein Mord war, und mir die Adresse der Finca durchgegeben. Was ist denn genau passiert? Hat jemand die Tat beobachtet? Gab es einen Kampf? Ist der Täter dort, oder ist er geflüchtet?« Silvia stoppte abrupt ihre Fragen. Wie immer war sie viel zu ungeduldig. »Sorry, Marie, du bist wahrscheinlich völlig durch den Wind, weil du den Toten kennst, und ich frage dir hier Löcher in den Bauch.«

»Ist schon gut. Aber leider weiß ich auch nicht viel. Die Schwester des Bräutigams hat den Toten gefunden. Soweit ich weiß, hat sie niemanden sonst gesehen. Aber alles ist ja gerade erst passiert, und hier herrscht ein riesiges Durcheinander.«

»Okay, verstehe, also ist der Mörder womöglich einer der Gäste. Ich bin in spätestens zwanzig Minuten da. Wenn du kannst, versuch, die Leute von dem Toten fernzuhalten.«

»Ja klar, aber ich fürchte, einige Spuren sind schon verwischt worden, da ein paar Männer bereits im Bad waren.«

»Scheiße. Okay, ich ruf sofort Fernando an. Bis gleich!« Silvia beendete das Gespräch.

Ramón setzte sich ein wenig in dem Krankenbett auf. »O Mann, wie gerne ich jetzt mit dir zusammen zum Tatort fahren würde.«

Silvia sah ihren Kollegen an und mühte sich ein Lächeln ab, obwohl ihr bei seinem Anblick schon wieder die Tränen hochstiegen. Rachel hatte recht gehabt. Während sie in Madrid gewesen war, hatte er körperlich abgebaut. Er hatte weiter an Gewicht verloren, und sein Gesicht war eingefallen und glich dem eines alten Mannes. Aber sein Geist war noch immer hellwach. Sogar seinen Humor hatte er beibehalten.

»Komm schon, guck nicht so traurig aus der Wäsche«, sagte er. »Los, mach dich auf den Weg. Aber wehe, wenn du morgen nicht vorbeikommst und mir alles haargenau erzählst.«

»Abgemacht. Aber du versprichst mir, dass du deine Suppe isst, bevor du schlafen gehst.« Silvia zeigte auf das Tablett mit Ramóns Abendessen, das er noch kaum angerührt hatte.

»Ja, Chefin, wird gemacht! Und jetzt schieß ab!«

Sie trat an das Krankenbett und gab ihm einen Kuss auf die Wange. »Bis morgen.« Dann zog sie die Lederjacke an, nahm ihre Handtasche und verließ das Zimmer.

Auf dem Flur merkte Silvia, dass ihr Magen ein wenig grummelte. Auch sie hatte noch nichts zu Abend gegessen. Zum Glück war sie am frühen Nachmittag zu Hause gewesen, hatte geduscht und sich eine Tiefkühlpizza in den Ofen geschoben, bevor sie erneut ins Krankenhaus gefahren war. Das sollte vorerst reichen. Sie konnte keine weitere Zeit vergeuden.

Auf dem Weg zu ihrem Motorrad auf dem Krankenhausparkplatz rief sie Fernando an und informierte den Gerichtsmediziner über das wenige, was sie wusste.

»Alles klar. Kannst du mich abholen? Mein Wagen ist bis Montag in der Werkstatt, und du bist ja eh in meiner Nähe.«

Fernando Vázquez wohnte in Sa Vileta, einem nördlichen Stadtteil von Palma, der wirklich nur einen Katzensprung vom Krankenhaus Son Espases entfernt lag.

»Hast du einen Helm zu Hause? Ich bin mit dem Motorrad gekommen und habe keinen Zweithelm dabei.«

»Yep, habe ich.«

»Gut, dann bin ich in fünf Minuten vor deiner Tür«, sagte sie und legte auf.

Silvia nahm den Helm aus dem Gepäckkoffer der Yamaha YZF und verstaute ihre Handtasche. Dann startete sie die Maschine und fuhr aus dem Krankenhausgelände hinaus.

Der Verkehr war einem Samstagabend entsprechend moderat. Nur wenige Minuten später bog sie kurz vor dem Fußballstadion von Son Moix rechts ab und fuhr in die ruhige Seitenstraße, in der die Dachgeschosswohnung des Gerichtsmediziners lag.

Fernando wartete schon auf sie. Er war wie immer lässig, aber stilvoll gekleidet. Die dunkelgraue Röhrenjeans passte perfekt zu der schwarzen Jeansjacke und dem schlichten weißen T-Shirt. Seine James-Dean-Frisur mit den vereinzelten blonden Strähnchen ließen ihn mehr wie einen Surfer als einen Gerichtsmediziner aussehen. Er besaß diesen speziellen Mix aus jungenhaftem Charme und leicht arroganter Unbekümmertheit, der so vielen Frauen den Kopf verdrehte. Silvia wusste, dass er permanent wechselnde Freundinnen hatte. Sie selbst jedoch hatte sich noch nie zu dem aus Madrid stammenden Forensiker hingezogen gefühlt. Sie schätzte seine hochprofessionelle Arbeit sehr, aber sein zynisch arroganter Humor ging ihr oft einfach nur auf die Nerven. Außerdem bevorzugte Silvia ruhigere, ein wenig in sich gekehrte Männer, die nicht so sehr von sich selbst eingenommen waren. Aber leider lag es schon einige Zeit zurück, dass sie einen interessanten Mann dieser Sorte kennengelernt hatte.

»Hallo, meine Liebe! Ich hoffe, wir brauchen nicht allzu lange am Tatort. Ich habe meinem Damenbesuch versichert, dass sie nicht alleine schlafen muss.«

Silvia hob das Visier ihres Helms, ließ den Motor aber laufen. Fernandos Kommentar ignorierend, fragte sie: »Hast du getrunken?«

»Als du mich angerufen hast, hatte ich gerade ein Glas Rioja in der Hand.« Er fuhr sich durch die vollen Haare. »Aber leider bin ich nicht dazu gekommen, den edlen Tropfen zu kosten.«

»Umso besser. Los jetzt, steig auf«, sagte Silvia und deutete hinter sich auf das Motorrad.

»Wie immer sehr sympathisch und die Ungeduld in Person, liebe Comisaria.« Er grinste, tat aber, was sie sagte.

Als er hinter ihr Platz genommen hatte, gab Silvia Gas und fuhr aus der Vorstadt Palmas hinaus und in Richtung der Autobahn nach Llucmajor.

Kapitel sieben

Sie passierten das riesige, offen stehende Eisentor, und Silvia parkte die Yamaha auf einer weitläufigen Kiesfläche rechts des imposanten Herrenhauses. Zwei Streifenwagen der Policía Local waren bereits eingetroffen und standen zwischen zahlreichen Pkws und Bussen, die die Hochzeitsgäste auf das Anwesen chauffiert hatten.

Silvia und Fernando stiegen von der Maschine, ließen ihre Helme auf dem Motorradsitz liegen und gingen auf das Haupthaus zu.

»Oh, là, là, die müssen aber Asche haben!« Fernando versuchte, mit der Hand Volumen in seine vom Helm platt gedrückten Haare zu bringen. »Was es wohl kostet, so eine Finca instand zu halten?«

»Jetzt sag bloß nicht, dass du noch nie von der Familie Adrover Estades gehört hast, wo du dich doch so gerne in gehobenen Kreisen rumtreibst.« Silvia öffnete den Reißverschluss ihrer Lederjacke und strich sich über die weiße Baumwollbluse.

»Erstens treibe ich mich nirgendwo rum, sondern beglücke meine Bekannten mit meiner Anwesenheit.« Fernando zwinkerte ihr zu, aber Silvia verdrehte nur die Augen. »Und zweitens verkehre ich bevorzugt im modernen, internationalen Milieu und nicht mit irgendwelchen uralten patriarchalen Familien.«

»Auf Mallorca gab es so gut wie keine Patriarchate. Nach so vielen Jahren auf der Insel müsstest du doch langsam verstanden haben, dass hier in den meisten Familien die Frauen das Sagen haben und dass das schon immer so war.«

Fernando runzelte die Stirn. »Nein, das wusste ich wirklich nicht. Bei meiner Familie auf dem Festland war die Generation meiner Mutter eigentlich nur für Kinder und Haushalt zuständig, und die wichtigen Entscheidungen trafen die Männer.«

Jetzt war es Silvia, die ein Lächeln nicht unterdrücken konnte. »Dann wundert es mich gar nicht, dass aus dir so ein iberischer Macho geworden ist.«

»Wie bitte?« Fernando blieb einen Moment stehen. »Also Macho hat mich noch nie eine Frau genannt. Ich habe weder Haare auf der Brust noch eine Goldkette um den Hals. Ich trinke auch nicht rülpsend Flaschenbier vor dem Fernseher. Das ist vollkommen unter meinem Niveau!«

Silvia seufzte. »Okay, lassen wir es gut sein und konzentrieren uns auf die Arbeit. Eigentlich wollte ich dir ja nur ein paar Worte zu der Familie hier erklären.« Sie zeigte auf das Herrenhaus.

»Ich bin ganz Ohr.«

»Um es kurz zu machen: Magdalena Estades ist die Erbin der größten Hotelkette der Balearen. Soweit ich weiß, leitet ihr Sohn Víctor Adrover, der übrigens der Bräutigam dieser Hochzeit ist, seit einigen Jahren das Unternehmen.« Silvia zog das Haargummi aus ihren dunklen Haaren und band sich erneut einen hohen Pferdeschwanz. »Und Rafael Adrover ist Erbe der Banca Adrover, der einzigen mallorquinischen Bank, die die Finanzkrise von 2008 gut überstanden hat, wie du sicherlich weißt.«

»Ja, ich habe sogar ein Konto bei der Bank.« Er schmunzelte. »Die Direktorin meiner Filiale ist ein heißer Feger, sage ich dir.«

Silvia warf ihm einen entnervten Blick zu, ehe sie weitersprach. »Außerdem ist Albert Adrover, der älteste Sohn, ein hohes Tier bei der konservativen Partei und tritt bei den kommenden Wahlen als Ministerpräsident an.«

Silvia hielt mit ihren Erläuterungen inne, als ein schlaksiger Uniformierter der Policía Local auf sie zukam.

»Entschuldigen Sie, aber Sie dürfen hier nicht rein. Wir sind gerade dabei, das Gelände abzusperren.«

Silvia zog den Polizeiausweis aus ihrer Handtasche und hielt ihn dem dürren Beamten unter die Nase. Sie war froh, ihre Lederstiefel mit Absatz und nicht die Sneakers, die sie oft in ihrer Freizeit trug, anzuhaben. Die paar Zentimeter, die sie an Körpergröße gewann, ließen sie vor ihren männlichen Kollegen stets selbstsicherer auftreten.

»Kriminalkommissarin Silvia Fiol, und dies ist Rechtsmediziner Fernando Vázquez. Ihre Zentrale hat die Policía Nacional über einen mutmaßlichen Mord hier auf dem Anwesen verständigt.« Silvia behielt die Informationen, die ihr Marie am Telefon übermittelt hatte, vorerst für sich.

Der Beamte warf einen flüchtigen Blick auf Silvias Ausweis. »Ah, entschuldigen Sie, Frau Fiol, ich habe Sie nicht erkannt. Aber ich habe schon viel von Ihnen gehört.« Nun schaute er sie ein wenig ehrfürchtig an. »Ich habe Sie oft in der Zeitung gesehen, damals, als Sie diesen Serienmörder jagten.«

»Ja, das ist schon fast zwei Jahre her«, erwiderte Silvia. »Könnten Sie uns bitte –«

»Beeindruckend, wie Sie sein Versteck im Tramuntana-Gebirge ausfindig gemacht haben«, unterbrach er sie. »Der Verrückte hätte die Deutsche sonst bestimmt auch getötet und ins Meer geworfen.«

Fernando setzte sein ironisches Lächeln auf. »Ja, sehen Sie

mal, und jetzt steht Comisaria Fiol persönlich vor Ihnen. Unglaublich, nicht wahr?«

Silvia funkelte ihn böse an, wandte sich dann aber an den etwas verwirrt dreinschauenden Beamten. »Vielen Dank, Herr –«

»Pep Buades, *senyora*«, sagte er.

»Vielen Dank, das ist sehr freundlich von Ihnen, Herr Buades. Aber wir sind etwas in Eile.«

»Gewiss, Frau Comisaria. Gehen Sie einfach ums Haus herum, dann gelangen Sie in den Garten. Meine Kollegen und die Hochzeitsgäste sind alle dort.«

Er wandte sich an Fernando. »Und, Herr Vázquez, das Team von der Spurensicherung ist schon im Badezimmer und erledigt seine Arbeit.«

»Sehr schön.« Fernando ignorierte den gereizten Unterton des Beamten und grinste ihn nur an.

Dieser strafte ihn mit einem abwertenden Blick und wandte sich erneut an Silvia. »Dem Opfer wurde anscheinend mit einem Jagdgewehr in die Brust geschossen. Es ist alles voller Blut.« Er fuhr sich mit der Zunge über die Lippen. »Aber sicherlich sind Sie solche Bilder gewöhnt, Frau Fiol.«

»Vielen Dank, Herr Buades. Bitte, achten Sie darauf, dass keiner der Gäste das Anwesen verlässt«, sagte Silvia und wandte sich zum Gehen.

»Ja, natürlich, wir beginnen sofort damit, das Gelände abzusperren.«

Als der Polizist außer Hörweite war, zischte Silvia Fernando an. »Kannst du nicht einmal deine sarkastische Zunge zügeln?«

»Das Leben ist zu kurz, um überall mit schlechter Laune rumzulaufen«, erwiderte Fernando.

»Wir reden hier nicht von Laune, sondern darüber, dass du dich permanent auf Kosten anderer lustig machst.« Silvia holte tief Luft. »Mensch, Fernando, wir sind am Tatort eines Gewaltverbrechens. Tu mir den Gefallen und reiß dich zusammen.«

»Man könnte meinen, du bist entweder meine Chefin oder meine Mutter«, erwiderte er. »Aber gut, du hast mein Ehrenwort: Falls ein weiterer Fan von dir vorbeikommt, werde ich ihm nur stumm lauschen.«

Silvia machte eine wegwerfende Handbewegung. »Los jetzt, lass uns das tun, was wir am besten können.«

Kapitel acht

Sofía Adrover klopfte ununterbrochen mit den Fingerspitzen auf den antiken Holztisch. Die fortwährende Handbewegung machte Silvia wahnsinnig, aber sie unterdrückte ihre Ungeduld und versuchte, sich auf die Worte der Mallorquinerin zu konzentrieren.

Mittlerweile war es fast Mitternacht. Nach einer ersten Begutachtung des Tatorts war Markus Hennings Leiche zum forensischen Institut Palmas abtransportiert worden, wo Fernando sie am Morgen einer ausführlichen Obduktion unterziehen würde. Die Männer der Spurensicherung befanden sich noch immer in dem Gästehaus. Mit Sicherheit würden sie Fingerabdrücke, Haare und andere Spuren von etlichen Hochzeitsgästen finden, die die Toilette während der Feier aufgesucht hatten. Die große Hoffnung bestand darin, dass der Täter Fingerabdrücke auf dem Jagdgewehr hinterlassen hatte.

Die vergangenen Stunden hatte Silvia zusammen mit Marie und weiteren Polizeibeamten damit verbracht, etliche Hochzeitsgäste einer ersten, kurzen Befragung zu unterziehen. Doch niemand hatte etwas Merkwürdiges gesehen. Alle waren erschüttert und fassungslos, aber keinem der Anwesenden war irgendjemand durch ein besonderes Verhalten aufgefallen.

Nun saßen Silvia und Marie seit einer Viertelstunde mit Sofía Adrover in der Küche des Haupthauses und befragten die junge Frau, die den toten Markus Henning gefunden hatte.

»Und Sie sind sich ganz sicher, keinen Schuss gehört zu haben, als Sie sich dem Häuschen näherten?«, fragte Marie.

Endlich hielt Sofía Adrover mit dem Klopfen inne und rieb sich mit der Hand über die mit Schminke verschmierten Wangen. Die junge Frau war völlig aufgelöst. Ihren geröteten Augen sah man deutlich an, dass sie in den vergangenen Stunden viel geweint hatte.

»Nein, definitiv nicht. Als ich auf das Häuschen zugegangen bin, habe ich bis auf die schallende Musik der Liveband überhaupt nichts gehört.«

Silvia musterte die Mallorquinerin. Sofía Adrover war achtundzwanzig und damit gut zehn Jahre jünger als ihre älteren Brüder Víctor und Albert. Sie war hübsch und machte auf Silvia einen sympathischeren Eindruck als der Rest der ziemlich hochnäsigen Familie. Aber trotzdem hatte sie das Gefühl, dass die junge Frau ihnen nicht die ganze Wahrheit sagte. Während ihrer Tätigkeit als Kommissarin waren Silvia völlig verstörte Zeugen zu Gesicht gekommen. Es war ein traumatisches Erlebnis, einen Menschen, den man kannte oder sogar liebte, ermordet aufzufinden. Fassungslosigkeit, Trauer und Verstörtheit waren normale Reaktionen. Sofía hingegen wirkte sehr angespannt und nervös. Sie war eindeutig geschockt, aber gleichzeitig schien sie ihre Worte genau abzuwägen und zögerte einige Augenblicke, bis sie auf die Fragen von Marie oder Silvia antwortete.

»Ihre Mutter hat ausgesagt, dass das Badezimmer des Häuschens eigentlich nur von engsten Familienmitgliedern aufgesucht wurde. Sie meinte, dass den Gästen das Toilettengebäude, das extra für größere Veranstaltungen gebaut worden ist, zur Verfügung stand. Außerdem befindet sich dieser Anbau viel näher an der Feier als das Gästehaus.« Silvia stützte die Ellbogen auf den Tisch. »Aus welchem Grund haben Sie das abgelegene Häuschen und nicht die näher gelegenen Toiletten aufgesucht, Frau Adrover?«

Wie erwartet, antwortete sie auch auf diese Frage nicht sofort. Silvia sah, wie es hinter ihrer Stirn zu arbeiten begann. Die Kommissarin warf Marie einen prüfenden Seitenblick zu, den diese sofort auffing und Silvia unmerklich zunickte. Auch Marie war Sofía Adrovers extreme Anspannung eindeutig aufgefallen.

»Na ja, also seit ich klein bin, gibt es dieses Gästehäuschen, und immer, wenn ich mit meinen Brüdern im Garten gespielt habe, sind wir dort auf die Toilette gegangen.« Wieder begann sie mit den Fingerspitzen auf den Tisch zu klopfen. »Ich denke, dass ich einfach aus Gewohnheit dahin gegangen bin. Außerdem ist es dort sauberer als auf den Klos, die so viele andere Leute aufsuchen.«

»Waren Sie vorher an diesem Tag auch schon in dem Häuschen gewesen?«, fragte Marie.

»Ja, einmal, bevor der Nachtisch serviert wurde.« Nun hatte Frau Adover ohne Umschweife geantwortet, und Silvia folgerte, dass sie dieses Mal die Wahrheit sagte.

»Haben Sie eine Ahnung, wer noch am heutigen Nachmittag oder Abend das Häuschen aufgesucht hat?«, fragte Silvia.

Auch jetzt antwortete die Mallorquinerin erstaunlich schnell. »Nein, glauben Sie, dass ich auf der Hochzeit meines Bruders kontrolliere, wo jeder einzelne Gast gerade hingeht? Das Häuschen stand offen, und so weit entfernt ist es ja nun auch nicht. Jeder hätte dort die Toilette aufsuchen können.«

Marie ergriff erneut das Wort. »Warum glauben Sie, dass Markus Henning dort gewesen ist?«

Sofía Adrover strich sich eine schwarze Locke aus dem Gesicht und sagte ruhig: »Ich weiß es nicht. Vielleicht hatte er Magenkrämpfe und wollte ungestört aufs Klo.«

Silvia atmete tief durch. »Also gut, Frau Adrover, lassen Sie uns Ihre Aussage zusammenfassen.« Sie warf einen Blick auf den Zettel vor ihr, auf dem sie sich ein paar Notizen gemacht hatte. »Sie sind also von Ihrem Tisch aufgestanden und direkt zum Häuschen gelaufen. Auf dem Weg dorthin ist Ihnen niemand begegnet, und Sie haben auch keinen Schuss oder irgendetwas anderes Auffälliges gehört.«

Sofía Adrover nickte stumm.

»Dann sind Sie in das Haus gegangen, und im Badezimmer haben Sie den toten Herrn Henning entdeckt. Sie haben sich ihm genähert und die Schusswunde in seiner Brust gesehen. Die Wunde an seinem Hinterkopf ist Ihnen nicht aufgefallen. Ihnen wurde klar, dass der Deutsche tot war, aber Sie haben ihn nicht angefasst, um sich dessen zu vergewissern.«

»Nein, ich habe ihn nicht angefasst. Er hat sich nicht gerührt. Es war eindeutig, dass er tot war, und ich habe mich unglaublich erschreckt.« Die Mallorquinerin schaute konzentriert auf ihre nun ineinander verhakten Hände.

Silvia wechselte einen Blick mit Marie, bevor sie weitersprach. »Als Ihnen bewusst wurde, dass Herr Henning nicht mehr lebte, sind Sie ohne zu zögern und auf direktem Weg zurück über den Kiespfad in den Garten gerannt, wo sich die anderen Gäste aufhielten. Auch auf dem Rückweg haben Sie niemanden gesehen und nichts Merkwürdiges gehört. Als Sie bei den Gästen ankamen, haben sie geschrien.« Silvia schaute auf das Blatt vor ihr. »Wortwörtlich: *Schnell. Markus liegt tot im Häuschen*. Daraufhin hörte die Liveband auf zu spielen, und einige Gäste rannten direkt zu dem kleinen Gebäude.«

»Ja, so war es«, sagte die junge Frau, ohne den Blick zu heben.

»Ist Ihnen irgendeine Reaktion von einem der Gäste aufgefallen, als Sie verkündeten, was Sie vorgefunden hatten?«

Sofía Adrover zögerte einen Moment, dann schaute sie Silvia direkt an und sagte resigniert: »Darauf habe ich nicht geachtet, ich war vollkommen geschockt über das, was ich gesehen hatte.«

»Ich verstehe«, sagte Silvia. »Gut, ich habe im Augenblick keine weiteren Fragen.« Sie wandte sich an Marie. »Möchtest du noch etwas hinzufügen?«

»Ja, eine Sache, bitte.« Marie beugte sich ein wenig über den Tisch. »Wie Sie wissen, Frau Adrover, bin ich Lillys beste Freundin. Sie hat mir erzählt, dass Markus am Vortag mit Ihnen geflirtet hat. Ich möchte Ihnen nicht zu nahe treten, aber könnten Sie uns sagen, ob er Ihnen auch während der heutigen Feier nähergekommen ist?«

Silvia hob eine Augenbraue. Das war eine interessante neue Information, die vielleicht mit Frau Adrovers Anspannung in Verbindung stand.

Die Mallorquinerin spitzte einen Moment lang die Lippen, bevor sie Marie antwortete. »Ich verstehe wirklich nicht, was das mit der Tatsache zu tun hat, dass Markus tot ist.«

»Bitte antworten Sie trotzdem auf die Frage meiner Kollegin. Jede Information kann von Nutzen sein«, warf Silvia ein.

Frau Adrover schaute Silvia mit einem Hauch Feindseligkeit an. »Nein, Markus hat mich weder heute noch gestern belästigt. Und jetzt wäre ich Ihnen wirklich dankbar, wenn ich endlich ins Wohnzimmer zu meiner Familie gehen könnte.«

Silvia tippte mit dem Kugelschreiber auf den Notizblock. »Ja, gehen Sie ruhig. Aber halten Sie sich bitte zur Verfügung. Wahrscheinlich werden wir in den kommenden Tagen weitere Fragen an Sie haben.«

Sofía Adrover nickte stumm. Dann warf sie sich ihr buntes Tuch um den Hals und stand auf. Silvia schaute ihr nachdenklich hinterher.

»Was meinst du? Verschweigt sie uns etwas?«, fragte Marie, nachdem die junge Frau die Küchentür hinter sich geschlossen hatte.

Silvia runzelte die Stirn. »Ja, irgendwie habe ich das Gefühl, dass ihre Nervosität nicht alleine auf den Schock zurückzuführen ist, einen ermordeten Menschen vorgefunden zu haben.«

»Lilly hat Sofía immer als sehr aufgeschlossen und liebenswert beschrieben.« Marie kratzte sich am Kinn. »Ich habe sie eben eher als ein wenig harsch empfunden. Und für meinen Geschmack hat sie etwas zu lange über einige Fragen nachgedacht.«

Silvia stand auf und ging ein paar Schritte in der Küche auf und ab. »Ich denke, wir sollten noch mal bezüglich der Annäherungsversuche von Markus Henning, die du erwähnt hast, nachhaken. Vielleicht hat sie sich von ihm bedroht gefühlt, weil er ihr zu nahe gekommen ist.«

»So wie ich Lilly verstanden habe, beruhte die Anziehungskraft auf beiden Seiten, und auch Sofía hatte am Vortag ein Auge auf Markus geworfen.« Marie versuchte, ein Gähnen zu unterdrücken. »Aber du hast recht, nachfragen sollten wir auf jeden Fall. Ihre ausweichende Reaktion war schon etwas seltsam.«

Silvia warf einen Blick auf ihr Handy, um zu überprüfen, ob eine Nachricht von Rachel eingegangen war. Sie atmete innerlich auf, als sie nur einen verpassten Anruf ihres Vorgesetzten auf dem Display sah.

»Okay, lass uns nach Hause fahren und ein wenig schlafen. Hier können wir vorerst sowieso nicht viel machen«, sagte Silvia.

»Hoffentlich stoßen die Kriminaltechniker oder Fernando bei der Obduktion auf irgendwelche brauchbaren Spuren.« Marie stand ebenfalls auf und streckte sich.

Wie schon so oft zuvor staunte Silvia über die Körpergröße der Deutschen. Was für ein ungleiches Paar sie doch für einen Außenstehenden abgeben mussten. Silvia war klein und drahtig, hatte lange schwarze Haare und sehr dunkle Augen. Marie hingegen war groß und schlank, trug einen blonden Kurzhaarschnitt, und ihre Augen schimmerten stechend grün.

»Ich weiß, dass du das Opfer gut gekannt hast und dir die Sache wahrscheinlich ziemlich nahegeht.« Silvia schaute Marie direkt an. »Aber wenn du einverstanden bist, versuche ich, beim Polizeichef durchzubringen, dich bei diesem Fall erneut als externe Mitarbeiterin dabeizuhaben.«

Bevor Marie etwas erwidern konnte, sprach Silvia schon weiter. »Ich habe es dir noch nicht erzählt.«

»Was?«, fragte Marie.

Silvia holte tief Luft. »Ramón hat Krebs. Ihm bleibt nicht mehr viel Zeit.«

»O nein!« Marie sah sie fassungslos an. »Ich hatte keine Ahnung. Es tut mir leid, ich habe dich auch heute gar nicht nach ihm gefragt. Ich hatte einfach angenommen, dass er nicht im Dienst ist. Was für ein Krebs ist es denn? Ist er wirklich nicht heilbar?«

»Leider nicht, es ist Lungenkrebs. Er ist viel zu spät erkannt worden.« Silvia spürte, wie Wut und Trauer in ihr aufstiegen. »Ramón hat seit seiner Kindheit eine Ärztephobie. Ich konnte ihn wochenlang nicht davon überzeugen, endlich zum Arzt zu gehen. Er meinte immer nur, dass es eine verschleppte Erkältung sei.« Ihre Stimme brach, und sie wischte sich eine Träne aus den Augenwinkeln.

Marie trat an sie heran und umarmte sie. »Es tut mir so leid, Silvia.«

Ein paar Sekunden lang standen sie einfach so da. Dann löste sich Silvia ein wenig verlegen aus der Umarmung.

»Danke, Marie«, sagte sie und zog die Nase hoch. »Na ja, was ich eigentlich sagen wollte, ist, dass mir noch kein fester neuer Partner zugewiesen worden ist und ich mich wirklich freuen würde, wenn du mit mir zusammen an diesem Fall arbeiten könntest. Außerdem wären mir deine Deutschkenntnisse in Hinsicht auf Lilly Hennings Familie von großem Nutzen.«

»Ja, natürlich, Silvia. Weißt du, gerade weil ich Markus gekannt habe und Lilly seit Jahren meine beste Freundin ist, wäre es mir enorm wichtig, an dem Fall mitarbeiten zu dürfen«, erwiderte Marie.

»Okay, ich muss den Polizeichef sowieso gleich zurückrufen. Dann frage ich ihn direkt, ob er deine Mitarbeit bei der Kripo in Hamburg beantragen kann.«

Kapitel neun

Víctor Adrover füllte das Whiskyglas bis zur Hälfte mit Single Malt, nahm einen kleinen Schluck und ging zurück zu Lilly und ihren Eltern. Kurz blickte er zu Jonas. Der Junge saß auf einem Sessel vor dem Kamin und starrte vor sich hin. Andreas Lindner hatte einige Male versucht, ein paar Worte mit ihm zu wechseln, aber Lillys Sohn hatte nur einsilbig geantwortet und ihm kaum Beachtung geschenkt.

Víctor reichte Lilly das Glas.

»Danke, aber du weißt doch, dass ich keinen Whisky mag«, sagte sie.

»Glaub mir, ein Schluck wird dir guttun«, erwiderte er.

Seufzend nippte Lilly an dem Glas und stellte es dann auf den Tisch vor dem Sofa.

Víctor wandte sich an Lillys Eltern. »Marianne, Bernd, kann ich euch noch etwas bringen?«

Marianne Henning sah ihn aus geröteten Augen an. »Das ist lieb, Víctor, aber vorhin hat uns die Polizeipsychologin ein paar Beruhigungstabletten gegeben. Die fangen Gott sei Dank langsam zu wirken an.«

Víctor nickte seiner Schwiegermutter zu und erhob sich vom Sofa. Rafael, der seit einer halben Ewigkeit angespannt im Wohnzimmer auf und ab gegangen war, kam auf ihn zu.

»Víctor, bitte frag Lillys Eltern, ob sie möchten, dass Rosa ihnen eines der Gästezimmer herrichtet. Dann können sie sich schlafen legen.«

»Vielen Dank für das Angebot«, sagte Bernd, nachdem Víctor Rafaels Vorschlag übersetzt hatte. »Aber meine Frau und ich werden uns ein Taxi rufen und zurück ins Hotel fahren. Wir haben all unsere Sachen dort und sollten wirklich versuchen, ein paar Stunden zu schlafen.«

»Sicher, Papa?« Lilly schaute zu ihrem Vater. »Jonas und ich werden auch hier übernachten. Vielleicht ist es besser, wenn wir alle zusammenbleiben. Ich mache mir Sorgen um euch.«

Marianne strich Lilly sanft über den Kopf. »Ja, Liebes, dein Vater hat recht. Wir schlafen besser in unserem Hotel. Mach dir keine Gedanken, wir sehen uns morgen.«

»Wie es euch lieber ist«, sagte Lilly. Dann schaute sie zu Jonas. »Schatz, kommst du Oma und Opa Tschüss sagen?«

Der Junge stand auf und kam zu ihnen. »Mama, ich bin müde«, sagte er und legte seinen Kopf in Lillys Schoß.

In dem Moment kam Sofía zur Wohnzimmertür herein. Seit einer halben Stunde war sie mit Comisaria Fiol und Marie in der Küche gewesen. Víctor ging auf seine Schwester zu und umarmte sie.

»Was haben sie dich denn so lange ausgefragt?«, wollte Rafael wissen, der auf einmal direkt neben ihnen stand.

Sofía löste sich aus Víctors Umarmung, antwortete ihrem Vater aber nicht sofort. Auch Isabel und Magdalena traten an sie heran. Albert, der draußen eine Zigarette geraucht hatte, öffnete die Glastür zur Terrasse und sah ebenfalls neugierig zu seiner Schwester hinüber.

Sofía versuchte, allen Blicken auszuweichen. Víctor bemerkte an seiner sonst so selbstsicheren kleinen Schwester eine ungekannte Angespanntheit, die man fast als Angst hätte beschreiben können.

»Nun sag schon, was sie wissen wollten, Schätzchen«, sagte Magdalena und griff sich an ihre immer noch perfekt sitzende

Frisur. »Ich will mir gar nicht ausmalen, was morgen in den Zeitungen stehen wird.«

Endlich erwachte Sofía aus ihrer abwesenden Haltung und fauchte Magdalena wütend an. »Mama! Sei einfach mal still. Hast du eigentlich eine Ahnung, wie es ist, einen ermordeten Menschen vorzufinden, den du obendrein auch noch gekannt hast?« Sie schluchzte laut, und Tränen liefen ihr über die Wangen. »Du und deine dämlichen Sorgen! Hast du mal eine einzige Sekunde daran gedacht, wie Markus' Familie sich gerade fühlt?« Ihr Blick glitt über Lilly, Marianne und Bernd.

Einen Moment lang war es still in dem großen Wohnzimmer. Víctor sah Andreas Lindner an. Der Arme wirkte ziemlich betreten. Er wartete eigentlich nur auf seine Frau und musste nun diese peinliche Familienauseinandersetzung miterleben.

Magdalena setzte sich mit pikiertem Blick und verschränkten Armen auf das Sofa, neben die schlafenden Zwillinge. Víctor sandte ein Stoßgebet Richtung Himmel, dass seine Mutter Ruhe gab und nicht auf Sofías Angriffe reagierte.

Albert brach das Schweigen. »Okay, wir sollten uns alle ein wenig beruhigen. Sofía, kannst du uns jetzt sagen, was genau die Polizei von dir wissen wollte?«

»Na, was wohl? Ob ich irgendetwas Verdächtiges gesehen oder gehört habe, natürlich«, erwiderte Sofía.

»Und, hast du das?«, fragte Rafael.

Sofía zögerte einen Augenblick. »Nein, habe ich nicht, verdammt noch mal.« Nun war wieder jegliche Wut aus ihrer Stimme gewichen, und sie wirkte vollkommen erschöpft. »Ich wollte einfach nur aufs Klo, und jetzt werde ich für immer diese schrecklichen Bilder ins Gedächtnis eingebrannt haben.«

Víctor griff nach ihrer Hand und drückte sie fest.

»Warum warst du überhaupt bei dem Gästehaus?«, fragte Albert.

»Jetzt fängst du auch noch damit an.« Sofía nahm dankbar das Taschentuch entgegen, das Isabel ihr reichte, und putzte sich die Nase. »Wir benutzen doch alle das Badezimmer im Gästehaus, wenn wir eine große Feier hier veranstalten.«

»Also, ich bin heute jedes Mal zum Toilettenhäuschen nebenan gegangen«, warf Rafael ein. »Warum sollte ich denn bis zum Gästehaus laufen, nur um zu pinkeln?«

»Sofía hat recht«, sagte Isabel, die bis jetzt vollkommen still gewesen war. »Für euch Männer mag das vielleicht nicht nötig sein. Aber für uns Frauen ist das Badezimmer dort viel geeigneter, um uns ein bisschen frisch zu machen, als die Toiletten, die alle anderen Gäste aufsuchen.«

Ein paar Sekunden lang sagte niemand etwas.

»Ich bin der Meinung, wir sollten jetzt alle versuchen, etwas zu schlafen«, warf Víctor ein.

»Ich gehe doch nicht ins Bett, solange die Polizei in meiner Küche sitzt«, rief Rafael.

Magdalena sprang vom Sofa auf. »Genau, ich gucke jetzt mal, was die da so lange machen. Haben die keine eigenen Büros, um ihre Gespräche zu führen?«

Víctor sah, wie Andreas Lindner fast unmerklich die Augen verdrehte, und erneut schämte er sich für das impulsive Benehmen seiner Eltern. »Mutter, ich denke, wir sollten sie noch ein wenig in Ruhe lassen. Sofía ist doch gerade erst aus der Küche gekommen.«

Bevor irgendjemand etwas erwiderte, hörten sie Schritte im Flur. Silvia Fiol und Marie Lindner traten ins Wohnzimmer.

»Gut, meine Damen und Herren, für heute machen wir Schluss«, sagte die Comisaria. »Die Kollegen der Policía

Local werden vor Ort bleiben und die ganze Nacht das Gelände überwachen. Ich bitte Sie alle, sich in den kommenden Tagen für weitere Fragen zur Verfügung zu halten. Gute Nacht.«

Nachdem die Comisaria gegangen war, wandte sich Marie an Lilly. »Wie geht es dir?«

Lilly lächelte sie gequält an.

»Soll ich bei dir bleiben heute Nacht?«, fragte Marie.

»Nein, fahrt ihr ruhig nach Sóller, es ist schon okay.« Lilly schluckte, bevor sie weitersprach. »Aber Marie?«

»Ja?«

»Wirst du an den Ermittlungen teilnehmen? Das wäre mir sehr wichtig.«

Víctor schielte zu Andreas Lindner hinüber, der sich jedoch nichts anmerken ließ. Víctor wusste aus Lillys Erzählungen, dass Andreas nicht sehr begeistert davon war, dass seine Frau an vereinzelten Fällen der Policía Nacional mitwirkte. Er konnte es dem Deutschen auch nicht verübeln. Bei allem, was Marie in den vergangenen Jahren durchgemacht hatte, war es mehr als gerechtfertigt, dass er sich um ihre Sicherheit sorgte.

Marie drückte Lillys Hand. »Ja, ich werde es versuchen. Silvia Fiol wird ihren Vorgesetzten um die entsprechende Genehmigung bitten.«

»Danke«, flüsterte Lilly. Dann wandte sie sich mit etwas festerer Stimme an ihre Eltern. »Papa, Mama, bitte versucht, ein paar Stunden zu schlafen. Es bringt niemandem etwas, wenn wir hier alle endlos herumsitzen.«

Marianne putzte sich die Nase. »Ja, Liebes.« Sie klopfte Bernd aufs Knie. »Komm, Schatz, lass uns ein Taxi rufen.«

Víctor wandte sich an Albert. »Fahrt ihr nach Palma oder schlaft ihr hier?«

»Wir fahren nach Hause, ich habe morgen ein wichtiges Parteimeeting«, antwortete Albert.

»Könntet ihr Lillys Eltern nicht mitnehmen?«, fragte Víctor.

Albert wechselte einen Blick mit Isabel, die stumm auf die schlafenden Zwillinge deutete.

»Tut uns wirklich leid, aber mit den Kindersitzen im Wagen haben wir leider –«

»Wir nehmen euch natürlich mit, Marianne«, unterbrach Andreas Lindner ihn. »Gar kein Problem. Wir müssen auf dem Weg nach Sóller doch sowieso Richtung Palma.«

»Das ist lieb von euch, aber dann müsst ihr extra in die Innenstadt rein«, warf Bernd ein. »Wir können uns wirklich ein Taxi nehmen.«

»Das kommt überhaupt nicht infrage. Natürlich bringen wir euch zu eurem Hotel«, sagte Marie bestimmt. »Es ist ja wohl das Mindeste, was wir tun können. Außerdem ist um die späte Uhrzeit sowieso kein Verkehr mehr im Zentrum, und wir sind ganz schnell dort.«

Kapitel zehn

Trotz der Erschöpfung liefen Maries Gedanken auf Hochtouren. Sie konnte sich keinen Reim darauf machen, warum Markus ermordet worden war. Wer sollte ein Motiv gehabt haben, Lillys Bruder umzubringen? Er kannte so gut wie niemanden auf der Insel und war bis vor einer Woche nie zuvor auf Mallorca gewesen.

Sie hatten Lillys Eltern zum Hotel Saratoga in Palmas Innenstadt gebracht. Während Andreas im Auto gewartet hatte, war Marie mit den beiden auf ihr Zimmer gegangen. Als sie sich vergewissert hatte, dass sie das Ehepaar alleine lassen konnte, hatte sie das Hotel wieder verlassen.

Andreas setzte den Blinker und nahm die Abzweigung Richtung Sóller. »Hör mal, ich wollte es gerade vor Lillys Eltern nicht erzählen, und wahrscheinlich ist es auch egal. Ich hatte es ja selber schon fast vergessen«, sagte er.

Marie sah ihn an. »Was?«

»Während des Aperitifs habe ich mitbekommen, wie Markus sich angeregt mit einer jungen Mallorquinerin unterhalten hat.«

»Na, das ist doch nichts Neues«, gab Marie zurück. »Er hat ja alles angebaggert, was zwei Beine und Brüste hat. Hast du nicht gesehen, wie er mit Sofía geflirtet hat, als wir aus der Kirche gekommen sind?«

»Ja, das weiß ich selbst. Aber da ist noch etwas anderes.«

»Was denn?« Marie griff nach der Mineralwasserflasche, die neben der Handbremse stand, und trank einen Schluck.

»Also, ein paar Stunden später, als du mit Jonas getanzt hast, habe ich gesehen, wie die beiden erneut beisammenstanden und dass die Mallorquinerin Markus etwas in seine Jackettasche gesteckt hat. Ich weiß noch, dass ich schmunzeln musste, weil ich dachte, dass er sogar Telefonnummern von jungen Frauen zugesteckt bekommt.«

»Hmmm.« Marie stellte die Wasserflasche zurück an ihren Platz. »Wer vergibt denn im Zeitalter von Smartphones noch beim Flirten auf Papier gekritzelte Telefonnummern?«

»Keine Ahnung, vielleicht hatte Markus ja sein Handy nicht dabei, und deshalb hat sie ihm eine Visitenkarte zugesteckt.«

Sie fuhren an dem Dorf Bunyola vorbei und weiter in Richtung des Tunnels, der das Bergtal Sóller mit der Außenwelt verband. Um diese späte Uhrzeit kreuzte fast kein einziges Auto ihren Weg.

»Und dir ist nicht aufgefallen, ob Sofía in der Nähe war und die Szene zwischen den beiden beobachtet hat?«, hakte Marie nach.

»Nein, ein Kellner kam an unseren Tisch und schenkte Bernd Whisky nach. Daraufhin begann Bernd, mit mir über verschiedene Single-Malt-Sorten zu reden, und Marianne schwärmte von einer Schottlandreise, die sie vor Jahren gemacht hatten.« Andreas schaute kurz zu ihr hinüber, bevor er den Blick erneut auf die Landstraße richtete. »Du weißt ja, wie gesprächig sie sein können. Ich habe ihnen dann einfach zugehört und gar nicht mehr an Markus gedacht.«

»Hast du denn eine Ahnung, wer diese junge Mallorquinerin war?«

»Bei den vielen Gästen, die eingeladen waren? Nein. Wir kannten ja fast niemanden. Aber sie trug ein sehr auffälliges lila Kleid. Es dürfte also nicht allzu schwer sein, sie ausfindig zu machen.«

»Okay, morgen früh werde ich direkt Silvia anrufen und ihr davon berichten«, erwiderte Marie.

Einige Minuten lang sagte keiner von beiden etwas. Dann setzte sich Marie ein wenig auf und schaute zu Andreas.

»Nun sag schon, was ist los? Dir geht doch gerade noch etwas anderes durch den Kopf«, sagte sie und berührte sanft seine Schulter.

Andreas atmete tief durch. »Ach Marie, du weißt doch, dass ich mir Sorgen um dich mache. Ich bin einfach nicht begeistert davon, dass du schon wieder mit Comisaria Fiol an einem Fall arbeiten willst. Und erst recht nicht, wenn es um einen Mord geht.« Er biss sich auf die Unterlippe, ehe er weitersprach. »Dir ist schon genug Schreckliches in den vergangenen Jahren zugestoßen. Mir wäre es einfach lieber, wenn wir uns zusammen auf unser Hotel konzentrieren würden und du die Polizeiarbeit wenigstens einige Jahre auf Eis legen könntest.«

Marie schluckte. Ihr war bewusst, dass Andreas sie seit ihrer Vergewaltigung und der schrecklichen Entführung im darauffolgenden Jahr am liebsten rund um die Uhr in seiner Nähe haben wollte. Marie liebte seine fürsorgliche Art, denn Andreas gab ihr all die Aufmerksamkeit, die sie von ihren Eltern nie erfahren hatte. Er war immer für sie da gewesen und hatte sie in ihren mittlerweile zehn Jahren Ehe niemals enttäuscht. Aber beim Thema Polizeiarbeit kamen sie seit ihrer Entführung einfach auf keinen gemeinsamen Nenner. Es war ja nicht so, als würde sie wie damals in Hamburg rund um die Uhr Mörder jagen.

»Weißt du, wir haben beide in den vergangenen Jahren echt hart gearbeitet«, sagte Andreas deutlich, aber noch immer ruhig, »sowohl an unserer Ehe als auch an der Entstehung des Landhotels. Und jetzt, wo es endlich anfängt, gut zu laufen, und wir die kommenden Wochen ausgebucht sind, willst du dich an diesem komplizierten Mordfall beteiligen.«

Nun machten seine Worte sie doch wütend. »Also hör mal, du tust ja so, als würde ich mich auf irgendeinen mir völlig fremden Fall schmeißen. Hallo? Wir reden hier davon, dass heute der Bruder meiner besten Freundin erschossen worden ist! Was soll ich denn deiner Meinung nach machen? Der armen Lilly und ihren am Boden zerstörten Eltern sagen, dass ich mich leider nicht an der Suche seines Mörders beteiligen kann, weil ich hinter dem Tresen unserer Rezeption stehen muss?« Marie schnaubte. Sie wusste, dass sie etwas zu laut geworden war, aber sie fühlte sich vollkommen im Recht.

»Jetzt beruhige dich erst mal«, sagte Andreas.

Sie hatten den Tunnel verlassen und fuhren nun über die kurvenreiche Strecke, die ins Dorf hinunterführte. Marie ließ das Fenster herunter. Die kühle Luft war eine Wohltat für ihre angegriffenen Nerven.

»Ich sage ja gar nicht, dass du nicht für sie da sein sollst. Natürlich musst du ihnen während dieser schweren Zeit beistehen. Aber vielleicht könntest du einfach als Bezugsperson zwischen Comisaria Fiol und den Hennings agieren, ohne dich dabei aktiv an dem Mordfall zu beteiligen. Mein Gott, Schatz, ich mache mir einfach nur Sorgen nach allem, was passiert ist.« Er hielt kurz inne, bevor er weitersprach. »Und ja, wo du es schon ansprichst. Natürlich stellt deine Abwesenheit auch ein logistisches Problem dar. Die beiden Male, die du mit Silvia Fiol zusammengearbeitet hast, warst du tagelang am Stück kaum anwesend im Hotel.«

»Ja, eben! Und war das denn im Endeffekt so ein großes Problem?«, fragte Marie. Sie war nicht imstande, die Gereiztheit in ihrer Stimme zu unterdrücken. Natürlich konnte sie Andreas' Standpunkt in gewisser Weise nachvollziehen. Aber ihr Mann konnte einfach nicht verstehen, wie sehr sie ihren ehemaligen Beruf vermisste.

Sie ließen das Zentrum von Sóller und den Ortsteil l'Horta hinter sich und bogen rechts auf die Bergstraße Richtung Puig Major ab. Noch ein paar Kurven, dann würden sie die Abzweigung zu ihrer Finca erreichen.

»Die Sache ist, dass wir während der anderen Male, als du mit Silvia Fiol zusammengearbeitet hast, nicht vollkommen ausgebucht waren. Aber die kommenden Wochen sind wir es, und du weißt selbst, wie anstrengend es ist, wenn so viele Gäste da sind«, antwortete Andreas mit ruhiger Stimme.

»Wenn das deine größte Sorge ist, kann ich dich beruhigen.« Marie fuhr das Fenster wieder hoch. Es war doch noch ziemlich frisch nachts. »Erst gestern hat mich Catalina gefragt, ob wir vielleicht vorhätten, sie in Vollzeit einzustellen. Und außerdem hat sie von ihrem Bruder geschwärmt, der ebenfalls Hotelerfahrung hat, perfekt Englisch spricht und noch eine Arbeitsstelle für die Saison sucht.«

»Ach Marie, du weißt, dass das nicht meine größte Sorge ist. Mir wäre es einfach lieber, wenn du hier bei mir wärst«, sagte Andreas, während er den Wagen auf dem Kiesweg vor ihrem Häuschen parkte.

Das Steinhaus, das in unmittelbarer Nähe zum Hauptgebäude mit den Gästezimmern stand, war seit nun zwei Jahren ihr Zuhause. Marie liebte ihren kleinen Rückzugsort. Das Häuschen bot Andreas und ihr genug Privatsphäre von den Gästen, und trotzdem waren sie nur eine Gehminute vom Hotel entfernt.

»Andreas, ich bin doch so gut wie immer hier.« Marie spürte, dass ihr plötzlicher Ärger mittlerweile fast vollkommen verflogen war. Sie wollte sich nicht weiter mit ihm streiten. »Vielleicht löst sich der Fall ja ganz schnell, dann sind es nur ein paar Tage, die ich in Palma sein muss. Außerdem wissen wir ja noch gar nicht, ob ich überhaupt die Erlaubnis erhalte, an der Mordermittlung mitzuwirken.«

Andreas sah sie erschöpft an. »Ich glaube, wir brauchen erst einmal eine ordentliche Dosis Schlaf nach diesem Schock und dem endlos langen Tag.«

»Ja, ich kann es immer noch kaum fassen. Es sollte einer der schönsten Tage in Lillys Leben werden, und dann endet alles auf so tragische Weise.« Marie starrte einen Moment lang auf das Armaturenbrett vor sich. »Es ist schrecklich, und ich verstehe einfach nicht, wer ein Motiv gehabt haben soll, den armen Markus umzubringen.«

»Komm Schatz, lass uns reingehen. Du kannst den Fall jetzt sowieso nicht durch stundenlanges Grübeln lösen.« Andreas griff nach dem Schlüsselbund und öffnete die Fahrertür. »Ich schaue noch kurz im Hotel vorbei, um zu hören, ob heute Abend alles gut gegangen ist, und komm dann auch sofort.«

Sie sah Andreas nach, wie er sich mit schnellen Schritten vom Wagen entfernte. In keinem der acht Gästezimmer brannte noch Licht. Kein Wunder, es war mittlerweile fast drei Uhr morgens. Marie stieg ebenfalls aus und streckte ihren Rücken durch. Eine heiße Dusche würde ihren angespannten Muskeln bestimmt guttun. Und dann musste sie wirklich versuchen, ein paar Stunden zu schlafen.

Sie schloss die Haustür auf, und ein überglücklicher Bob empfing sie mit lautem Gebell. Der Labradormischling hatte den Tag mit Catalina im Hotel verbracht, und die Rezeptionistin hatte ihn nach Feierabend zurück ins Häuschen gebracht. Marie umarmte ihren geliebten Hund, der ihre Begrüßung erwiderte, indem er versuchte, ihr übers Gesicht zu schlecken.

Sie musste lachen und befreite sich von ihm. »Komm, Bob, während ich dusche, drehst du noch eine Runde im Garten«, sagte sie und ging ins Wohnzimmer, um die gläserne Schiebetür zu öffnen, die das Haus mit ihrem privaten Garten verband. Bob folgte ihr aufgeregt und rannte dann über die Terrasse direkt auf den alten Olivenbaum zu, wo er am liebsten sein Geschäft verrichtete.

Marie schaute ihm einen Moment lang nach und musste unwillkürlich an die Nacht vor fast zwei Jahren denken, als ihr Entführer durch den Garten gekommen war, um Bob zu betäuben und sich dann ungestört Zugriff zu ihrem Haus zu verschaffen. Sofort machte sich ein beklemmendes Gefühl in ihrer Bauchgegend breit, und sie versuchte, die negativen Gedanken zu verscheuchen.

»Okay, Bob, komm wieder rein, es ist Zeit, schlafen zu gehen«, rief sie ihrem Hund zu.

Wie auf Kommando rannte Bob an ihr vorbei ins Haus und verschwand Richtung Flur, wo Andreas gerade die Haustür öffnete.

Marie warf einen letzten Blick in den dunklen Garten, dann verschloss sie gewissenhaft die Terrassentür.

SONNTAG, 19. MAI 2019

Kapitel elf

Silvia stand in ihrer kleinen Einbauküche und schaute zu, wie der Kaffee in die dunkelblaue Tasse tropfte. Sie holte einen angebrochenen Karton Milch aus dem Kühlschrank und gab ein wenig in die schon fast volle Tasse. Dann schaltete sie die Espressomaschine aus und setzte sich mit dem heißen Getränk auf das abgenutzte Ledersofa.

Sie sah aus dem Wohnzimmerfenster, das einen schönen Ausblick auf die Dächer Palmas bot. Seit anderthalb Jahren wohnte sie nun schon in der kleinen Wohnung im Sindicato-Viertel, mitten in Palmas Innenstadt. Vorher hatte sie fünf Jahre lang in einem Apartment ganz in der Nähe gewohnt, bis ihr ehemaliger Vermieter ihre Monatsmiete von 600 auf 950 Euro erhöhte. Silvia war damals aus allen Wolken gefallen und hatte sich gefragt, wie jemand für eine derart kleine, renovierungsbedürftige Wohnung solch einen Preis verlangen konnte. Sie musste jedoch rasch feststellen, dass ihr Vermieter keine Ausnahme darstellte. Die meisten Wohneigentümer in Palmas Altstadt verlangten nach Ablauf des fünfjährigen Mietvertrags einfach das Doppelte. Das Interesse von reichen Ausländern aus aller Welt an Wohnungen im *casco antiguo* von Mallorcas Hauptstadt war in den vergangenen Jahren um ein Vielfaches gestiegen. Da Skandinavier, Russen oder Deutsche bereit waren, die hohen Preise zu zahlen, konnten sich viele Mallorquiner mit ihren unterdurchschnittlichen Gehältern dort so gut wie nichts mehr leisten. Damals hatte Silvia schnell beschlossen, dass sie nicht bereit war, für die

Bruchbude, die ihr ehemaliges Apartment darstellte, einen solchen Wucherpreis zu bezahlen. Zwar stand sie im Vergleich zu vielen ihrer Landsleute, die wesentlich weniger verdienten, mit ihren fast 2000 Euro monatlich relativ gut da, aber da sie alleine lebte, hätte es bedeutet, die Hälfte ihres Gehalts für die Miete hinzublättern, und das war das winzige Apartment nun wirklich nicht wert gewesen.

Daher hatte sie mit dem Gedanken gespielt, sich endlich etwas Eigenes zu kaufen und eine Hypothek abzubezahlen. Aber auch diesbezüglich hatte sie sich mächtig verschätzt. Genau wie die Mieten waren die Kaufpreise in Palmas Innenstadt ebenfalls in schwindelerregende Höhen gestiegen. Wochenlang hatte sie sich von einem Maklertermin zum anderen gequält, und jeden Tag war ihre Hoffnung, eine bezahlbare Wohnung zu finden, geschwunden. Als sie kurz davor gewesen war, komplett zu verzweifeln, hatte sie dank einer Bekannten ihrer Sekretärin doch noch eine Mietwohnung zu einem Freundschaftspreis von 650 Euro gefunden. Nur durch Beziehungen war es heutzutage noch möglich, ein bezahlbares Apartment zu ergattern.

Zwar hatte sich damit ihr grundsätzliches Problem auf lange Sicht nicht gelöst, aber wenigstens hatte sie eine günstige und recht gemütliche Wohnung für die kommenden Jahre. Währenddessen hegte sie genau wie viele andere Mallorquiner die Hoffnung, dass die Immobilienblase wie schon zuvor im Jahr 2008 irgendwann platzen und die Preise endlich wieder ein wenig sinken würden.

Sie stellte die noch halb volle Kaffeetasse auf dem Sofatisch ab und griff nach ihrem Smartphone. Es war erst acht Uhr, aber sie fühlte sich trotz der wenigen Stunden Schlaf relativ fit. Sie überlegte, Marie anzurufen, entschied aber dann, dass die Deutsche bestimmt ebenfalls erst sehr spät ins Bett gekommen war und wahrscheinlich noch schlief. Gestern Nacht noch hatte Silvia mit dem Polizeichef bezüglich Maries Mitarbeit gesprochen. Er war nicht sehr angetan gewesen, da es jedes Mal einen großen bürokratischen Aufwand für ihn darstellte, bei der deutschen Kripo die entsprechende Genehmigung zu erhalten. Aber da Silvia seit Ramóns Erkrankung noch keinen festen Arbeitskollegen zugewiesen bekommen hatte, willigte er nach einigem Murren doch ein, sich darum zu kümmern. Um die Frage nach einer eventuellen Befangenheit Maries zu vermeiden, hatte Silvia während des Gesprächs mit ihrem Vorgesetzten bewusst unerwähnt gelassen, dass die Deutsche das Opfer und dessen Familie kannte.

Das Thema »neuer Arbeitskollege« bereitete Silvia zunehmend Bauchschmerzen. Nicht nur, dass Ramón während der vergangenen Jahre zu einem ihrer besten Freunde geworden war, sie hatten auch ein harmonisches und sehr erfolgreiches Ermittlungsteam abgegeben. Silvia wusste, dass sie keinen einfachen Charakter hatte. Sie war ungeduldig, handelte manchmal zu impulsiv, und oft fiel es ihr schwer, einfach den Mund zu halten und ihre Meinung nicht herauszuposaunen. Obendrein war sie eine außerordentliche Chaotin. Weder auf ihrem Schreibtisch noch in ihrer Handtasche oder in ihrem Apartment hatte sie jemals für Ordnung sorgen können. Ramón hatte ihr in dieser Hinsicht in nichts nachgestanden. Silvia schmunzelte, als sie daran dachte, wie oft ihre Sekretärin, die die Ordnung in Person war, kurz vor einem Nervenzusammenbruch gestanden hatte, wenn sie auf ihrem oder Ramóns Schreibtisch irgendein Dokument suchte. Gleichzeitig rief die Erinnerung Trauer in ihr hervor. Niemals mehr würde sie den korpulenten, schwitzenden Ramón vor einem Berg von Chaos in seinem Büro mit voll aufgedrehter

Klimaanlage sitzen sehen. Sie schob den Gedanken beiseite und dachte darüber nach, wen man ihr wohl als neuen Kollegen an die Seite stellen würde. Da sie im Polizeipräsidium sowieso schon an Personalmangel litten, war ihre größte Befürchtung, dass man ihr irgendeinen patriotischen Schnösel vom Festland vor die Nase setzte. Oder einen eingefleischten Macho, der den Polizeiberuf immer noch als Männerdomäne ansah und mit Silvias direkter Art nicht klarkam.

Das Vibrieren des Smartphones, das sie immer noch in der Hand hielt, riss sie aus ihren trüben Gedanken. Silvia schaute auf das Display. Eine WhatsApp-Nachricht von ihrer Schwester war im Familienchat eingegangen. Marilén schrieb, dass Alba vergangene Nacht Fieber bekommen hatte und Miquel und sie daher nicht mit den Kindern nach Campos kommen würden.

Silvia klatschte sich mit der flachen Hand vor die Stirn. Sie hatte vollkommen vergessen, dass heute ein großes Mittagessen der Familie Fiol auf dem Tagesplan stand. Durch den gestrigen Mord musste sie natürlich an diesem Sonntag arbeiten und konnte nicht an dem Essen teilnehmen. Zwar störte sie das nicht besonders, da sie den endlosen Familienzusammenkünften, während derer es meist sowieso nur um Dorfklatsch aus Campos ging, noch nie wirklich etwas hatte abgewinnen können. Aber sie hatte ihre Eltern schon seit ein paar Wochen nicht gesehen und wusste, dass es die beiden bestimmt kränken würde, wenn nun keine ihrer Töchter zu dem Essen erschien.

Während Silvia dabei war, ebenfalls eine entschuldigende Abwesenheitsnachricht in den Chat zu schreiben, klingelte ihr Handy. Es war Marie. Silvia drückte auf den grünen Knopf, um den Anruf entgegenzunehmen.

»Guten Morgen, Marie.«

»*Bon dia,* Silvia, entschuldige, dass ich dich so früh anrufe«, sagte Marie. »Ich hoffe, ich habe dich nicht geweckt.«

»Nein, nein, ich bin schon seit über einer Stunde wach«, erwiderte Silvia. »Ehrlich gesagt wollte ich dich auch schon anrufen.«

Marie seufzte. »Die ganze Sache geht mir ziemlich nahe, ich habe kaum ein Auge zubekommen vergangene Nacht.«

»Ja, das kann ich mir vorstellen. Es tut mir echt leid. Und ich kann auch verstehen, wenn du an dem Fall lieber nicht mitarbeiten willst«, sagte Silvia, hoffte aber gleichzeitig, dass die Deutsche es sich nicht anders überlegt hatte.

»Doch! Ich fühl mich wirklich verpflichtet, bei der Mordermittlung mitzuwirken. Das bin ich Lilly und ihren Eltern schuldig. Wenn es denn geht.«

Silvia atmete gedanklich auf.

»Ja, deshalb wollte ich dich anrufen. Der Polizeichef hat zugesagt, dass er sich persönlich um die Genehmigung kümmert. Es sollte also kein Problem geben.«

»Ach gut. Das freut mich wirklich«, sagte Marie.

»Mich auch!«

Ein paar Sekunden sagte keine der beiden etwas, dann brach Marie das Schweigen. »Also, ich wollte dir eigentlich erzählen, dass Andreas gestern beobachtet hat, wie eine junge Mallorquinerin auf der Hochzeit sich erst angeregt mit Markus Henning unterhalten und ihm dann irgendetwas in sein Jackett gesteckt hat. Wahrscheinlich handelte es sich nur um einen seiner zahlreichen Flirts, aber vielleicht ist es trotzdem einen Versuch wert, uns einmal mit dem Mädchen zu unterhalten.«

»Ja, klar, auf jeden Fall. Ich wollte dir sowieso vorschlagen, dass wir heute, während wir auf den Obduktionsbericht von Fernando warten, die Gästeliste der Hochzeit durchgehen und beginnen, verschiedene Mitglieder der Familie Adrover Estades zu vernehmen.«

»Okay. Soll ich aufs Revier kommen?«

»Ja, wenn es dir passt, können wir uns in ungefähr einer Stunde in meinem Büro treffen«, sagte Silvia.

»Ist gut. Ich denke, dass ich nicht länger als eine halbe Stunde bis nach Palma brauche.«

»Ja, heute ist der beste Wochentag, um nach Palma zu kommen.« Silvia lachte. »Sonntags macht es sogar richtig Spaß, durch die Innenstadt zu kurven. Da steht man ausnahmsweise mal nicht endlos lang im Stau, und einen Parkplatz findet man auch auf Anhieb.«

»Okay, ich sag noch eben Andreas Bescheid, und dann fahr ich los. Bis später!«

»*Hasta luego,* Marie«, sagte Silvia und beendete das Gespräch.

Sie blieb noch einen Moment auf dem Sofa sitzen und starrte vor sich hin. Dann schickte sie die WhatsApp an ihren Familienchat ab und stand auf, um sich für den neuen Arbeitstag fertig zu machen.

Kapitel zwölf

Víctor Adrover blieb vor der geschlossenen Küchentür stehen und lauschte.

»Betrachten wir's mal positiv, Magdalena«, hörte er seinen Vater sagen. »Wenigstens kann Markus sich jetzt nicht mehr an Sofía ranmachen. Allein der Gedanke, dass noch eines unserer Kinder mit einem Deutschen zusammengekommen wäre, und dann auch noch mit so einem dahergelaufenen Möchtegernmacho! Ich will gar nicht daran denken.«

»Ja, ja«, erwiderte Magdalena. »Aber kannst du dir vorstellen, was dieser Mord für ein negatives Licht auf unsere Familie wirft? Der arme Albert! Ich hoffe, dass die Oppositionsparteien sich nicht wie die Geier auf diesen Vorfall stürzen und damit seine Kandidatur gefährden.«

Víctor verharrte an der Tür und schüttelte stumm den Kopf. Er beschloss, nicht in die Küche zu gehen. Kommentare dieser Art waren eindeutig zu viel für seine überspannten Nerven.

Stattdessen machte er auf dem Absatz kehrt und ging ins Wohnzimmer, wo Rosa gerade die benutzten Gläser der vergangenen Nacht einsammelte. Er bat das Dienstmädchen, ihm sein Frühstück aufs Zimmer zu bringen, und ging dann erneut zu Lilly in den ersten Stock. Seine Frau war inzwischen aufgewacht und sah ihn aus müden Augen an.

»Guten Morgen, Schatz. Wie geht es dir?«, fragte Víctor und setzte sich neben sie auf das große Himmelbett.

»Ehrlich gesagt kann ich das alles noch gar nicht richtig begreifen«, antwortete Lilly.

Víctor nahm ihre Hand und streichelte sie sanft. »Hast du schon nach Jonas geschaut?«

»Ja, ich war eben im Nebenzimmer. Er schläft Gott sei Dank tief und fest. Der Arme! Weißt du, Jonas hatte ein viel innigeres Verhältnis zu Markus, als ich es je zu meinem Bruder hatte.«

»Ja, ich weiß, Liebes. Er hat sehr an seinem Onkel gehangen.«

»Markus konnte echt ein Arschloch sein und hat oft nur an sich gedacht, aber er hat Jonas von klein auf immer unglaublich viel Aufmerksamkeit geschenkt und sich wirklich um ihn gekümmert.« Eine Träne lief Lilly über die Wange.

Víctor umarmte sie fest, und einige Augenblicke verweilten sie so, während Lilly leise weinte. Dann befreite sie sich aus seinen Armen und griff nach einem Taschentuch.

»Aber meine größte Sorge gilt meinen Eltern«, sagte Lilly.

»Natürlich ist es ein riesiger Schock für sie. Aber sie sind stark, und sie haben Gott sei Dank einander. Und du und Jonas gebt ihnen auch viel Kraft.«

»Ich weiß nicht. Wie soll es denn jetzt bloß weitergehen?« Erneut bildeten sich Tränen in ihren Augen. »Eigentlich haben sie ja für Dienstag ihren Rückflug gebucht, aber sie werden in dieser Situation bestimmt vor Ort bleiben wollen. Ich muss mich um sie kümmern.«

Sie tat Víctor unendlich leid. Nur zu gern hätte er ihr etwas von der enormen Trauer abgenommen. »Hör zu, du weißt, dass ich hundertprozentig für dich und deine Familie da bin.«

Bevor Lilly etwas erwidern konnte, klopfte es an der Tür. Víctor erhob sich vom Bett und öffnete Rosa, die ein Tablett mit Kaffee, Orangensaft und Croissants in den Händen hielt. Er bedankte sich und nahm das Tablett entgegen. Dann stellte er alles auf den Sekretär, goss Kaffee in eine Tasse und reichte sie Lilly.

»Danke dir.« Sie trank einen Schluck und sah ihm dann direkt in die Augen. »Víctor, wer hat meinen Bruder getötet?«

Víctor nahm sich ein Glas Saft und setzte sich auf das Bett. »Ich weiß es nicht, Liebes. Vielleicht war es nur ein Einbrecher, und Markus hat ihn überrascht, als er ins Häuschen gekommen ist?«

»Das glaubst du doch selbst nicht! Wer soll den bitte schön so blöd sein und während einer riesigen Feier in das kleine Gebäude einbrechen, wo die Finca doch sonst meistens eh leer steht? Außerdem gibt es doch kaum etwas von Wert dort. Da wäre ein Dieb sicherlich eher hier ins Haus gekommen, wo es wenigstens etwas zu holen gibt.«

»Na ja, aber unter normalen Umständen ist das kleine Haus ja fest verschlossen und die Alarmanlage aktiviert. Außerdem ist die Jagdgewehrsammlung, die mein Vater dort im Wandschrank aufbewahrt, schon sehr wertvoll.«

Lilly sah ihn einen Moment lang nachdenklich an, bevor sie antwortete. »Ich kann es mir trotzdem nicht vorstellen. Markus wurde im Badezimmer tot aufgefunden. Um ins Bad zu gelangen, muss man durchs Wohnzimmer gehen. Wenn mein Bruder einen Einbrecher überrascht hätte, dann hätte der ihn doch dort niedergeschossen.«

»Vielleicht suchte der Einbrecher ja im Badezimmer nach Schmuck oder so.«

Lilly schüttelte den Kopf. »Das glaub ich einfach nicht. Obwohl diese Vermutung schon beruhigender ist als die Vorstellung, dass ihn irgendjemand aus deiner Familie getötet hat und Jonas oder ich womöglich auch in Gefahr schweben.«

»Aus meiner Familie? Du glaubst doch nicht wirklich, dass ich einen Mörder in meiner Familie habe?«

»Víctor, auf unserer Hochzeit waren nun einmal zig Verwandte von dir.«

»Und etliche andere Gäste, die gar nicht zu meiner Familie gehören«, erwiderte Víctor. »Irgendwelche Bekannten von meinen Eltern, wichtige politische Persönlichkeiten, Leute aus der Hotelbranche der Insel und so weiter.«

Lilly ignorierte seinen Einwand. »Außerdem kannst du ja nun wirklich nicht leugnen, dass viele deiner engsten Verwandten nicht gerade begeistert sind, dass du eine Deutsche geheiratet hast.«

»Klar, und deshalb beschließen sie mal eben, den Bruder meiner Frau zu erschießen.« Víctor schüttelte verständnislos den Kopf.

Aber Lilly hatte sich in Rage geredet. »Du musst doch selbst zugeben, dass Rafael und Magdalena bei dem Mittagessen vor zwei Tagen fast die Krise bekommen haben, als mein Bruder angefangen hat, mit Sofía zu flirten.«

Víctor stand abrupt auf. »So, jetzt reicht es aber, Lilly. Ich kann ja verstehen, dass du vollkommen durch den Wind bist. Und glaub mir, dass ich mit all dem auch gerade nicht klarkomme, aber du kannst nicht einfach aus deiner Trauer heraus meine Eltern des Mordes beschuldigen. Ich weiß, dass sie sich dir gegenüber nicht immer korrekt verhalten haben, aber das geht eindeutig zu weit.«

»Das habe ich ja auch so gar nicht gesagt.« Lilly schluckte und wich seinem Blick aus.

Víctor trat ans Fenster und schaute in den Garten, in dem ein paar Beamte der Policía Local und der Spurensicherung zwischen den immer noch aufgebauten Tischen und Stühlen der Feier herumliefen. Er hoffte, dass sie die Arbeiten bald abschlossen und er die Catering-Firma beauftragen konnte, alles abzubauen. Den Garten, in dem der schönste Tag seines Lebens hätte gefeiert werden sollen, so zu sehen, deprimierte ihn zutiefst. Er wandte sich ab und schaute zur Tür, durch die Jonas in seinem Batman-Schlafanzug geschlurft kam.

»Schätzchen, hast du gut geschlafen?«, fragte Lilly.

Jonas rieb sich die Augen. Ohne ein Wort zu erwidern, sprang er aufs Bett und kuschelte sich an den Bauch seiner Mutter. Lilly begann, seine krausen Locken zu streicheln, und guckte zerknirscht zu Víctor.

»Es tut mir leid«, flüsterte sie.

Víctor nickte ihr zu und ging zu dem Sekretär, um sich einen Kaffee einzugießen.

»Magst du ein Glas Saft, Jonas?«, fragte er den Jungen.

Doch dieser gab weiterhin keinen Ton von sich.

Ein paar Augenblicke lang sagte niemand etwas. Jeder schien seinen trüben Gedanken nachzuhängen. Dann warf Lilly die Bettdecke zurück und stupste Jonas an.

»So, kleiner Mann, wir gehen jetzt erst mal schön unter die heiße Dusche und essen ein Croissant mit Marmelade, und dann fahren wir zu Oma und Opa.«

»Soll ich mitkommen oder euch wenigstens in die Stadt fahren?«, fragte Víctor.

»Nein, ist schon gut. Ich glaube, ich bin jetzt lieber erst einmal alleine mit meinen Eltern. Aber ich würde deinen Wagen nehmen, wenn das okay ist.«

»Ja, natürlich.«

Lilly schwang sich aus dem Bett.

»Mama, ich will nicht duschen.«

»Na klar willst du das. Du wirst sehen, danach fühlst du dich viel besser«, sagte Lilly und verschwand mit dem widerspenstigen Jungen im Bad.

Kapitel dreizehn

Die Autos rasten an ihnen vorbei. Lilly blieb die ganze Zeit auf der rechten Spur, aber hatte trotzdem Probleme, sich auf den Verkehr zu konzentrieren. In Gedanken ging sie immer wieder den Verlauf der Hochzeitsfeier durch, doch sie musste sich eingestehen, dass sie ihrem Bruder am gestrigen Tag kaum Beachtung geschenkt hatte.

Nach der kirchlichen Trauung war jede Nervosität von ihr gewichen. Sie hatte an Víctors Seite vollkommen auf Wolke sieben geschwebt. All der Stress über die Hochzeitsvorbereitungen und der Ärger über Magdalena und Rafael waren wie eine große Last von ihr gefallen, nachdem Víctor und sie sich das Jawort gegeben hatten. Auf einmal waren ihr sämtliche Probleme als Lappalien erschienen, und sie hatte ihr Glück während der Feierlichkeiten kaum fassen können. Sie lachte über die Reden, die Freunde und Verwandte von Víctor hielten, genoss das hervorragende Essen und tanzte ausgelassen mit ihrem frischgebackenen Ehemann zu den Liedern der Liveband. Alles war ihr perfekt vorgekommen, und sie war vollkommen zufrieden gewesen. Sie hatte das Gefühl gehabt, dass sich von nun an alle Wogen glätten und sie zusammen mit Víctor und Jonas in eine wunderbare Zukunft blicken würde. Doch diese Illusion war von einem Moment zum anderen in tausend Scherben zersprungen.

Sie sah Jonas an, der vollkommen abwesend auf dem Beifahrersitz saß und aus dem Fenster hinausschaute.

»Hey, großer Mann, sollen wir später bei McDonald's vorbeifahren und einen Burger essen?«, fragte sie ihn.

»Mir egal, ich hab keinen Hunger«, sagte Jonas, ohne den Blick zu wenden.

Lilly schaute ihn mitfühlend an. Sie hoffte, dass der Schock über Markus' Tod ihn nicht zu lange belasten und er schnell wieder zu seiner fröhlichen Verfassung finden würde.

Sie schaltete das Radio ein, um die schreckliche Stille, die im Auto herrschte, zu verdrängen. Aber die heitere Musik, die nun aus den Boxen erklang, hellte ihre triste Gemütsstimmung auch nicht auf. Sie versuchte, sich abzulenken, indem sie gedanklich rekonstruierte, wen Markus während der vergangenen Woche auf Mallorca kennengelernt hatte. Er hatte an den beiden Mittagessen bei Víctors Familie teilgenommen, aber Lilly konnte sich nicht erinnern, dass er mit jemandem außer Sofía mehr als ein paar oberflächliche Worte gewechselt hatte. Natürlich war sie während dieser Woche nicht viel mit Markus zusammen gewesen. Mit all dem Hochzeitsstress, den sie um die Ohren gehabt hatte, war ihr kaum Zeit für etwas anderes geblieben. An drei Abenden waren sie zusammen mit ihren Eltern essen gewesen, und sie erinnerte sich, dass Markus nach einem dieser Essen meinte, er wolle sich noch ein bisschen Palmas Nachtleben ansehen. Vielleicht hatte er in irgendeiner Bar jemanden kennengelernt. Aber auch wenn dem so war, was hätte diese Person auf ihrer Hochzeit zu suchen gehabt? Und warum hätte sie ihren Bruder umbringen sollen?

Ein paarmal hatte Markus auch zusammen mit Jonas einen Ausflug oder eine kleine Wanderung unternommen, aber soweit sie wusste, waren sie dort ebenfalls niemand Nennenswertem begegnet. Vielleicht sollte sie Jonas trotzdem noch einmal nach diesen Ausflügen fragen, sobald es ihm ein wenig besser ging.

Lilly nahm die Ausfahrt vom Polígono de Ca'n Valero und verließ die Autobahn. Sie fuhr an Palmas Friedhof und am Parc de Sa Riera vorbei in Richtung Stadtzentrum. Kurz überlegte sie, was in den nächsten Tagen auf sie zukommen würde. Als Erstes mussten sie die Reise nach Peru stornieren und den Rückflug ihrer Eltern umbuchen. Als sie an ihre Hochzeitsreise dachte, versetzte es ihr einen kleinen Stich. Víctor und sie hatten sich so auf den Urlaub gefreut. Zwar wären es keine reinen Flitterwochen gewesen, denn Jonas wäre natürlich mit ihnen geflogen. Aber trotzdem hatte sie den drei Wochen fernab von Víctors Familie und dem damit verbundenen Trubel entgegengefiebert.

Ihr Handy vibrierte, und sie warf einen Blick auf das Display. Es war Marie. Lilly beschloss, ihre Freundin vom Hotel aus zurückzurufen, denn sie wollte nicht vor Jonas telefonieren. Sie hoffte, dass Marie gute Neuigkeiten hatte und dass die Policía Nacional ihr genehmigte, an dem Fall mitzuarbeiten. Für Marianne und Bernd war es nun enorm wichtig, Informationen auf Deutsch und aus erster Hand zu erhalten.

Sie fuhr die Avinguda de l'Argentina hinunter und bog dann links ab, um in das Parkhaus am Passeig Mallorca zu gelangen. Fünf Minuten später hatte sie Víctors Jaguar auf einem der freien Stellplätze geparkt und schaltete den Motor aus.

»So, mein Schatz, dann lass uns mal zu Oma und Opa gehen«, sagte sie und versuchte, ihrer Stimme einen aufmunternden Klang zu verleihen.

»Mama, darf ich mit Opa Fußball im Fernsehen gucken?«, fragte Jonas.

Zwar bezweifelte Lilly, dass ihr Vater am heutigen Tag Lust auf Fußball hatte, aber sie freute sich darüber, dass Jonas ein wenig aus seiner Lethargie erwacht war. »Ja, natürlich. Du kannst heute so viel Fußball gucken, wie du möchtest, Liebling.«

Kapitel vierzehn

Marie hatte Mühe, mit Silvia Schritt zu halten. Bei dem Tempo würden sie schon in wenigen Minuten das forensische Institut von Palma erreichen. Es war Mittag, und die Frühlingssonne strahlte mit voller Kraft vom wolkenlosen Himmel. Auf den Straßen der Innenstadt herrschte kaum Trubel. Die *palmesanos* nutzten wahrscheinlich den schönen Sonntag, um auf irgendeiner Terrasse am Meer zu sitzen, ein paar *cañas* oder ein Gläschen Wein zu trinken.

Marie und Silvia hatten die vergangenen Stunden im Büro der Comisaria gesessen, einen Arbeitsplan aufgestellt und die ersten Familienmitglieder für den heutigen Nachmittag ins Präsidium bestellt. Dann hatte Fernando sie benachrichtigt, dass er mit der Autopsie fertig war und sie vorbeikommen konnten.

»Sag mal, was treibst du eigentlich für einen Sport, Silvia?«, fragte Marie, die versuchte, nicht völlig außer Atem zu klingen. »Du hast ja eine Geschwindigkeit drauf. Läufst du Marathon?«

Silvia lachte. »Ich? Nein, ich bin noch nie gerne gejoggt. Vor ein paar Jahren habe ich mir mal gute Laufschuhe gekauft, weil mir alle davon vorgeschwärmt haben, wie toll und befreiend das Laufen sei. Aber ehrlich gesagt habe ich diese Begeisterung überhaupt nicht nachvollziehen können. Ich fand es sterbenslangweilig und hab nach ein paar Versuchen das Handtuch geworfen. Da gehe ich lieber an meinen freien Wochenenden in den Bergen wandern und versuche, mich so fit zu halten.« Silvia blieb stehen und schob ihre verspiegelte Sonnenbrille auf den Kopf. »So, da wären wir. Du kennst Fernando ja bereits. Unterbrich mich ruhig und frage, wenn dir etwas unklar ist. Er spricht auch Englisch, falls du etwas auf Spanisch nicht verstehst.«

Marie nickte und folgte Silvia die Treppen hinauf. Nachdem sie sich am Empfang gemeldet hatten, gingen sie in Fernandos Büro, wo dieser sie schon erwartete. Der Gerichtsmediziner begrüßte sie auf seine gewohnt charmante Art und bat sie, vor seinem Schreibtisch Platz zu nehmen.

»Okay, schieß los, was hast du für uns?«, fragte Silvia.

Fernando faltete die Hände auf dem Tisch und lächelte. »So einiges, liebe Silvia.«

Die Comisaria warf ihm einen ungeduldigen Blick zu.

»Ist ja schon gut, ich fange an«, sagte Fernando und schaute auf die Unterlagen, die vor ihm lagen. »Markus Henning, vierunddreißig Jahre alt, ist gestern Abend zwischen 20 Uhr 30 und 21 Uhr an einem Brustschuss gestorben. Der Leichnam weist eine Verletzung am Hinterkopf auf, die durch den Aufprall auf die Toilettenschüssel verursacht wurde. Zuerst dachte ich, dass er durch den Schuss auf die Toilette gefallen ist. Aber dann ist mir aufgefallen, dass er eine kleine Platzwunde unter dem rechten Auge hat, die auf einen Faustschlag zurückzuführen sein könnte.«

»Das heißt, dass es einen Kampf zwischen Mörder und Opfer gab?«, fragte Silvia.

»Ja, das könnte gut sein. So wie ich die Einschusswunde in der Brust beurteile, wurde der Schuss aus wenigen Zentimetern Entfernung abgefeuert. Es sieht ganz danach aus, als hätte das Opfer am Boden gelegen, als der Täter ihm den Todesschuss versetzte.«

»Einen Moment«, warf Marie ein. »Nur damit ich es richtig verstehe. Der Mörder hat Markus allem Anschein nach also niedergeschlagen. Dadurch ist Markus mit dem Hinterkopf auf die Toilettenschüssel gefallen und hat sich verletzt. Und dann hat der Täter das Gewehr geholt und hat den wehrlosen, auf dem Boden liegenden Markus einfach erschossen?«

Fernando sah sie an. »Ja, genau, so in etwa könnte es sich abgespielt haben. Aber wir wissen natürlich nicht, ob der Mörder das Gewehr erst holen musste oder ob er es schon bei sich trug, als er ins Badezimmer kam.«

Silvia zog die Augenbrauen zusammen. »Das ist aber ein nicht außer Acht zu lassender Punkt. Denn es macht einen gewaltigen Unterschied, ob er das Gewehr schon bei sich trug oder es erst holte, als Markus Henning bereits am Boden lag. Im ersten Fall könnten wir von einem geplanten Mord ausgehen. Die zweite Variante hingegen würde darauf deuten, dass sie sich stritten und der Täter erst nach dem Kampf beschloss, Herrn Henning umzubringen.«

»Ja, meine Damen, aber solche Theorien sind leider nicht mein Spezialgebiet«, erwiderte Fernando. »Ich kann euch nur darüber informieren, welche Spuren die Leiche aufweist.«

»Apropos Spuren, was ist mit Fingerabdrücken?«, fragte Silvia.

»Am Gewehr hat die Spurensicherung keine Abdrücke gefunden. Es sieht ganz danach aus, als hätte der Mörder die Schusswaffe mit einem feuchten Lappen oder Handtuch abgewischt«, sagte Fernando.

Marie räusperte sich. »Und wurde der Lappen oder das Handtuch gefunden?«

Fernando blickte ihr direkt in die Augen. »Unter dem Waschbecken befand sich ein Korb, in den man diese kleinen Handtücher wirft, nachdem man sich die Hände abgetrocknet hat. Die Spurensicherung untersucht diese nun, aber ich würde mir keine großen Hoffnungen machen, dass uns das sonderlich weiterbringt.«

Marie nickte. Wahrscheinlich befanden sich zahlreiche kleine Handtücher in dem Behälter, und falls man eine DNA fände, könnte diese auch einfach zu einer Person gehören, die im Verlauf der Feier die Toilette des Häuschens aufgesucht hatte.

Silvia setzte sich ein wenig auf und legte die Hände auf den Schreibtisch. »Okay, was hat die Autopsie sonst noch so zum Vorschein gebracht? Hatte er viel Alkohol im Blut?«

»Oh ja, das hatte er!«, antwortete Fernando.

»So viel, dass er womöglich leicht unzurechnungsfähig war?«, fragte Marie. »Ich meine, war er so betrunken, dass es für jedermann ein Leichtes gewesen wäre, ihn mit körperlicher Gewalt außer Gefecht zu setzen?«

Fernando warf einen Blick auf die Unterlagen vor ihm. »Er hatte 1,2 Promille im Blut. Also kann es durchaus sein, dass seine Reaktionsfähigkeit ordentlich eingeschränkt war. Aber es könnte natürlich auch sein, dass er durch den Alkoholeinfluss eher zur Gewaltausübung neigte.«

»Also, als aggressiv würde ich Markus nicht beschreiben«, sagte Marie. »Soweit ich weiß, war er nie in Schlägereien verwickelt. Auch zu seiner Jugendzeit, als er alle möglichen Drogen ausprobierte, kann ich mich nicht erinnern, dass er jemals gewalttätig war.«

»Da kommst du gleich zum nächsten Fund, der auf meiner Liste steht«, sagte Fernando.

»Er hat auch Drogen genommen?«, fragte Silvia.

»Yep, unser lieber Markus Henning hat sich wohl während der Feier ordentlich das Näschen gepudert«, erwiderte Fernando.

Diesen Ausdruck verstand Marie auf Spanisch nicht. »Entschuldige Fernando, was soll das heißen?«

Silvia antwortete, bevor der Gerichtsmediziner etwas erwidern konnte. »Allem Anschein nach hat Lillys Bruder wohl Kokain genommen.«

Fernando rieb sich das glatt rasierte Kinn. »Nicht nur allem Anschein nach. Es ist glasklar, dass Markus Henning in dem Badezimmer gekokst hat. Wir haben Kokain sowohl in seinen Nasenhöhlen als auch in seinem Rachen vorgefunden. Außerdem hatte er ein kleines Päckchen mit dem weißen Pulver in seiner Jacketttasche, und neben dem Waschbecken hat die Spurensicherung ebenfalls Kokainreste sichergestellt.«

Marie war erstaunt. Das hatte sie nicht erwartet. Sofort kamen ihr Marianne und Bernd in den Sinn. Sie beschloss, ihnen vorerst nichts von diesem Fund zu berichten. Die Armen waren sowieso schon am Boden zerstört. Da mussten sie nicht noch auf die Nase gebunden bekommen, dass sich ihr ermordeter Sohn mit harten Drogen zugedröhnt hatte.

»O Mann«, sagte sie. »Ich wusste nicht, dass er Kokain nahm, und Lilly weiß davon sicherlich auch nichts.«

»Na ja, Marie, es bedeutet nicht, dass er ein Junkie war. Es gibt auf Mallorca zahlreiche Leute, die zu besonderen Anlässen nicht nur viel Alkohol trinken, sondern auch MDMA oder Koks nehmen«, sagte Silvia.

»Ist schon klar, aber ich hatte einfach nicht damit gerechnet,« erwiderte Marie. Sogleich kam ihr ein Gedanke. »Ich habe dir doch heute Morgen erzählt, dass Andreas beobachtet hat, wie die junge Frau in dem lila Kleid Markus etwas in die Jacketttasche gesteckt hat. Wahrscheinlich handelte es sich um das Päckchen mit dem Kokain.«

Silvia fuhr sich nachdenklich mit den Fingerspitzen über ihre Stirnnarbe. »Ja, das könnte sein. Die Frau steht für heute Nachmittag auf unserem Vernehmungsplan, da können wir sie ja direkt fragen.«

Fernando atmete tief aus. »Meine Damen, ich würde ja liebend gern noch weiter mit euch plaudern, aber so weit gibt es von meiner Seite nichts Weiteres zu berichten. Die Spurensicherung hat natürlich noch nicht alle Fingerabdrücke und DNA-Spuren ausgewertet, aber ihr könnt euch ja sicherlich denken, was das für ein Chaos darstellt. Und einen klaren Hinweis auf den Mörder werden wir bei solch einem Durcheinander von verschiedenen Spuren wahrscheinlich nicht erzielen.«

»Okay, bekommen wir noch eine Kopie von dem Bericht?«, fragte Silvia.

»Die müsste schon in deinen Eingangsnachrichten sein. Kurz bevor ihr zu Tür hereingekommen seid, habe ich dir eine E-Mail mit der Datei geschickt.«

»Ah, super, danke dir!«, erwiderte Silvia.

»Immer gerne, meine Liebe«, sagte Fernando und stand auf. »Wir leben wirklich in einer verrückten Welt, jetzt haben wir sogar schon Morde auf Hochzeiten – ein Tag, der eigentlich etwas ganz Besonderes für alle Teilnehmenden sein sollte.« Der Anflug eines Lächelns machte sich auf seinen Lippen breit. »So schnell werden die Hochzeitsgäste dieses Datum auf jeden Fall nicht vergessen, aber wohl eher im negativen als im positiven Sinne.«

Marie überraschte es nicht, dass der Forensiker wieder einmal seinen Zynismus heraushängen ließ. Sie sah, wie Silvia die Augen verdrehte, aber zum Glück nichts erwiderte. Marie hatte nun wirklich keine Lust auf eine dieser provokanten Diskussionen, die sich zwischen Silvia und Fernando recht häufig abspielten.

Die beiden Polizistinnen standen auf und verabschiedeten sich. Schweigend gingen sie die Treppen hinunter und verließen das forensische Institut.

»Du, lass uns doch noch schnell etwas essen, bevor wir zurück aufs Revier gehen«, sagte Silvia. »Ich kenne eine super Tapas-Kneipe direkt hier um die Ecke. Die machen ausgezeichnete *calamares a la andaluza,* und die *patatas bravas* sind auch der Hammer.«

»Ja, gerne«, sagte Marie, während sie ihr Smartphone aus der Handtasche angelte, »aber ich muss mal eben gucken, ob Lilly sich mittlerweile gemeldet hat. Ich habe sie heute Morgen ein paarmal versucht zu erreichen.«

Sie atmete auf, als sie sah, dass Lilly mittlerweile auf ihre Textnachricht geantwortet hatte.

»Alles in Ordnung?«, fragte Silvia.

»Ja, sie ist bei ihren Eltern direkt hier in der Nähe, im Hotel Saratoga. Ich denke, ich schau nach dem Essen mal kurz bei ihnen vorbei. Ist das okay für dich?«

Silvia guckte auf ihre Armbanduhr. »Klar, wir haben noch ein paar Stunden Zeit, bis die ersten Zeugen zur Befragung aufs Revier kommen. Und weißt du was? Ich besuche vorher auch noch mal kurz Ramón im Krankenhaus. Vielleicht kann ich ihn mit ein paar Details zu dem Fall auf andere Gedanken bringen.«

»Ja, das ist eine gute Idee! Er wird sich bestimmt freuen«, sagte Marie. Schnell tippte sie eine Nachricht an Lilly in ihr Handy.

»Okay, so machen wir es«, sagte Silvia. Sie setzte ihre Sonnenbrille auf. »Aber jetzt lass uns erst einmal ein paar leckere *calamares* essen, ich habe tierischen Hunger.«

Kapitel fünfzehn

Andreas stand neben Joana in der Küche des Finca-Hotels und half ihr beim Gemüseschneiden. Ca'n Garrover, wie sie ihr Landhotel in Anlehnung an den uralten Johannisbrotbaum, der im Garten stand, getauft hatten, bot seinen Gästen jeden Sonntag ein typisch spanisches Mittagessen. Als Vorspeise servierten sie grüne Bratpaprika, Spinatkroketten und Kartoffelomelett, zusammen mit *alioli,* mallorquinischem Bauernbrot und eingelegten Oliven. Als Hauptgang gab es die berühmte Paella mit Meeresfrüchten und Gemüse, die Joanas verstorbene Großmutter schon vor fünfzig Jahren in ihrem damaligen Restaurant in Port de Sóller aufgetischt hatte. Und als Nachtisch servierten sie *crema catalana,* einen mit einer festen Karamellschicht überzogenen Pudding, dessen Ursprung aus der Region Katalonien stammte.

Andreas schnitt die letzten Zuckererbsen in kleine Stücke und legte das Küchenmesser zur Seite. »Wobei kann ich dir sonst noch helfen, Joana?«

Die Köchin, die soeben eine zentimeterdicke *tortilla* mit einer außergewöhnlichen Leichtigkeit gewendet hatte, sah ihn grinsend an.

»*Moltes gràcies,* Chef, aber so weit habe ich alles unter Kontrolle«, sagte sie und wischte sich die Hände an der weißen Schürze ab. »Aber Andreu?«

»Ja?«

»Vielleicht könntest du Catalina nachher beim Servieren

kurz unter die Arme greifen? Bei so vielen Gästen heute wird sie bestimmt ganz schön ins Schwitzen kommen.«

»Natürlich, das hatte ich sowieso vor. Danke, dass du mich noch mal dran erinnert hast. In einer Stunde bin ich wieder hier und helfe euch.«

»*Molt bé,* vielen Dank, Chef«, sagte sie und wandte sich dem Panieren der Kroketten zu.

Andreas holte das Handy aus der Gesäßtasche seiner Jeans, während er aus der Küche in den Rezeptionsbereich trat. Das Display zeigte sowohl eine Nachricht von seiner Mutter als auch die einer ihm unbekannten deutschen Telefonnummer. Ohne die WhatsApp zu öffnen, las er rasch die ersten Zeilen der Nachricht auf dem Display.

Hallo, Andreas, ich bin es. Es sind nun über 24 Stunden vergangen, seit du meine E-Mail erhalten hast.

»Herr Lindner, da sind Sie ja!«

Andreas hob ruckartig den Kopf. Vor ihm stand ein deutsches Gästepärchen in kompletter Wandermontur. Ausgerechnet jetzt musste er auf Guido und Gabriela Seidel treffen, die zwar nett, aber auch sehr mitteilungsbedürftig waren.

»Wir haben Sie schon gesucht, weil wir Ihnen von unserer morgendlichen Wanderung berichten wollten«, redete Frau Seidel schon weiter.

Andreas versuchte, sich seine Ungeduld nicht anmerken zu lassen. »Ah, guten Tag! Dann waren Sie also schon auf dem Puig Major?«

»Ja, wir sind heute schon früh mit dem Mietwagen den Berg hochgefahren«, sagte Herr Seidel. »Bei den Stauseen von Cúber und Gorg Blau gibt es ja tolle Wanderrouten. Wunderschön, sag ich Ihnen.«

»Ja, ich bin auch jedes Mal von der Landschaft fasziniert, wenn ich dort oben bin«, erwiderte Andreas.

»Also, ich hab ja letztens in unserem Reiseführer gelesen, dass die Stauseen im Sommer oft auf sehr niedrige Pegel sinken«, warf Frau Seidel ein. »Stimmt das denn? Ich fand, sie standen heute recht hoch.«

»Ja, das stimmt«, sagte Andreas. »Im Sommer hat die Insel oft mit Wasserknappheit zu kämpfen, wenn es wochenlang keinen Tropfen regnet.«

»Ach wirklich?«, fragte Frau Seidel. »Das wusste ich gar nicht. Aber klar, wir Touristen wollen ja immer, dass während unseres Urlaubs die Sonne scheint. Da denken wir gar nicht an die Auswirkungen einer lang anhaltenden Dürre.«

Andreas nickte. »Hoffen wir, dass noch der eine oder andere Regenschauer vor dem Sommer kommt, denn der vergangene Winter war schon ungewöhnlich trocken.«

»Von mir aus kann es gerne wochenlang am Stück regnen, aber bitte erst, wenn wir wieder im Flieger Richtung Stuttgart sitzen«, sagte Herr Seidel und lachte herzhaft über seinen eigenen Witz.

Andreas stimmte aus Höflichkeit in das Lachen mit ein und hoffte, dass er das Gespräch nun beenden konnte.

Doch Frau Seidel ergriff schon erneut das Wort. »Aber kalt war es da oben! Ich hätte gar nicht gedacht, dass man auf Mallorca um diese Jahreszeit noch so frieren kann«, sagte sie und rieb demonstrativ ihre Handflächen aneinander.

»Ja, in den Bergen ist es selbst im Hochsommer meist noch angenehm, und im Winter schneit es dort oben sehr häufig«, sagte Andreas. Im selben Moment hätte er sich für diese Bemerkung, die gewiss zu weiteren Fragen seitens der Seidels führen würde, ohrfeigen können.

»Wie bitte? Es schneit auch auf Mallorca?«, fragte Frau Seidel wie erwartet.

»Ja, davon habe ich auch schon von Bekannten gehört«, warf Guido Seidel ein.

»Ach wirklich, Hasi?«, fragte Frau Seidel an ihren Mann gewandt. »Das hast du mir gar nicht erzählt. Welche Bekannten sind das denn?«

Andreas verspürte den Drang, die beiden einfach dort in der Eingangshalle stehen zu lassen, aber er rief sich zur Vernunft. Die Seidels waren zahlende Gäste und hatten ein Recht darauf, von ihrem Gastgeber aufmerksam behandelt zu werden.

Ohne auf die Frage seiner Frau einzugehen, sprach Herr Seidel weiter. »Vor einigen Jahren soll es sogar einmal so heftig geschneit haben, dass am Strand von Port de Sóller Schnee lag.«

»Nein!«, sagte Frau Seidel und riss die Augen auf. »Das glaube ich jetzt nicht!«

»Doch, das stimmt«, erwiderte Andreas. »Ich glaube, das war 2012.«

»Da will ich aber mal Fotos von sehen!«, sagte Frau Seidel.

»Im Internet werden Sie bestimmt fündig, das war damals in allen Nachrichten«, antwortete Andreas in der Hoffnung, das Thema damit beenden zu können.

Sie nickte energisch mit dem Kopf. »Das werde ich mal suchen! – Ach, und Herr Lindner, wir freuen uns schon auf das Mittagessen, das wir heute bei Ihnen gebucht haben.«

»Ja, ich habe schon einen Bärenhunger«, sagte Herr Seidel und rieb sich über den Bauch.

»Eine leckere Paella ist genau das Richtige heute«, fügte seine Frau hinzu. »Aber Guido, jetzt haben wir den armen Herrn Lindner wirklich genug aufgehalten, er hat sicher viel zu tun. Und wir sollten auch mal langsam unter die Dusche.«

Andreas atmete innerlich auf. »Immer gerne. Ich sehe Sie dann später beim Essen.«

Er sah dem Ehepaar noch einen Moment lang hinterher, wie es die Steintreppe hinaufging, die zu den Gästezimmern führte. Dann verließ er rasch das Hauptgebäude und ging zu ihrem Häuschen, um ohne weitere Unterbrechungen Sandras Nachricht zu lesen.

Keine zwei Minuten später saß er in einem der Korbstühle auf ihrer Terrasse. Mit einem unguten Gefühl im Magen öffnete er Sandras Nachricht.

Hallo, Andreas, ich bin es. Es sind nun über 24 Stunden vergangen, seit du meine E-Mail erhalten hast. Es macht mich unglaublich traurig, dass du mir nicht antwortest. Aber meine größte Angst ist, dass du sie, womöglich ohne zu lesen, einfach gelöscht hast. Daher habe ich beschlossen, mir eine Prepaidkarte zu kaufen und dich mit meiner neuen Nummer über WhatsApp zu kontaktieren. Denn mit dieser App kann ich ja sehen, ob du meine Nachrichten liest! Bevor du jetzt den Drang verspürst, mich einfach zu blockieren, wie du es schon mit meiner anderen Nummer gemacht hast, lies bitte einen Moment weiter, denn es ist in deinem eigenen Interesse. Ich sage es nur einmal, und ich meine es todernst: WENN DU MICH BLOCKIERST, RUFE ICH NOCH HEUTE BEI EUCH IM HOTEL AN UND ERZÄHLE DEINER DÄMLICHEN FRAU ALLES ÜBER UNS!

Andreas war fassungslos. Wie benebelt legte er das Smartphone auf den Steintisch. In seinen Ohren begann es zu rauschen, und sein Herz pochte heftig. Die Hochzeitsfeier und der darauffolgende schreckliche Mord hatten ihn die

Gedanken an Sandras E-Mail vom Vortag erfolgreich verdrängen lassen. Aber der Albtraum war weiterhin da und hatte mit dieser Nachricht eine neue Dimension erreicht. Bisher hatte er zwar unter der Sache gelitten und sogar ein gewisses Mitleid Sandra gegenüber empfunden. Nun jedoch stellte seine ehemalige Arbeitskollegin, die definitiv unter einer psychischen Krankheit litt, eine wahre Gefahr für seine Ehe dar.

Was sollte er tun? Er war davon überzeugt, dass Sandra es ernst meinte und ihre Drohung wahr machen würde, wenn er sie blockierte. Aber vielleicht gab sie sich ja damit zufrieden, wenn sie einfach die zwei blauen Häkchen an ihren Nachrichten sah, die ihr mitteilten, dass er den Text gelesen hatte. Insgeheim wusste er, dass dies eine Wunschvorstellung war und Sandra sich gewiss nicht damit abspeisen ließ. Wenn sie sich nach so langer Zeit erneut und auch noch auf diese Weise bei ihm meldete, war sie eindeutig von ihm besessen.

Das Summen seines Handys meldete ihm den Eingang einer neuen WhatsApp. Er wischte seine schweißnassen Hände an der Jeans ab und griff nach dem Telefon. Es war erneut Sandra. Er hielt die Luft an, während er die Nachricht öffnete.

> Warum antwortest du mir nicht? Ich sehe doch, dass du meine Zeilen gelesen hast. Sag mir, denkst du oft an mich? Hast du meine E-Mail von gestern gelesen?

Während er die Nachricht las, war Sandra online. Er fühlte sich wie beobachtet, als lauere sie darauf, ob und wann er ihr antwortete. Schnell drückte er die App weg und legte das Handy zurück auf den Tisch. Wie sollte er nun vorgehen? Sie hatte gesagt, dass sie Marie anrufen würde, wenn er sie blockierte. Von nicht antworten hatte sie nichts geschrieben. Sollte er es riskieren, ihre Nachrichten zu lesen, ihr aber nicht zu antworten? Bevor er weiterdenken konnte, piepte sein Smartphone erneut. Er beschloss, die Nachricht nur auf dem Display zu lesen und die App nicht zu öffnen, denn so konnte Sandra nicht sehen, ob er sie gelesen hatte.

> Wenn du mir nicht antwortest, buche ich mir einen Flug nach Mallorca und komme schon morgen in euer Hotel, um deiner Frau höchstpersönlich alles zu erzählen!!!

»Oh, mein Gott! Jetzt dreht sie vollkommen durch!«, entfuhr es Andreas. Seine Hände zitterten leicht, während er noch immer auf das Display starrte. Sandra ging nun aufs Ganze, und er war ihren Spielchen vollkommen ausgeliefert, wenn er nicht wollte, dass Marie von seinem damaligen Ausrutscher erfuhr. Und wer wusste schon, was sie ihr alles erzählen würde? Womöglich erfand sie sogar eine lang anhaltende Affäre zwischen ihnen. Mittlerweile traute er Sandra alles zu. Von Sekunde zu Sekunde wurde ihm ein Gedanke immer klarer: Er musste Marie den fast zwei Jahre zurückliegenden One-Night-Stand beichten und darauf hoffen, dass sie ihm verzieh. Er konnte nicht riskieren, dass die vollkommen hysterische Sandra ihm zuvorkam und alles noch schlimmer machte, als es sowieso schon war.

Aber gerade jetzt war wohl der schlechteste Moment überhaupt, Marie die Geschichte zu erklären. Sie musste sich um Lilly und deren Eltern kümmern und obendrein auch noch den Mord aufklären. In dieser Situation konnte er es ihr nicht antun, von seinem Ausrutscher zu erfahren. Er musste versuchen, Sandra vorerst ruhig zu halten und den Abschluss des Mordfalls abwarten.

Das Handy begann zu klingeln, und Andreas erschrak so sehr, dass es ihm fast aus der Hand fiel. Er blickte auf den Bildschirm und stellte erleichtert fest, dass es Catalina war.

»Ja?«, sagte er mit krächzender Stimme.

»Chef, ich bin's, Catalina. Entschuldigung, dass ich dich störe, aber könntest du mir vielleicht ein wenig beim Servieren helfen? Es sind ja heute wirklich viele Gäste zum Mittagessen hier.«

Andreas guckte auf seine Armbanduhr. »Oh, sorry, Catalina, ich habe gar nicht gemerkt, dass es schon so spät ist. Ich bin sofort bei euch. Bis gleich.« Er drückte auf Beenden, dann öffnete er die WhatsApp von Sandra und schrieb ihr hastig eine Nachricht.

Hallo, Sandra, sorry, ich habe grad im Hotel ziemlich viel zu tun. Ich antworte dir heute Nachmittag, versprochen!

Er schloss die App und atmete ein paarmal tief durch, bevor er aufstand und erneut zum Haupthaus ging.

Kapitel sechzehn

Silvia warf einen Blick auf die Liste vor ihr. Als Nächstes stand die Vernehmung von Amalia Vallespir an. Sie hatten schnell herausbekommen, dass es sich bei der jungen Frau mit dem lila Kleid um eine Großcousine von Albert, Víctor und Sofía Adrover handelte.

Silvia rieb sich die Augen. So langsam machte ihr der Schlafmangel der vergangenen Nacht doch zu schaffen. Sie hatten bereits Víctor, Albert, Rafael, Isabel Bestard und Magdalena Estades einzeln befragt, ohne jedoch auf Hinweise zu stoßen, die sie weiterbrachten. Der Einzige, der Silvias Ansicht nach vielleicht ein Motiv gehabt haben konnte, war der unsympathische Rafael Adrover. Aber sollte der Hass, den der alte Mallorquiner Deutschen gegenüber verspürte, wirklich Grund genug sein, Markus Henning umzubringen? Nur weil er befürchtete, dass Sofía eine Beziehung mit ihm hätte eingehen können? Silvia bezweifelte es.

Marie hatte auf ihrem Abstecher ins Hotel noch einmal mit Lilly Henning und deren Eltern gesprochen. Sie erinnerten sich jedoch ebenfalls an nichts Merkwürdiges und hegten nicht den geringsten Verdacht gegen irgendjemanden.

»So, für heute haben wir nur noch Amalia Vallespir und Sofía Adrover auf unserer Liste«, sagte Silvia. »Hoffentlich bringen sie uns irgendwie weiter. Aber dass eine dieser zierlichen Frauen den doch eher kräftigen Herrn Henning bewusstlos geschlagen haben soll, ich weiß nicht.«

»Na ja, warum nicht?«, erwiderte Marie. »Markus war ziemlich angetrunken und in seinem Zustand bestimmt nicht sehr reaktionsfähig. Außerdem hätte er es wahrscheinlich gar nicht erwartet, von einer Frau einen Faustschlag ins Gesicht zu bekommen.«

»Das stimmt schon«, gab Silvia zu, »aber beachte, dass er Kokain zu sich genommen hatte. Koks macht die meisten Menschen wacher und aufmerksamer.«

Marie dachte einen Moment lang nach. »Weißt du, was mir gerade eingefallen ist? Lilly hat mir mal erzählt, dass Sofía seit Jahren Mitglied in einem Taekwondo-Verein ist und mehrmals wöchentlich trainiert.«

»Aha, das ist interessant. Demnach hätte sie wahrscheinlich kaum ein Problem gehabt, Herrn Henning niederzuschlagen«, sagte Silvia. »Mal sehen, ob sie heute etwas kommunikativer ist als gestern.«

Marie rieb sich mit den Fingerkruppen die Stirn. »Bevor wir Amalia Vallespir hereinbitten, wollte ich noch mal kurz das Thema mit dem Jagdgewehr ansprechen.«

»Also, alle haben ja bisher ausgesagt, dass sie von der Waffensammlung in dem Gästehaus wussten«, sagte Silvia.

»Ja, weil sie engste Familienmitglieder sind«, erwiderte Marie. »Aber Lilly zum Beispiel hatte keine Ahnung, dass sich dort Gewehre befanden. Also können wir davon ausgehen, dass außer der Familie nicht viele Leute von deren Existenz wussten.«

»Na ja, Lilly Henning behauptet das zwar, aber eine hundertprozentig zuverlässige Aussage ist das nicht.«

Marie zog die Augenbrauen leicht zusammen. »Warum sollte Lilly in dieser Hinsicht lügen?«

»Ich sage ja gar nicht, dass sie lügt«, entgegnete Silvia. »Was ich meine, ist, dass wir anhand ihrer Aussage nicht vorschnelle Schlüsse ziehen sollten.«

Es herrschte einige Sekunden lang Stille, und Silvia kam kurz der Gedanke, dass es vielleicht doch nicht die allerbeste Idee gewesen war, Marie in eine Ermittlung einzubeziehen, in der sie viele der Verdächtigen persönlich kannte. Aber rasch verwarf sie diese Eingebung wieder. Von ihrem freundschaftlichen Verhältnis zu Lilly abgesehen, hatte Marie in keiner Weise befangen im Umgang mit einem der Verdächtigen gehandelt. Und dass Lilly Henning etwas mit dem Mord an ihrem Bruder zu tun haben sollte, konnte sich auch Silvia beim besten Willen nicht vorstellen.

Marie brach das Schweigen. »Also gut, Rafael und Víctor Adrover haben ja angegeben, dass sie vor ein paar Monaten die Gewehre auf einem Jagdausflug mit Bekannten benutzt haben. Vielleicht sollten wir auch mal nachprüfen, wer diese Bekannten sind.«

»Das sollte auf jeden Fall auch auf unsere To-do-Liste, ja.«

»Sag mal, hast du eigentlich schon einmal mit so einem Gewehr geschossen?«, fragte Marie.

Silvia streckte die Arme durch. Der Rücken tat ihr weh vom langen Sitzen. »Oh ja, mein verstorbener Opa aus Campos war Jäger. Zur Jagdsaison hat er mit Freunden jedes Jahr eine Finca in Caimari gemietet, um dort Waldschnepfen zu schießen. Ich hab dir ja schon mal erzählt, dass ich in meiner Jugend viel mehr auf Jungensachen als auf Puppenspiele Lust hatte. Auf Bäume klettern, BMX-Rad fahren und mich mit Klassenkameraden raufen, die mich wegen meiner kleinen Größe auslachten – das waren meine Hobbys.« Sie musste schmunzeln.

»Ja, stimmt, ich erinnere mich, dass du erzählt hast, dass auch deine Stirnnarbe von einer dieser Raufereien stammt«, bemerkte Marie.

»Genau«, sagte Silvia, die den Impuls, sich über die Narbe zu fahren, nicht unterdrücken konnte. »Na ja, auf jeden Fall hat mich mein Opa ein paarmal auf seine Jagdausflüge mitgenommen, und als ich sechzehn war, zeigte er mir, wie man mit Gewehren schießt. Ich war damals total fasziniert davon. Nicht vom Jagen an sich, ich habe es gar nicht übers Herz gebracht, jemals auf ein Tier zu zielen. Aber das Schießen selbst fand ich toll.«

»Das ist lustig, denn da haben wir wirklich was gemeinsam! Du weißt ja, dass ich in Deutschland jahrelang im Schützenverein geschossen habe. Aber mit solchen Jagdgewehren kenn ich mich gar nicht aus. Deshalb wollte ich dich fragen, ob du glaubst, dass jemand auch ohne Erfahrung mit Jagdwaffen schießen könnte. Sagen wir zum Beispiel Magdalena.«

Silvia dachte kurz nach. »Tja, also jemand, der noch nie mit Schusswaffen in Berührung gekommen ist, könnte Schwierigkeiten damit haben, das Gewehr nicht zu verreißen oder sich durch den Rückstoß zu verletzen. Aber unmöglich ist es bestimmt nicht.« Sie nahm einen Schluck aus der Mineralwasserflasche, die auf dem Schreibtisch stand. »Magdalena Estades und Isabel Bestard haben zwar ausgesagt, dass sie noch nie geschossen haben, aber sie haben bestimmt schon einmal gesehen, wie Rafael, Víctor oder Albert mit den Waffen umgegangen sind. Völlig ahnungslos sind sie demnach nicht. Außerdem hat Rafael Adrover ja bestätigt, dass die Gewehre immer geladen sind.«

»Rein theoretisch könnte es also jeder von den fünf, die wir bis jetzt vernommen haben, gewesen sein«, erwiderte Marie. »Was die Alibis angeht, bin ich der Meinung, dass wir uns auf die Zeitangaben der Gäste, wen sie wo und wann gesehen haben, nicht hundertprozentig verlassen können. Wohl kaum jemand hatte auf der Feier andauernd die Uhrzeit im Blick. Mir selbst ist ja auch nicht aufgefallen, ob irgendjemand für längere Zeit abwesend war. Es waren so viele Leute dort, und jeder hat mit jedem geredet.«

»Ja, das ist klar«, sagte Silvia. »Warum sollte man auch während einer Hochzeit auf so etwas achten. Ist denn Lilly Henning etwas aufgefallen? Könnte sie bezeugen, dass ihr Mann in diesem Zeitrahmen bei ihr war?«

»Nicht einmal sie kann das hundertprozentig sagen«, erwiderte Marie. »Víctor hat zwar lange mit ihr getanzt, aber er war auch mal auf der Toilette oder hat sich mit Gästen unterhalten. Und da Lilly immer wieder in Gespräche verwickelt wurde, hatte sie ihn nicht pausenlos im Blick.«

»Okay, lassen wir das mit den Alibis vorerst außer Acht. Aber wenn wir sonst keinen Anhaltspunkt haben, was das Motiv des Mörders angeht, müssen wir vielleicht doch versuchen, die genauen Uhrzeiten zu rekonstruieren.«

Silvia hing einen Moment ihren Gedanken nach, dann schaute sie zu Marie, die aufgestanden und ans Fenster getreten war. »Und was glaubst du, Marie? Könnte einer dieser fünf ein Motiv gehabt haben, Markus Henning umzubringen?«

»Ehrlich gesagt, nein. Magdalena und Rafael hegen zwar Abscheu gegen Lilly und Deutsche im Allgemeinen, aber daraus zu schließen, dass sie zu einem Mord fähig wären, ist ein bisschen dünn.« Sie drehte sich zu Silvia um. »Albert Adrover kenne ich kaum, nur aus ein paar Erzählungen von Lilly. Er ist wohl vollkommen auf seine politische Karriere fixiert. Vielleicht ist er ja in irgendwelche Korruptionsfälle verwickelt, und Markus ist dahintergekommen. Aber das ist natürlich auch nur so ein Gedanke.«

Silvia sah sie nachdenklich an. »Ich fand ihn auch nicht gerade sympathisch. Und ja, Politik und Korruption hängen in diesem Land leider wirklich oft zusammen, aber selbst wenn dem so wäre, wie sollte denn Markus Henning ausgerechnet an diese Information gekommen sein?«

Marie zuckte mit den Achseln. »Keine Ahnung. Es ging mir nur eben durch den Kopf.«

»Okay, wir können uns ja mal bei den Kollegen der Antikorruptionsabteilung umhören, ob Albert Adrover sich etwas hat zuschulden kommen lassen. Und was ist mit Isabel Bestard und Víctor Adrover?«

»Wir wissen ja, dass wir in unserem Beruf niemals etwas komplett ausschließen können, aber ein mögliches Motiv kommt mir bei keinem der beiden in den Sinn«, sagte Marie und setzte sich erneut auf den Stuhl gegenüber Silvia. »Außerdem kann ich mir Víctor echt nicht als Mörder vorstellen. Und Isabel Bestard … Sie macht auf mich einen eher unterwürfigen, sehr angepassten Eindruck. Die liebe, perfekte Schwiegertochter, die sich für Mode, Diäten und ihr äußeres Erscheinungsbild interessiert. Dass sie jemanden niederschlägt und dann kaltblütig erschießt, ich weiß nicht.«

»Ja, das sehe ich auch so«, sagte Silvia. »Aber wir wissen ja, dass sogar die unscheinbarsten, nettesten Menschen sich als Mörder entpuppen können.« Sie schaute auf ihre Armbanduhr. »So, genug gemutmaßt. Wir sollten uns nun Amalia Vallespir vornehmen. Ich bin gespannt, ob sie direkt zugibt, dass sie Markus Kokain zugesteckt hat. Und wer weiß, vielleicht verbirgt die Tochter aus dem guten Hause ja noch andere Informationen vor uns.«

Kapitel siebzehn

»Frau Vallespir, woher stammen die blauen Flecken an Ihrem Hals?«, fragte Silvia die junge Frau, die den Kommissarinnen gegenüber im Vernehmungsraum saß.

Marie horchte auf und richtete ihren Blick auf Amalia Vallespirs Hals. Nun sah sie es auch. Zwischen dem Halstuch und der rosa Bluse erkannte sie ein bläuliches Hämatom. Die Mallorquinerin verzog erschrocken den Mund und richtete sofort den Kragen der Bluse.

Silvia fixierte sie. »Frau Vallespir, wir sind hier in einer Mordermittlung, bitte beantworten Sie meine Frage.«

Aber die junge Frau schwieg eisern. Das war nun ein kompletter Verhaltenswechsel. Bis jetzt hatte Amalia Vallespir sich äußerst kooperativ gezeigt. Sie hatte zugegeben, ab und an Kokain zu konsumieren und Markus Henning, mit dem sie auf der Hochzeitsfeier ins Gespräch gekommen war, ein wenig zugesteckt zu haben. Sie leugnete auch nicht, dass sie ein bisschen mit dem Deutschen geflirtet hatte. Dann jedoch war er mit dem Tütchen in Richtung Gästehaus verschwunden, und sie hatte ihn nicht mehr gesehen.

Auf Marie hatten all ihre Angaben ehrlich gewirkt. Nun jedoch saß sie schweigend und mit komplett verschlossener Miene vor ihnen. Sollte Amalia Vallespir sie angelogen haben und in Wahrheit Markus zum Gästehaus gefolgt sein? Hatten sie dort miteinander rumgemacht, waren dann aber durch den Drogenkonsum in einen Streit geraten? Hatte Markus sie gewürgt, woraufhin sie ihm einen Faustschlag verpasst hatte?

Marie konnte sich dieses Szenario beim besten Willen nicht vorstellen, aber es war eindeutig, dass die Mallorquinerin etwas verschwieg.

Silvia atmete tief durch. »Ich frage Sie nun zum dritten Mal, Frau Vallespir. Warum verbergen Sie die Wunden an Ihrem Hals?«

Endlich regte sich die junge Frau. »Das geht Sie nichts an«, sagte sie mit erstaunlicher Schärfe in der Stimme. »Ich bin hier, um Ihnen über den gestrigen Tag zu berichten, und das habe ich getan. Ich habe Ihnen auf alle Fragen ehrlich geantwortet und zugegeben, dass ich Markus etwas von dem Kokain abgegeben habe. Aber alles andere hat nichts mit Ihrer Mordermittlung zu tun.«

»Gut, wir werden dann gegen Sie wegen illegalem Drogenbesitz ermitteln«, erwiderte Silvia.

Aber die Mallorquinerin gab nicht nach, sondern zog nur eine hochnäsige Miene. »Dann tun Sie das. Ich denke, Sie wissen, dass mein Onkel einer der besten Strafverteidiger Palmas ist. Außerdem habe ich das Kokain nur zum Eigenbedarf genutzt und nicht damit gedealt.«

»Es freut mich für Sie, dass Sie über solch einflussreiche Familienmitglieder verfügen. Aber Gesetz ist Gesetz, und es ist unsere Pflicht, ein Ermittlungsverfahren gegen Sie einzuleiten«, erwiderte Silvia.

Amalia Vallespir sah sie abschätzig an. »Machen Sie das ruhig. Aber kann ich jetzt endlich gehen?«

Silvia wandte sich an Marie. »Hast du noch Fragen an sie?«

Marie schüttelte den Kopf.

Silvia nickte und nahm dann wortlos den Telefonhörer ab. Sie sprach ein paar kurze Sätze auf Mallorquinisch in den Apparat, dann wandte sie sich erneut an die junge Frau.

»Gut, meine Dame, so weit sind wir fertig. Ein Kollege der Drogenfahndung wartet draußen auf Sie. Bitte halten Sie sich in den nächsten Tagen bereit, falls wir Sie noch einmal befragen müssen.« Silvia reichte ihr eine Visitenkarte. »Und hier haben Sie meine Telefonnummer, für den Fall, dass Sie es sich anders überlegen und uns doch noch etwas zu Ihren Wunden am Hals erzählen wollen.«

Amalia Vallespir nahm die Visitenkarte schweigend entgegen. Dann stand sie auf und verließ ohne ein weiteres Wort das Vernehmungszimmer.

Kapitel achtzehn

Silvia lehnte sich auf dem ungemütlichen Stuhl zurück. Seit einer halben Stunde vernahmen sie nun schon Sofía Adrover, und langsam kamen ein paar interessante Informationen zum Vorschein. Nach anfänglichem Abstreiten hatte Frau Adrover unter Tränen zugegeben, sich wirklich ein wenig in den charmanten Markus Henning verguckt zu haben. Ihrer Aussage nach war sie ihm in einigem Abstand zum Gästehaus gefolgt, weil sie seine Flirterei mit Amalia Vallespir beobachtet hatte und eifersüchtig geworden war. Im Gästehaus hatte sie ihn unter vier Augen zur Rede stellen wollen.

»Wie lange haben Sie genau gewartet, bis Sie Herrn Henning gefolgt sind?«, fragte Silvia.

Sofía Adrover strich sich eine dunkle Locke aus dem verheulten Gesicht. »Ich weiß nicht recht, vielleicht so zehn Minuten.«

»Warum so lange?«, warf Marie ein. »Warum sind Sie ihm nicht direkt hinterhergegangen?«

Die junge Frau dachte einen Moment lang schweigend nach, bevor sie antwortete. »Ich wollte halt nicht, dass Amalia oder meine Eltern es mitbekamen.«

»Aber zehn Minuten, das ist schon eine ganz schön lange Zeit«, bemerkte Silvia. »Wie konnten Sie sich sicher sein, dass er nach zehn Minuten nicht schon längst wieder zurück bei den anderen Gästen war?«

Sofía Adrover wich Silvias Blick aus. »Na ja, vielleicht waren es auch nur fünf Minuten, ich kann mich nicht richtig erinnern.«

»Na gut, Sie sind dann also zum Häuschen gegangen. Gestern sagten Sie aus, dass Sie direkt ins Badezimmer gegangen sind und dort den toten Markus Henning vorgefunden haben. Möchten Sie etwas an dieser Aussage ändern, Frau Adrover?«

Die junge Frau sah sie nun direkt an und wirkte etwas irritiert. »Nein, das stimmt so.«

»Und wie können Sie sich erklären, dass in nur fünf bis zehn Minuten jemand Herrn Henning niedergeschlagen und erschossen hat und danach einfach so verschwunden ist, ohne dass Sie von alledem etwas mitbekommen haben? Sie sagten ja gestern, dass Sie niemanden gesehen haben, nicht wahr?«

Sofía Adrover begann ihre Finger zu kneten, sagte aber kein Wort. Silvia konnte förmlich sehen, wie es hinter ihrer Stirn arbeitete. Am liebsten hätte sie die Mallorquinerin geschüttelt, damit sie endlich erzählte, was wirklich vorgefallen war. Aber Sofía hüllte sich in Schweigen und starrte auf ihre ineinander verschränkten Hände.

Silvia beschloss, ihre Taktik zu ändern. »Frau Adrover, stimmt es, dass Sie seit Jahren hier in Palma in einem Verein Taekwondo praktizieren?«

Nun hob Sofía Adrover den Blick und sah sie erstaunt an. »Ja, woher wissen Sie das?«

Silvia ignorierte die Frage.

Wut blitzte plötzlich in den Augen der jungen Frau auf. »Was hat mein Training denn jetzt mit alledem zu tun?«

»Markus Henning wurde von dem Täter oder der Täterin niedergeschlagen, bevor er oder sie ihn mit dem Jagdgewehr erschossen hat«, erwiderte Silvia. Sie wartete ein paar Sekunden, um Sofía Adrovers Reaktion zu beobachten. »Ich denke, Sie verstehen sehr wohl, worauf ich hinauswill«, fügte sie dann hinzu. »Es wäre Ihnen ein Leichtes gewesen, ihn außer Gefecht zu setzen, nicht wahr?«

»Wovon reden Sie? Warum sollte ich Markus niederschlagen? Ich habe vorhin doch sogar zugegeben, mich in ihn verguckt zu haben«, erwiderte Sofía Adrover.

»Eben weil Sie ein Auge auf Herrn Henning geworfen hatten, waren Sie vielleicht rasend vor Eifersucht, weil er mit Amalia und nicht mit Ihnen auf der Hochzeitsfeier geflirtet hat«, sagte Silvia.

Die Mallorquinerin schüttelte angewidert den Kopf. »Das ist vollkommener Blödsinn! Ich töte doch nicht jemanden, nur weil er mit meiner Großcousine rummacht.«

Silvia wechselte einen raschen Blick mit Marie, die ihr kaum merklich zunickte. »Gut, dann erklären Sie uns doch bitte, wie es sein kann, dass Sie rein theoretisch so nah am Häuschen waren und nichts von dem Gewehrschuss gehört haben.«

Sofía Adrover starrte einige Sekunden auf ihre Hände, dann hob sie den Blick und sah Silvia direkt in die Augen. »Frau Comisaria, es tut mir leid, ich habe Ihnen gestern nicht die ganze Wahrheit gesagt.«

»Dann sagen Sie jetzt die ganze Wahrheit, Frau Adrover«, erwiderte Silvia, ohne mit der Wimper zu zucken.

Sie atmete tief durch. »Ja, ich habe auf dem Weg zum Gästehaus einen Gewehrschuss gehört.«

»Aha, und warum haben Sie uns das gestern verschwiegen?«, fragte Silvia.

»Ich hatte Angst«, erwiderte sie nun mit sehr leiser Stimme.

»Angst, wovor?«

»Ich weiß nicht, ich hatte einfach Angst.«

»Hören Sie, wir befinden uns hier in einer Mordermittlung und nicht bei den Pfadfindern. Irgendwo da draußen läuft ein Killer herum, der es womöglich noch auf andere Opfer abgesehen hat. Sagen Sie uns endlich, was Sie gestern beobachtet haben, oder ich leite umgehend ein Verfahren wegen Falschaussage gegen Sie ein.«

Nun sah die junge Frau noch unsicherer aus.

»Sagen Sie uns einfach die Wahrheit, Frau Adrover, dann werden Sie keinen weiteren Ärger bekommen«, sagte Marie, die die ganze Zeit über nur zugehört hatte.

»Ja …«, Sofía Adrover zögerte. »Also, ich habe einen Schuss gehört.«

»Das sagten Sie bereits«, erwiderte Silvia. »Können Sie uns auch erklären, warum Sie trotz des Schusses weiter in Richtung des Gästehauses gegangen sind? Diese Situation bereitete Ihnen also keine Angst?«

Wieder zögerte Sofía Adrover. »Ich weiß nicht, ich glaube, ich habe gar nicht richtig darüber nachgedacht. Ich bin einfach automatisch zum Häuschen gerannt, um zu gucken, was passiert war.«

»Aha, und dann? Was haben Sie gesehen, als Sie dort ankamen?«

»Als ich nur noch wenige Meter vom Haus entfernt war, sah ich, wie ein Schatten durch das Wohnzimmer huschte. Ich versteckte mich schnell hinter einem Baum. Von dort aus habe ich beobachtet, wie jemand aus dem Häuschen kam und in die entgegengesetzte Richtung rannte.«

»Und Sie haben nicht erkannt, wer diese Person war?«, fragte Silvia.

»Nein, es war ja ziemlich dunkel, und nur im Haus brannte Licht.«

Silvia atmete tief durch. »Okay, können Sie uns die Person wenigstens beschreiben?«

»Von der Statur her würde ich sagen, dass es ein Mann war.«

»Größe? Kleidung? Konnten Sie seine Haare erkennen?«

Sie zuckte mit den Schultern. »Normal groß, seine Kleidung und Haare konnte ich nicht ausmachen, aber es hatten ja sowieso fast alle Männer dunkle Anzüge an.«

»Warum haben Sie uns all das gestern verschwiegen?«, wollte Marie wissen.

»Ich stand gestern einfach unter Schock und hatte Angst, dass der Mörder mich vielleicht gesehen hatte. Da dachte ich, es wäre sicherer, nichts zu sagen.«

»Und warum haben Sie dann heute, als Sie hier hereinkamen, nicht direkt Ihre Falschaussage berichtigt?«, fragte Silvia.

»Ich sagte ja schon, dass ich einfach Angst habe.« Sie schloss für ein paar Sekunden die Lider. Als sie ihre Augen erneut öffnete, hatten sich Tränen in ihnen gebildet. »Außerdem kann Ihnen diese Information ja sowieso nicht viel weiterhelfen.«

»Darum geht es nicht«, erwiderte Silvia. »Es ist eine Straftat, die Polizei anzulügen. Ist Ihnen das nicht bewusst?«

»Ja, schon«, erwiderte Sofía Adrover. Nun wirkte sie bedrückt wie ein kleines Mädchen, das von einer Erwachsenen zurechtgewiesen worden war.

Silvia stand auf. »Frau Lindner und ich gehen kurz ins Nebenzimmer. Warten Sie bitte hier, bis wir zurückkommen.«

Die junge Frau sah sie irritiert an, nickte jedoch.

Marie erhob sich, und die zwei Polizistinnen verließen das Vernehmungszimmer.

»Also, ich glaube ihr nicht wirklich«, sagte Silvia, nachdem sie die Tür hinter sich in dem angrenzenden Besprechungszimmer geschlossen hatte. »Zwar kann ich sie mir auch nicht als kaltblütige Mörderin vorstellen, aber ihr Benehmen ist schon merkwürdig, findest du nicht?«

»Ja, dieses lange Zögern, bevor sie antwortet.« Marie runzelte die Stirn. »Und dieser ständige Wechsel zwischen Tränen, Wut und Nervosität. Ich meine, klar steht sie unter

Schock, und obendrein war sie ja auch in Markus verknallt, aber ihre Begründung, weshalb sie uns gestern angelogen hat, kann ich auch nicht ganz nachvollziehen.«

»Ich habe das Gefühl, dass sie uns weiterhin etwas verschweigt. Vielleicht weiß sie sehr wohl, wer der Mörder ist, und hat wirklich Angst. Oder es ist womöglich jemand aus ihrer Familie, und sie will ihn schützen«, sagte Silvia.

»Das würde ihr Verhalten schon eher erklären, ja«, erwiderte Marie.

Silvia ging ein paar Schritte im Zimmer auf und ab. »Ich finde, wir sollten sie vorerst im Auge behalten und in ein, zwei Tagen erneut vernehmen. Ich bin mir sicher, dass sie irgendetwas im Schilde führt.«

»In Ordnung, lass es uns versuchen«, sagte Marie. »Eine andere Sache, die mir grad noch eingefallen ist: Sollten wir Sofía nach den Blutergüssen an Amalias Hals fragen?«

»Ja, das ist keine schlechte Idee«, sagte Silvia. »Viellicht weiß sie etwas darüber.« Sie öffnete die Tür zum Vernehmungszimmer.

Sofía Adrover saß zusammengesunken auf ihrem Stuhl und regte sich kaum, als die Kommissarinnen erneut vor ihr Platz nahmen.

»Frau Adrover, wie gut ist Ihr Verhältnis zu Ihrer Großcousine?«, fragte Silvia.

Die junge Frau strich sich die langen Locken, die fast ihr ganzes Gesicht bedeckten, hinter die Ohren und hob den Kopf. »Was tut das denn jetzt zur Sache?«

Silvia unterdrückte ihre aufkeimende Ungeduld und versuchte, so ruhig wie möglich zu sprechen. »Bitte beantworten Sie einfach meine Frage.«

»Na ja, Amalia ist einige Jahre jünger als ich. Als wir noch kleiner waren, habe wir uns auf Familienveranstaltungen ganz gut verstanden. Aber in den letzten Jahren hat sie sich ziemlich verändert.«

»Inwiefern verändert?«, hakte Silvia nach.

»Sie geriet in eine dieser On-off-Beziehungen mit einem Kerl, der wohl mit Drogen dealt. Von da an hat sie vielen ihrer damaligen Freunde den Rücken gekehrt und begonnen, in anderen Kreisen zu verkehren.«

»Ist Frau Vallespir denn noch mit diesem Mann zusammen?«, fragte Silvia.

»Soweit ich weiß, hat sie ihn wohl endgültig verlassen«, sagte Sofía Adrover.

»Und wissen Sie, warum Frau Vallespir die Beziehung beendete?«

»Meine Mutter hat mal so Andeutungen gemacht, dass sie sich viel stritten und er wohl sehr aggressiv werden konnte«, erwiderte Sofía Adrover. »Aber Amalia kann sich auch in eine gewaltige Furie verwandeln, das sage ich Ihnen.«

»Wie heißt dieser Ex-Freund?«, fragte Silvia.

»Juanjo irgendwas.« Sie dachte kurz nach. »Ich glaube, Juanjo Castelló, bin mir aber nicht hundertprozentig sicher.«

»Und dieser Juanjo war nicht auf der Hochzeit?«

»Nein, wie ich schon sagte, waren sie ja gerade getrennt.« Sie schmunzelte ein wenig. »Und meine Mutter war wirklich froh darüber, ihn nicht auf die Feier einladen zu müssen. Für sie war Juanjo das Ebenbild der Unterschicht, wie sie immer betonte. Und auf dieser wichtigen Feier wollte sie natürlich nur die *Crème de la Crème* haben.«

Silvia wartete ein paar Sekunden, bevor sie ihre nächste Frage formulierte. »Frau Adrover, können Sie sich vorstellen, dass dieser Juanjo körperliche Gewalt gegen Ihre Großcousine angewandt hat?«

»Oh, da will ich nun aber keine Behauptungen aufstellen, dafür kenn ich ihn zu wenig. Er sieht schon ziemlich krass aus, aber das heißt ja nicht automatisch, dass er ein Schlägertyp ist. Und Amalia hat in dieser Hinsicht auch nie etwas geäußert, soweit ich weiß.«

Silvia nickte. Falls Juanjo Castelló wirklich körperliche Gewalt gegen Amalia Vallespir ausgeübt hatte, würde dies die Blutergüsse an ihrem Hals und ihre strikte Abwehrhaltung, ihnen von der Herkunft der Hämatome zu berichten, natürlich begründen. Sie machte sich eine Notiz, um die Kollegen, die für Verbrechen von häuslicher Gewalt verantwortlich waren, zu informieren. Vielleicht konnten sie Amalia dazu bringen, ihr Schweigen zu brechen und Anzeige zu erstatten.

»Frau Adrover, können Sie sich erinnern, was Amalia gestern anhatte?«, meldete sich Marie zu Wort.

Silvia war ebenso wie Sofía Adrover von der Frage der Deutschen überrascht. Andreas hatte ihr doch bereits berichtet, dass die Mallorquinerin ein auffälliges, lilafarbenes Kleid getragen hatte. Marie musste ihre erstaunten Blicke erfasst haben, denn schnell fügte sie eine weitere Frage hinzu.

»Wir wissen, dass sie ein lila Kleid trug, aber mich würde interessieren, ob es hochgeschlossen war und ihren Hals verdeckte?«

»Jetzt, wo Sie das fragen …« Sofía Adrover kratzte sich an der Schläfe. »Ich habe mich schon ein wenig gewundert, dass sie nicht ihr üppiges Dekolleté zur Schau gestellt hat, wie sie es sonst gerne tut. Und obendrein trug sie auch noch ein ziemlich kitschiges Halstuch.«

Silvia nickte Marie anerkennend zu. Nun konnten sie also mit ziemlicher Sicherheit sagen, dass Amalia die Blutergüsse am Hals schon vor der Hochzeit hatte. Somit war die vage Vermutung, dass die junge Mallorquinerin womöglich diejenige war, die mit Markus Henning gekämpft hatte, vorerst vom Tisch.

»Ja, sie sah wirklich aus wie ein Bonbon«, fügte Sofía Adrover hinzu und musste nun sogar ein wenig lachen.

»Gut, Frau Adrover«, sagte Silvia und unterdrückte ein Gähnen. »Wir sind für heute fertig. Sie können nach Hause fahren, aber bitte halten Sie sich in den kommenden Tagen bereit und verlassen Sie die Insel nicht.«

MONTAG, 20. MAI 2019

Kapitel neunzehn

Ist es nicht herrlich?«, fragte Víctor und strahlte sie an.

Lilly musste zugeben, dass es eine gute Idee gewesen war, so frühmorgens an den Strand zu fahren. Schon immer hatte das Meer eine beruhigende Wirkung auf sie ausgeübt. Sie hatte die ganze Nacht kaum ein Auge zugetan, und als langsam die Sonne aufgegangen war, hatte Víctor vorgeschlagen, auf einen Abstecher nach Portals Nous zu fahren. Der Strand war nur eine fünfzehnminütige Autofahrt von ihrem Apartment in Palmas Altstadt entfernt, und um diese Tageszeit herrschte eine himmlische Ruhe. Während der Hauptsaison war Portals Nous besonders von *palmesanos* und Festlandspaniern überfüllt, aber jetzt waren sie fast vollkommen allein. Sie zogen ihre Schuhe aus und krempelten sich die Hosenbeine hoch. Víctor griff nach ihrer Hand, und sie gingen in Richtung Meer.

»Danke, Schatz, es tut gut, eine Weile aus Palma rauszukommen«, sagte Lilly. »Eigentlich bin ich todmüde und schrecklich traurig, aber ein bisschen Sonne und frische Meeresluft sind wirklich nicht verkehrt.«

Víctor drückte ihre Hand. »Meine Oma sagte immer, das Meer heilt alle Wunden.«

Lilly beobachtete ein älteres Pärchen, das in Schwimmanzügen und mit Bademützen auf den Köpfen Aufwärmübungen im Sand absolvierte. Sie musste schmunzeln und hoffte, dass Víctor und sie in dem Alter auch noch so fit wären. Sie sah ihn von der Seite an und merkte, wie ihr trotz all der Trauer warm ums Herz wurde. *Mein Ehemann,* dachte sie. Rechtlich waren sie nun Mann und Frau. Durch die schrecklichen Ereignisse hatte sie an nichts anderes als an Markus, Jonas und ihre Eltern denken können. Nun aber wurde ihr bewusst, wie froh sie war, gerade in dieser traumatischen Situation Víctor an ihrer Seite zu wissen.

»Komm, wir setzen uns«, sagte er.

Sie setzten sich in den warmen Sand, und Víctor legte den Arm um sie. Lilly schmiegte den Kopf an seine Schulter und blickte auf die spiegelglatte Wasseroberfläche. Sie erinnerte sich, wie er ihr vor vier Monaten, ebenfalls im Sand sitzend, den Heiratsantrag gemacht hatte. Es war ein frühlingshafter, sonniger Samstag Ende Januar gewesen. Víctor wollte ihr seinen Lieblingshafen zeigen, und sie waren nach Porto Petro gefahren, im Südosten der Insel. Es war ein kleiner Hafen und einer der wenigen, in denen die *llaüts,* die traditionellen mallorquinischen Holzboote, noch die Anzahl der Luxusjachten überschritten. Sie hatten auf einer Terrasse am Meer in der Mittagssonne gesessen und frischen Fisch gegessen. Danach waren sie zum Naturpark von Mondragó gefahren und an den Stränden von S'Amarador und Ses Fonts de n'Alis spazieren gegangen. In der kleinen Bucht Caló d'es Borgit waren sie vollkommen allein gewesen, und plötzlich hatte Víctor eine Samtschachtel mit einem wunderschönen diamantverzierten Ring geöffnet. Lillys Herz hatte ihr bis zum Hals geschlagen, und als er ihr die Frage der Fragen stellte, hatte sie keine Sekunde gezögert, einzuwilligen. Obwohl sie sich erst seit ein paar Monaten kannten, hatte sie schon damals gespürt, dass Víctor ihre große Liebe war.

Sie kuschelte sich noch ein wenig mehr in seine Umarmung und seufzte leise. Es hätte alles so schön sein können, wenn ihr Bruder nicht gerade Opfer eines furchtbaren Mordes geworden wäre. Gestern hatte sie fast den ganzen Tag mit Jonas bei ihren Eltern im Hotel verbracht. Erst am späten Nachmittag hatte sie Marianne und Bernd dazu überreden können, das Hotelzimmer zu verlassen. Sie waren auf einen Kaffee in die Bar des nahe gelegenen Es-Baluard-Museums gegangen. Jonas war die ganze Zeit über ziemlich in sich gekehrt gewesen, und abends wollte er unbedingt bei Oma und Opa übernachten.

»Haben Marie und diese Comisaria Fiol denn schon irgendeinen Verdacht?«, fragte Víctor mit leiser Stimme.

»Soweit ich weiß, nicht. Aber ich will Marie auch nicht zu sehr bedrängen. Eigentlich darf sie uns ja gar nichts Genaueres sagen, solange die Ermittlungen laufen. Ich bin ihr wirklich dankbar, dass sie sich der Sache angenommen hat. Für sie ist es sicher auch nicht ganz einfach, immerhin kannte sie Markus ja recht gut.«

»Ja, ich verstehe«, sagte Víctor nachdenklich. »Und für Andreas ist es okay? Er wirkte auf mich nicht sehr begeistert.«

»Ehrlich gesagt habe ich gestern kaum mit Marie darüber geredet. Sie meinte nur, dass ich mir keine Sorgen machen solle.«

»Das ist gut. Ich bin auch froh, dass sie euch zur Seite steht. Und besonders für deine Eltern ist sie eine wahre Stütze.«

Das Handy in Lillys Handtasche begann zu klingeln. Vor Schreck zuckte sie zusammen. Sie setzte sich auf und holte es aus der Tasche. Es war ihre Mutter.

»Guten Morgen, Mama, wie war eure Nacht?«

»Guten Morgen, Liebes. Ganz in Ordnung, ich hoffe, ich habe euch nicht geweckt.«

»Nein, wir sind schon seit ein paar Stunden auf den Beinen. Soll ich jetzt schon kommen?«

»Das brauchst du nicht. Aber ich rufe dich an, weil Jonas unbedingt mit dir sprechen will. Er ist vorhin aufgewacht.

Der Kleine hatte einen Albtraum, wollte mir aber nichts erzählen. Ich gebe ihn dir, ja?«

»Ja, klar, danke, Mama.«

Lilly wartete einen Moment, dann hörte sie Jonas' weinerliche Stimme am anderen Ende der Leitung.

»Mama?«

»Ja, Schatz, was ist los? Oma sagt, du hast schlecht geträumt?«

»Mama, bitte komm, ich muss dir unbedingt was sagen. Onkel Markus meinte, wir sollen es dir nicht erzählen, aber heute habe ich davon geträumt.«

Lilly spürte, wie schlagartig ihr Puls in die Höhe schoss. »Was ist passiert, Schatz? Was solltest du mir nicht sagen?«

Jonas begann zu schluchzen. »Bitte komm, Mama!«

»Okay, ich bin sofort bei euch. Wartet im Zimmer auf mich«, sagte Lilly, während sie hektisch aufstand und dem verwirrt dreinschauenden Víctor ein Zeichen gab, dass sie losmussten.

Kapitel zwanzig

Silvia schaltete mit einer Hand den Wecker aus und drehte sich auf die andere Seite. Zehn Minuten konnte sie noch liegen bleiben, bevor sie sich für den neuen Arbeitstag fertig machen musste. Sie ertappte sich bei dem Gedanken, dass es schön wäre, wenn jemand in diesem Moment neben ihr liegen würde. Ihre Hand glitt auf die kalte linke Seite des ein Meter sechzig breiten Bettes. Es waren schon einige Monate vergangen, seitdem sie das letzte Mal Herrenbesuch gehabt hatte. Sie hatte Lluís während eines Abendessens bei gemeinsamen Freunden kennengelernt. Sie waren ein paarmal zusammen ausgegangen, aber hatten rasch gemerkt, dass nichts Ernstes aus ihnen werden würde. Lluís wollte ein Leben, das Silvia ihm niemals hätte geben können. Er träumte von einem Einfamilienhaus mit Garten außerhalb Palmas, hoffte auf Kinder und hatte kaum berufliche Ambitionen. Letzteres hätte Silvia nicht weiter gestört, wenn er denn andere Hobbys gehabt hätte, die ihn begeisterten und seine Freizeit in Anspruch nahmen. Aber Lluís war eher gemütlich veranlagt. Er zog ein Wochenende auf der Couch mit Netflix-Serien einer Freizeit voller Aktivitäten vor. Vielleicht würde Silvia sich in dieser Hinsicht auch irgendwann ändern, aber gegenwärtig verspürte sie nicht das geringste Bedürfnis, ein so ruhiges Leben zu führen. Und solange sie keinen Partner fand, der ihre Unternehmungslust teilte, arrangierte sie sich eben weiterhin mit ihrem Singledasein. Darin hatte sie mittlerweile ja einige Jahre an Erfahrung vorzuweisen.

Energisch schlug sie die Decke zurück und schwang sich aus dem Bett. Sie schaute auf die Digitalanzeige des Weckers und dachte einen Moment lang nach. Wenn sie sich beeilte, könnte sie noch kurz bei Ramón im Krankenhaus vorbeischauen, bevor sie ins Präsidium fuhr. Der erste Zeuge zur Vernehmung stand erst um 10:30 Uhr an, und Marie würde sowieso nicht vor 9:30 Uhr eintreffen. Sie schlüpfte aus ihrer Pyjamahose und dem alten T-Shirt, warf beides auf das ungemachte Bett und verließ das Schlafzimmer.

Im Bad blieb sie vor dem Waschbecken stehen und betrachtete ihr Gesicht einen Moment lang im Spiegel. Ihre dunklen Haare waren zerzaust, und sie hatte leichte Ringe unter den Augen. Aber im Großen und Ganzen konnte sie sich nicht beschweren. Für ihre fünfunddreißig Jahre hatte sie kaum Falten und sah immer noch sehr jugendlich aus.

Sie kämmte sich die Haare und band sie dann wie gewohnt zu einem hohen Pferdeschwanz. Fürs Haarewaschen blieb ihr keine Zeit, eine schnelle Körperdusche musste reichen.

Zwei Minuten später trat sie aus der Duschkabine. Gerade als sie nach dem großen Handtuch greifen wollte, hörte sie ihr Handy im Schlafzimmer klingeln. Silvia eilte aus dem Bad und schaffte es noch rechtzeitig, das Gespräch entgegenzunehmen.

»Hallo, Rachel!«

»Silvia …«

»Ja, Rachel, ist alles in Ordnung?«

»Er ist heute Nacht gestorben«, sagte Rachel.

Silvia stockte der Atem. Sie fühlte, wie ihre Lungen sich zusammenzogen. In den vergangenen Wochen hatte sie viel über Ramóns bevorstehenden Tod nachgedacht, aber nun war der Zeitpunkt wirklich gekommen.

»Silvia, bist du noch dran?«

»Ja, entschuldige … Es tut mir so leid. Wann ist es passiert? Ich meine, war er alleine?«

Im selben Moment, als Silvia die Frage gestellt hatte, bereute sie ihre Worte schon wieder. Hoffentlich interpretierte Rachel sie nicht als Vorwurf.

Aber genau das tat die Halbamerikanerin. »Ja, Silvia, er war alleine. Die Krankenschwester ist direkt zu ihm, es war jedoch schon zu spät. Aber was hätte ich denn tun sollen? Ich konnte ja nicht pausenlos im Krankenhaus an seinem Bett sitzen. Ich habe schließlich auch noch ein Leben, einen Beruf und die Kinder.«

Silvia konnte es ihr nicht verübeln, so zu reagieren. Die Arme war bestimmt mit den Nerven völlig am Ende. »Rachel, es tut mir leid, so war das natürlich nicht gemeint. Ich wollte dir mit der Frage keinen Vorwurf machen, wirklich nicht.«

Silvia hörte, wie Ramóns Ex-Frau tief durchatmete. »Ist schon gut, sorry, dass ich dich so angefahren habe. Es war eine kurze Nacht für die Mädchen und mich. Um fünf Uhr hat uns das Krankenhaus angerufen. Wir sind seit Stunden hier, und ich muss mich um die ganzen Formalitäten kümmern.«

»Kann ich dir irgendwie dabei helfen? Wirklich Rachel, sag mir, wenn ich etwas tun kann?«

»Soweit nicht, Silvia. Aber ich wäre dir dankbar, wenn du auf dem Präsidium seine ehemaligen Kollegen informieren würdest. Für solche Anrufe fehlen mir echt gerade die Nerven.«

»Ja, klar, mach dir keine Sorgen, das erledige ich«, sagte Silvia.

»Okay. Ah, bevor ich es vergesse, der Gottesdienst für seine Beerdigung wird Mittwochabend in der Kirche Santa Catalina Thomàs stattfinden. Kannst du das auch an die Kollegen weitergeben?«

»Ja, natürlich. Wie geht es dir und den Mädchen?«

»Na ja, wir waren alle darauf vorbereitet und wussten, dass es jeden Tag so weit sein konnte, aber wenn es dann wirklich passiert, trifft es einen doch ziemlich hart.«

Es herrschte ein paar Sekunden Stille in der Leitung.

»Soll ich im Krankenhaus vorbeikommen?«, fragte Silvia.

»Nein, das ist nicht nötig, hier gibt es sowieso nichts mehr zu tun. Ich fahre auch gleich mit Elisa und Inès nach Hause. Wir müssen uns erst einmal von dem Schreck erholen.«

»Okay«, erwiderte Silvia. »Aber bitte sag mir wirklich Bescheid, wenn ich irgendetwas für euch tun kann!«

»Ist gut, Silvia, ich melde mich. Danke dir«, sagte Rachel und beendete das Gespräch.

Silvia starrte ungläubig auf das Handy in ihrer Hand. Dann sank sie nackt und immer noch nass, wie sie war, auf das Bett und brach in Tränen aus.

Kapitel einundzwanzig

Marie bestrich ein Stück Baguette mit Feigenmarmelade und nahm einen Bissen. Bob saß auf dem Boden neben ihr und sah sie aus traurigen Augen an.

»Nein, Bob, das ist mein Frühstück, davon bekommst du nichts«, sagte sie und tätschelte den Kopf des Labradormischlings. Der Hund erhob sich und wedelte mit dem Schwanz. Aber als er sah, dass er wirklich nichts von dem Brot abbekam, trabte er in eine Ecke der Küche und legte sich auf seine Decke.

Sie nippte an ihrem frisch gepressten Orangensaft und sah zu Andreas hinüber. Irgendetwas stimmte nicht mit ihm. Schon als sie gestern gegen Mitternacht endlich zu Hause angekommen war, hatte er nervös gewirkt und sie nur flüchtig nach ihrem Arbeitstag gefragt. Dies war sehr untypisch für ihn, da er sonst stets alle Einzelheiten erfahren wollte. Aber sie war so müde gewesen, dass sie der Sache kaum Beachtung geschenkt hatte.

»Fährst du auch gleich los, um dir im Dorf ein neues Handy zu besorgen?«, fragte sie. »Oder willst du dir lieber eins übers Internet bestellen?«

Gestern hatte Andreas ihr verärgert erzählt, dass ihm am Nachmittag sein Handy in den Pool gefallen war, während er versucht hatte, ein paar Wespen aus dem Wasser zu fischen. Das Smartphone hatte komplett den Geist aufgegeben und ließ sich nicht mehr einschalten.

»Marie, hast du eine Ahnung, wie lange ich warten müsste, bis ein Handy über Amazon hier ankommt? Ich habe gestern sofort im Internet nachgesehen. Aber frühestens würde es Ende der Woche geliefert. Ich kann ja nicht tagelang ohne Telefon rumlaufen.«

»Na ja, so schlimm wäre das nun auch wieder nicht«, erwiderte sie. »Vor nicht allzu langer Zeit haben wir alle auch ohne Smartphones überlebt. Und es ist ja nicht so, dass du pausenlos angerufen wirst. Die Buchungen laufen doch sowieso über die Festnetznummer und unsere E-Mail-Adresse.«

»Da hast du recht, aber mir ist es trotzdem lieber, mir gleich heute Morgen eins zu kaufen«, sagte er und schaute auf seine Armbanduhr. »In fahre ins Dorf, sobald die Geschäfte aufmachen.«

Marie streckte den Arm aus und berührte seine Hand. »Ist alles in Ordnung mit dir? Du wirkst irgendwie angespannt. Bist du mir böse, weil ich mich jetzt so in den Fall reinhängen muss?«

Andreas sah sie an, wich ihrem Blick aber schnell wieder aus. »Nein, das ist schon in Ordnung, ich verstehe ja, dass es für Lilly und ihre Familie wichtig ist.« Er rieb sich die Augen. »Gestern war einfach nur ein sehr stressiger Tag im Hotel, und das mit dem Handy nervt mich jetzt.«

Marie glaubte ihm zwar nicht, aber sie beschloss, es dabei zu belassen. Das Letzte, was sie wollte, war, erneut mit Andreas über ihre Arbeit bei der Policía Nacional zu streiten. Sie brauchte ihre Energie, um sich auf die Ermittlungen zu konzentrieren.

»Hast du schon mit deinen Eltern gesprochen und ihnen von der Hochzeit und dem Mord erzählt?«, wechselte sie das Thema.

Andreas' Mutter rief jeden Sonntag an, um eine Weile mit ihrem Sohn zu sprechen. Marie mochte ihre Schwiegereltern sehr und war froh, dass es ihnen meistens gut ging. Ulrike und Karl Lindner hatten viele Jahre mit Depressionen zu kämpfen gehabt, nachdem ihr ältester Sohn bei einem Unfall auf dem Familienbauernhof ums Leben gekommen war.

»Nein, Mutter ruft ja immer früh am Abend an, und da hatte mein Handy schon den Geist aufgegeben«, sagte Andreas.

»Und hast du sie nicht vom Festnetz aus angerufen, damit sie sich keine Sorgen macht?«, fragte Marie und trank ihren Orangensaft aus.

Andreas fuhr sich über das unrasierte Kinn. »Ehrlich gesagt war ich zu müde und zu verärgert, als dass ich Lust verspürt hätte, ihr von der schrecklichen Hochzeit zu berichten.«

Marie runzelte die Stirn. Auch das war ein untypisches Verhalten für Andreas. Normalerweise war er sehr verantwortungsbewusst und wollte stets vermeiden, dass seine Eltern sich wegen irgendetwas sorgten.

»Dann ruf sie doch jetzt an. Ulrike ist bestimmt schon beunruhigt, wenn sie dich gestern nicht erreicht hat.«

»Ja, ich melde mich nachher bei ihr. So besorgt wird sie schon nicht sein, sonst hätte sie ja auf dem Festnetz im Hotel angerufen.«

»Wie du meinst«, sagte Marie und nahm ihren leeren Teller, um ihn in den Geschirrspüler zu stellen. Dann ging sie zu Andreas, der mittlerweile auch aufgestanden war, und umarmte ihn. »Ich liebe dich«, murmelte sie.

»Ich dich auch.«

»Ist wirklich alles in Ordnung?«, fragte Marie.

»Ja, Schatz, alles gut!«, sagte er.

Sie löste sich aus der Umarmung. »Okay, ich muss los. Sag mir Bescheid, sobald du ein neues Handy hast! Ich rufe dich dann zurück, wenn wir eine Pause einlegen.«

Marie griff nach ihrer Handtasche und gab Bob, der schwanzwedelnd auf sie zukam, einen Abschiedskuss auf die Stirn, bevor sie die Küche verließ.

Kapitel zweiundzwanzig

Víctor hielt vor dem Hotel Saratoga. »Bist du sicher, dass du nicht willst, dass ich mitkomme?«, fragte er.

»Ja, Jonas klang sehr verängstigt am Telefon«, antwortete Lilly. »Mir ist es lieber, erst mal mit ihm alleine zu sprechen. Er war so verschlossen gestern. Ich hoffe, dass es nichts Schlimmes ist.«

»Ruf mich dann bitte sofort an.«

»Mach ich«, sagte Lilly. Sie drückte ihm einen Kuss auf den Mund und stieg aus dem Jaguar. Auf dem Bürgersteig stieß sie fast mit einer älteren, sehr schicken Mallorquinerin zusammen, die gerade ihren Chihuahua ausführte. Lilly murmelte eine Entschuldigung und ging dann auf den gläsernen Hoteleingang zu. Sie nahm den Aufzug in die dritte Etage und klopfte eine Minute später an der Zimmertür 312.

»Hallo, Liebes, komm rein«, sagte Marianne, die ihr die Tür öffnete. »Er ist ein wenig verstört.«

»Mama!« Jonas sprang vom Sofa und schlang die dünnen Arme um seine Mutter.

»Ich will mit dir alleine reden!«, sagte er mit Trotz in der Stimme.

Marianne nickte Bernd zu, der auf dem Sofa saß und mit trister Miene irgendeine Nachrichtensendung im Fernsehen verfolgte. »Komm Bernd, lass uns nach unten ins Restaurant gehen und etwas frühstücken.«

Lillys Vater stand auf und nahm seine Strickjacke von der Stuhllehne. Er gab Lilly einen Kuss auf die Wange und verließ mit Marianne das Hotelzimmer.

Lilly griff nach Jonas' Hand und ging mit ihm zum Sofa.

»Schätzchen, magst du mir jetzt erzählen, was du geträumt hast?«

Jonas wich ihrem Blick aus und schaute zu Boden. »Ich weiß nicht, Mama. Onkel Markus meinte, ich sollte es dir auf keinen Fall sagen. Er wollte es dir selbst nach der Hochzeit erzählen.«

Lilly bekam eine Gänsehaut am ganzen Körper. »Liebling, hör mir zu. Es ist jetzt sehr wichtig, dass du es mir erzählst, denn Markus ist ja leider nicht mehr da.«

Jonas starrte auf seine Füße und begann, sie hin und her zu bewegen. Lilly griff sanft nach seinem Kinn und drehte es so, dass er sie angucken musste.

»Onkel Markus hätte bestimmt gewollt, dass du es mir erzählst. Vertrau mir.«

»Ich wollte die Bilder nur vergessen, Mama. Hätte ich bloß heute Nacht nicht davon geträumt.«

»Welche Bilder, Liebling?«

Jonas biss sich auf die Unterlippe. »Am Freitag nach dem Mittagessen mit Víctors Familie seid ihr ja alle weggefahren, aber ich bin mit Onkel Markus noch wandern gegangen.«

Lilly erinnerte sich, dass ihr Bruder Jonas vorgeschlagen hatte, ein bisschen in den angrenzenden Bergen spazieren zu gehen. Das Mittagessen hatte auf einem Anwesen von Magdalena und Rafael in Valldemossa stattgefunden. Die Hügel und Olivenhaine rund um das Haus gehörten zum Besitz der Familie Adrover Estades.

»Ja, ihr wolltet noch ein paar Stunden laufen, bevor Markus mit dir ins Hotel gefahren ist, nicht wahr?«

»Ja.«

»Und was ist dann passiert?«

Jonas starrte erneut auf seine Füße. »Wir sind durch einen ziemlich dichten Wald gegangen. Nach einer Weile sind wir an einem kleinen Haus vorbeigekommen. Onkel Markus meinte, wir sollten doch mal durchs Fenster gucken, ob dort jemand wohnt.«

»Und, war jemand in dem Haus?«

Jonas schwieg. Lillys Nerven waren mittlerweile so angespannt, dass sie ihren Sohn am liebsten geschüttelt hätte. Aber sie riss sich zusammen und wartete, bis er weitersprach.

»Wir sind ans Fenster gegangen. Da haben wir gesehen, wie ein Mann und eine Frau Liebe gemacht haben.«

Damit hatte Lilly nun nicht gerechnet. Aber jetzt verstand sie, warum Jonas so durch den Wind war. Es musste verstörend für ihn gewesen sein, zum ersten Mal in seinem Leben zu sehen, wie zwei Menschen Sex miteinander hatten.

Sie schlang die Arme um ihn. »Schatz, es tut mir leid, dass du das sehen musstest, aber es ist wirklich nichts Schlimmes. Die Frau und der Mann lieben sich bestimmt sehr. Was sie getan haben, ist Teil ihrer Liebe.«

»Sie haben so komische Geräusche gemacht«, murmelte Jonas.

Lilly küsste ihn auf die Stirn. »Mach dir keine weiteren Gedanken darüber, es ist wirklich nichts Schlimmes.«

Jonas befreite sich abrupt aus ihrer Umarmung. »Aber Mama, ich hab doch noch gar nicht zu Ende erzählt!«

Lilly sah ihn fragend an.

»Wir kannten die Frau und den Mann! Deshalb wollte Onkel Markus ja nicht, dass ich es dir sage.«

Schlagartig verspürte Lilly ein ungutes Gefühl in der Magengegend. »Wer war es, Jonas? Wen habt ihr dort gesehen?«

»Es waren Rafael und Isabel.«

Kapitel dreiundzwanzig

Andreas fand auf Anhieb einen Parkplatz. Zwar war es erst neun Uhr, aber Parkplätze waren im Zentrum von Sóller absolute Mangelware, und häufig musste er ewig lange durch die schmalen Gassen kurven, bis irgendein Fahrzeug einen Platz frei machte.

Er schloss den VW Golf ab und lief den Carrer Victòria hoch, in Richtung der Einkaufsstraße Carrer de Sa Lluna. Es war noch nicht viel los, kaum ein Tourist war unterwegs, und die meisten *sollerics* waren gerade erst dabei, ihre Geschäfte zu öffnen. Andreas konnte es nur recht sein. Je schneller er sich ein neues Handy besorgte, desto besser. Ausgerechnet an dem Tag, an dem er Sandra wirklich versprochen hatte, zu antworten, war ihm das Telefon in den Pool gefallen. Stundenlang hatte er versucht, es wieder funktionstüchtig zu machen. Er hatte es auseinandergenommen, mit heißer Luft geföhnt und in eine Schale mit ungekochtem Reis gelegt. Nichts von alledem hatte jedoch etwas gebracht. Als er definitiv einsah, dass er das Telefon nicht wieder zum Leben erwecken würde, hatte er seinen Laptop eingeschaltet und war hastig all seine E-Mails der vergangenen Monate durchgegangen. Da er jedoch Sandras E-Mails immer kurz nach ihrem Eingang gelöscht hatte, fand er nirgendwo ihre Adresse. Über die sozialen Netzwerke konnte er sie auch nicht kontaktieren, denn Andreas war seit jeher ein vehementer Gegner von Facebook, Instagram und Co. gewesen und hatte sich in all den Jahren nie auf einer Plattform angemeldet. Bis in die späten Abendstunden hatte er nachgedacht, wie er Sandra kontaktieren konnte, aber ihm war weder ihre E-Mail-Adresse eingefallen noch irgendein anderer Ausweg. Kurz war er sogar in Panik geraten, als er sich ausmalte, dass Sandra auf sein Schweigen hin weitere WhatsApps verschickt hatte, die ihn nicht erreichten. Womöglich dachte sie nun, dass er sie erneut blockiert hatte, und würde ihre Drohungen wahr machen.

Er seufzte, als er endlich den Handyladen betrat. In keinem der Geschäfte, an denen er vorbeigekommen war, hatte ein Kunde gestanden, und ausgerechnet hier warteten schon drei Personen vor ihm. Er stellte sich hinter eine kleine Südamerikanerin, die ihn flüchtig musterte und dann erneut ihre Aufmerksamkeit auf ihr Smartphone richtete. Andreas überlegte kurz, einen der anderen Handyshops aufzusuchen. Aber in diesem hatte er auch Maries Handy besorgt, und Tolo, der Verkäufer, war sehr hilfsbereit gewesen. In dem Moment packte der Mann, der an der Reihe war, seine Sachen zusammen und verabschiedete sich lautstark. Nun waren nur noch eine ältere Mallorquinerin und die Südamerikanerin vor ihm dran.

Die alte Dame war offensichtlich schwerhörig, denn Tolo musste durch den halben Laden schreien, damit die Frau ihn verstand.

»Margalida, um Ihr iPhone zu entsperren, brauchen wir jetzt die PUK-Nummer. Sie haben wohl dreimal hintereinander die falsche PIN-Nummer eingegeben.«

Die weißhaarige Frau begriff nun gar nichts mehr, aber Tolo schien es gewohnt, den älteren *sollerics* schnell und gelassen ihre technischen Probleme zu lösen. Keine zwei Minuten später verließ Margalida strahlend und mit eingeschaltetem Handy das Geschäft.

Nachdem die Südamerikanerin ihre Prepaidkarte aufgeladen hatte, war endlich Andreas an der Reihe. »*Bon dia*, ich brauche ein neues Handy, meins ist mir gestern dummerweise in den Pool gefallen«, sagte er und legte sein altes Smartphone auf den Tresen.

»Verstehe«, sagte Tolo und konnte sich ein Lächeln nicht verkneifen. »Was möchten Sie denn für ein Modell?«

»Irgendeins, es muss nichts Besonderes sein, ich brauche es nur zum Telefonieren und Nachrichtenverschicken«, antwortete Andreas.

Er war froh, dass der Verkäufer nicht versuchte, ihm ein spezielles, teures Modell anzudrehen, sondern schnell ein Gerät vorschlug, das Andreas gefiel und preislich im unteren Bereich lag. Nachdem Tolo die SIM-Karte ausgetauscht und überprüft hatte, dass das neue Telefon einwandfrei funktionierte, überreichte er es Andreas. Noch während dieser bezahlte, öffnete er seine WhatsApp-Nachrichten. Es waren drei neue Meldungen von Sandra eingegangen.

»Hier sind Ihr Wechselgeld und die Rechnung«, sagte Tolo und hielt Andreas einen Zwanzigeuroschein und einen Ausdruck unter die Nase.

Hastig steckte Andreas das neue Handy in die Hosentasche, nahm das Geld und die Rechnung und verließ einen Abschiedsgruß nuschelnd das Geschäft.

Draußen traf er auf Sebastià, einen Angestellten seiner Bankfiliale, mit dem er immer ein paar Worte wechselte, wenn er ihm begegnete. Nun jedoch wollte Andreas auf schnellstem Weg zu seinem Wagen, um in Ruhe Sandras Nachrichten zu lesen.

»Hallo, Sebastià! Entschuldige, ich habe einen dringenden Termin und bin in Eile«, sagte er und ließ den irritiert dreinschauenden Bankangestellten auf dem Bürgersteig stehen.

Andreas rannte zu seinem Auto und hoffte, niemand Weiterem zu begegnen. Als er endlich hinter dem Steuer des Golfs saß, atmete er tief durch. Dann öffnete er Sandras Nachrichten vom gestrigen Abend.

Warum antwortest du nicht?
Du hattest es versprochen!!!!!!!!

Fünf Minuten später hatte sie geschrieben:

Was soll das??? Warum erreichen dich meine Nachrichten nicht???? Hast du mich etwa doch wieder blockiert????

Und eine halbe Stunde später:

Also gut, du hast es nicht anders gewollt. Ich sage dir, du wirst dein blaues Wunder erleben!!!!

»Verdammte Scheiße!«, schrie Andreas in die Stille seines Wagens.

Mit fliegenden Fingern schrieb er Sandra eine Nachricht, in der er ihr mit wenigen Worten erklärte, was passiert war. Aber nachdem er auf den Versenden-Knopf gedrückt hatte, kam nur ein einzelnes Häkchen. Was hatte das nun zu bedeuten? War es jetzt etwa Sandra, die ihn aus Wut blockiert hatte? Schnell kopierte er ihre Nummer und versuchte, sie übers Festnetz anzurufen. Aber es erklang nur die automatische Stimme der Mailbox, die ihm mitteilte, dass der gewünschte Gesprächspartner zurzeit nicht erreichbar sei. Frustriert schlug Andreas mit der flachen Hand auf das Lenkrad. Er öffnete erneut WhatsApp auf dem Handy. Ein paar Sekunden fixierte er regungslos Sandras Nachrichten. Was konnte er jetzt tun?

Ein lautes Hupen riss ihn aus seiner Starre. Er blickte in den Rückspiegel. Ein Mann mittleren Alters fuchtelte wild mit den Händen hinter dem Steuer seines dunkelblauen Mercedes. Die Parkplatzsuche schien mittlerweile alle in den Wahnsinn zu treiben. Andreas legte seufzend das Handy auf den Beifahrersitz, startete den Motor und fuhr aus der Parklücke.

Auf dem Weg zurück zum Hotel betete er im Stillen, dass seine Nachricht Sandra doch noch erreichte, bevor sie irgendwelche drastischen Maßnahmen ergriff.

Kapitel vierundzwanzig

Marie war vollkommen außer Atem, als sie das Präsidium der Policía Nacional erreichte. Auf dem Weg nach Palma hatte Lilly sie angerufen und ihr aufgeregt berichtet, was Jonas beobachtet hatte. Marie war auf direktem Weg zum Hotel gefahren und hatte persönlich mit dem Jungen gesprochen.

Rafael Adrover und Isabel Estades. Marie schüttelte ungläubig den Kopf, während sie die Treppen zu Silvias Büro hinaufging. Die arme Lilly war verständlicherweise vollkommen durcheinander gewesen. Innerhalb kürzester Zeit war ihr Bruder ermordet worden, ihr zehnjähriger Sohn hatte Familienmitglieder beim Geschlechtsverkehr beobachtet, und obendrein musste Lilly nun auch noch ihrem frischgebackenen Ehemann beibringen, dass sein Vater und seine Schwägerin anscheinend ein Verhältnis hatten. Marie wollte gerade wirklich nicht in der Haut ihrer Freundin stecken.

Aber Jonas' und Markus' Entdeckung warf natürlich auch ein ganz neues Licht auf die Angelegenheit. Zwar glaubte Jonas nicht, dass Rafael oder Isabel sie gesehen hatten, aber falls dem doch so war, hätten beide ein denkbares Motiv gehabt, Markus umzubringen. Und auch Jonas wäre somit in Gefahr. Marie hatte Lilly nicht noch weiter beunruhigen wollen, aber sie würde Silvia umgehend darum bitten, einen Personenschutz für den Jungen zu arrangieren.

Sie hatte Silvias Büro erreicht und klopfte.

»Herein«, erklang Silvias Stimme von drinnen.

Marie öffnete die Tür und wollte Silvia direkt von ihren Neuigkeiten berichten, als sie die roten Augen und das fahle Gesicht der Comisaria bemerkte.

»Was ist passiert?«, fragte sie.

Silvia zog die Nase hoch und fegte mit einer Handbewegung ein paar zerknüllte Taschentücher in den Papierkorb. »Ramón ist heute Nacht gestorben.«

»O nein, Silvia, es tut mir so leid«, sagte Marie und ging auf die zusammengesunkene kleine Mallorquinerin zu. »Kann ich irgendetwas für dich tun?«

»Nein, ist schon gut. Ich habe nur gerade daran gedacht, wie er sich während seiner letzten Lebenssekunden gefühlt haben muss. Er ist allein gewesen, weißt du?«

Marie berührte Silvias Arm. »Ich verstehe. Aber du darfst dir deshalb keine Vorwürfe machen.«

»Ja, ich weiß, ich wäre nur gern bei ihm gewesen, um mich zu verabschieden.«

Marie nickte verständnisvoll. »Denk dran, dass du in den vergangenen Wochen viel bei ihm warst. Das hat ihm bestimmt eine Menge bedeutet. Und irgendwie war es ja wie ein Abschied.«

»Ja, aber es tut halt trotzdem verdammt weh.«

»Natürlich.« Marie wusste nicht, was sie sagen sollte.

»Obwohl es klar war, dass er jeden Moment sterben konnte, ist es doch ein Schock, nie mehr mit ihm zu sprechen«, sagte Silvia. Erschöpft rieb sie sich das Gesicht. »Aber gut, es ist nicht zu ändern.«

»Ist es vielleicht besser, wenn du nach Hause gehst? Willst du heute wirklich arbeiten?«

Silvia erhob sich von ihrem Stuhl hinter dem Schreibtisch. »Ja, auf jeden Fall. Mich in meinem Apartment zu verkriechen und meinen düsteren Gedanken nachzuhängen wäre das

Schlimmste, was ich jetzt tun könnte.« Sie straffte die Schultern. »Aber nun erzähl schon. So wie du hier gerade reingestürmt bist, hast du doch irgendetwas herausbekommen, oder nicht?«

»Selbst in deiner Verfassung ist dir das aufgefallen?«, fragte Marie.

Silvia mühte sich ein Lächeln ab. »Es war schon ziemlich offensichtlich. Erzähl, was ist passiert?«

Marie setzte sich auf einen der Besucherstühle und berichtete Silvia, was Markus und Jonas am Tag vor der Hochzeit beobachtet hatten.

Die Comisaria blies die Backen auf. »Oh, wow, da hat die werte Familie Adrover Estades ja doch einige Leichen im Keller. Damit hätte ich jetzt zwar nicht gerechnet, aber Rafael Adrover war mir sofort unsympathisch. Wer weiß, wie lange er schon ein Verhältnis mit seiner Schwiegertochter hat.«

»Ja, das könnte sein, aber es sind halt nur Vermutungen«, erwiderte Marie.

Silvia schnaubte. »Glaubst du wirklich, dass sie am Freitag das erste Mal Sex miteinander hatten und dann genau dabei erwischt wurden? Wahrscheinlich nutzen sie die Berghütte schon seit Langem für ihre Affäre.« Angewidert schüttelte sie den Kopf. »Aber gut, das ist erst mal zweitrangig. Wir müssen sowohl Herrn Adrover als auch Isabel Bestard auf schnellstem Weg einen Besuch abstatten und sie mit der Sache konfrontieren.«

»Das sehe ich genauso«, sagte Marie »Wir sollten jedoch vermeiden, ihnen mitzuteilen, woher wir die Info haben. Wir müssen Jonas schützen. Vielleicht haben sie ja wirklich nicht mitbekommen, dass sie beobachtet wurden.«

»Wenn sie es gesehen hätten, dann hätten sie auf jeden Fall ein Motiv gehabt, Markus zu töten – um zu vermeiden, dass ihre Beziehung die Runde macht«, sagte Silvia.

»Und wenn dem so wäre, würde das bedeuten, dass auch Jonas in Lebensgefahr schwebt«, sagte Marie. »Ich denke, wir sollten ihm umgehend Personenschutz zukommen lassen.«

Silvia nickte. »Daran habe ich auch gerade gedacht. Ich werde es sofort veranlassen. Und wir müssen die anstehenden Vernehmungen absagen und uns erst mal Rafael Adrover und Isabel Bestard vornehmen.«

Marie überlegte einen Augenblick. »Was hältst du davon, wenn wir sie getrennt aufsuchen? Ich mache mir Sorgen, dass einer den anderen informieren könnte, wenn wir sie hintereinander vernehmen.«

Silvia stand energisch auf. »Ja, gute Idee. Nimm du dir Frau Bestard vor, und ich statte derweil Herrn Adrover einen Besuch ab.«

Marie bewunderte die Stärke der Comisaria. Vor ein paar Stunden war einer ihrer besten Freunde gestorben, und nun wirkte sie kampflustig wie eh und je. Wahrscheinlich tat es ihr wirklich gut, das zu tun, was sie am besten konnte, und das war nun einmal, Verbrecher zu jagen.

Kapitel fünfundzwanzig

Silvia klingelte am Eingangstor des Stadthauses der Familie Adrover Estades. Das große Gebäude lag nur zwei Straßen vom Rathausplatz Palmas, der Plaça Cort, entfernt. Sie war den Weg vom Polizeipräsidium in die Altstadt gelaufen, denn mit dem Auto hätte sie bei dem Vormittagsverkehr gewiss genauso lang gebraucht.

Die schwere Holztür öffnete sich, und eine junge Frau in Bedienstetenkleidung kam zum Vorschein. Silvia stellte sich ihr vor. »*Bon dia,* ich bin Comisaria Fiol von der Policía Nacional. Ich habe eben mit Herrn Adrover telefoniert, er müsste mich erwarten.«

Das Hausmädchen nickte. »Bitte kommen Sie herein, Herr Adrover und Frau Estades sind im Salon. Ich begleite Sie.«

Davon, dass seine Ehefrau bei ihm war, hatte Rafael Adrover am Telefon nichts gesagt. Nun musste sie die störrische Alte hinausbitten, um Rafael unter vier Augen mit seiner Affäre zu konfrontieren. Silvia wollte sich gar nicht ausmalen, wie Magdalena Estades auf diese Nachricht reagieren würde.

Sie folgte dem Hausmädchen durch den Innenhof, in dessen Mitte ein alter Steinbrunnen stand. Durch eine gläserne Tür gelangten sie in die Eingangshalle, an deren Wänden alte Gemälde mit Porträts von Familienmitgliedern hingen. Sie gingen einen schmalen Flur entlang und erreichten eine Holztür.

»Hier wären wir«, sagte das Hausmädchen und klopfte sachte an die Tür.

»Ja, ja, kommen Sie rein«, hörte Silvia Rafael Adrover rufen.

Das Hausmädchen nickte ihr erneut zu und entfernte sich dann rasch.

Silvia öffnete die Tür und trat in ein altmodisch eingerichtetes Wohnzimmer mit sehr hohen Decken. Ihr Blick glitt sofort zu Magdalena Estades, die auf einem rosa und beige geblümten Sofa saß. Misstrauisch starrte die alte Frau die Comisaria an. Rafael Adrover saß ein paar Meter von ihr entfernt in einem Sessel der gleichen Garnitur und faltete die Tageszeitung zusammen, in der er gelesen hatte.

Silvia zog fröstelnd die Schultern hoch. Obwohl draußen die Sonne vom wolkenlosen Himmel strahlte, herrschte im Inneren dieses Hauses eine unangenehm kühle Atmosphäre.

»Wie können wir Ihnen denn heute weiterhelfen, Frau Comisaria«, fragte Herr Adrover in spöttischem Tonfall, ohne irgendeine Begrüßung an Silvia zu richten.

Bevor sie antworten konnte, ergriff seine Frau schon das Wort. »Haben Sie und Ihre deutsche Freundin unsere Familie gestern nicht bereits genug belästigt? Sollten Sie nicht lieber dort draußen sein und nach einem Mörder suchen?«

Silvia ignorierte die provozierenden Worte. »Guten Morgen, die Herrschaften«, sagte sie und blickte Magdalena direkt an. »Frau Estades, es tut mir leid, aber ich muss Sie leider hinausbitten. Ich möchte mich mit Ihrem Mann unter vier Augen unterhalten.«

Der entgeisterte Ausdruck, der sich auf Magdalena Estades' Gesicht abzeichnete, war filmreif. Silvia hätte am liebsten ihr Handy gezückt und ein Foto geschossen.

»Was soll das denn jetzt?«, brachte sie heraus. »Mein Mann und ich haben keine Geheimnisse voreinander.«

Silvia war versucht, der alten Dame ein *›Da wäre ich mir an Ihrer Stelle nicht so sicher‹* an den Kopf zu werfen, aber sie riss sich zusammen. Eigentlich konnte Magdalena Estades einem nur leidtun. Dass der eigene Ehemann es mit der Schwiegertochter trieb, war nun wirklich etwas, das sie keiner Frau wünschte.

»Das ist schön, aber trotzdem würde ich mit Ihrem Mann gerne alleine reden«, sagte sie.

Rafael Adrover atmete entnervt aus und legte die Zeitung auf einen kleinen Tisch neben dem Sessel. »Ist schon gut, Magdalena, die Comisaria soll mir ihre ach so wichtigen Fragen ruhig unter vier Augen stellen. Guck doch mal, was Anabel so treibt. Wahrscheinlich ist sie wieder mit ihrem Handy beschäftigt, anstatt die Küche zu putzen.« Er schaute Silvia an. »Das Servicepersonal ist auch nicht mehr das, was es mal war. Vor zwanzig Jahren haben unsere Bediensteten noch tüchtig gearbeitet, aber heutzutage steht bei denen mehr Faulheit als Fleiß auf dem Programm.«

Silvia ignorierte auch diesen Kommentar und wartete ungeduldig, dass Frau Estades das Zimmer verließ.

»Ich hoffe, Sie sind sich darüber im Klaren, dass Sie hier sowohl Ihre als auch unsere Zeit verschwenden, mein Fräulein«, sagte sie, während sie sich vom Sofa erhob. »Also wirklich, so eine Frechheit. Und wir bezahlen auch noch mit unseren Steuergeldern Ihre Gehälter.«

Silvia nickte ihr zu, als sie an ihr vorbei in Richtung Tür ging. »Vielen Dank für Ihr Verständnis, Frau Estades.«

Die alte Frau funkelte sie giftig an, ging dann aber ohne eine weitere Bemerkung hinaus und schlug die Tür hinter sich zu.

»Also gut, Herr Adrover, dürfte ich mich setzen?«, fragte Silvia.

Rafael Adrover machte eine ausladende Handbewegung.

Silvia nahm sich einen Stuhl, der vor einem Schreibtisch stand, und platzierte ihn direkt neben Rafael. Sie hatte einen trockenen Mund, aber dass der gastfreundliche Hausherr ihr etwas zu trinken anbot, konnte sie wohl vergessen.

»Herr Adrover, wir wissen aus verlässlicher Quelle, dass Sie ein Verhältnis mit Ihrer Schwiegertochter Isabel Bestard haben«, sagte Silvia mit gedämpfter Stimme, da sie Magdalena zutraute, direkt hinter der Tür zu lauschen.

Rafael Adrover sah Silvia abschätzend an. »Sind Sie jetzt völlig verrückt geworden, Frau Comisaria? Wo haben Sie denn diesen Schwachsinn aufgegriffen?«

»Es wäre besser, wenn Sie mir gleich die Wahrheit sagen«, erwiderte Silvia. »Das erspart uns allen Arbeit und Zeit. Also, seit wann haben Frau Bestard und Sie ein Verhältnis?«

»Ich habe Ihnen gar nichts zu sagen, weil –« Herr Adrover wurde durch das Klingeln von Silvias Handy unterbrochen.

Silvia zog das Telefon aus ihrer Handtasche und schaute auf das Display. Es war Marie. Vielleicht hatte ihre Kollegin schon etwas Wichtiges in Erfahrung gebracht.

»Marie? Ich bin grade bei Rafael Adrover. Gibts was Neues?«

»Ich wollte dir nur schnell mitteilen, dass Isabel Bestard soeben unter Tränen zugegeben hat, dass sie seit sieben Jahren eine Liebesbeziehung mit Rafael führt«, sagte Marie.

»Ah, super, das ging ja schnell. Herzlichen Glückwunsch!«

»Und sie hat mir noch etwas Interessantes verraten.«

»Schieß los!«, drängte Silvia, die spürte, wie ihr das Adrenalin durch die Adern lief.

»Der Erzeuger der Zwillinge ist nicht Albert Adrover, sondern Rafael.«

»Das wird ja immer besser«, sagte Silvia und warf einen prüfenden Blick auf ihren Gastgeber, der gar nicht mehr so unbekümmert dreinschaute wie noch vor ein paar Minuten.

»Ich habe echt das Gefühl, dass sie sich jemandem anvertrauen wollte, weil die Heimlichtuerei sie seit Jahren belastet.«

»Und weiß Albert Adrover von der Sache?«, fragte Silvia.

»Isabel sagt, dass niemand von ihrem Verhältnis weiß und dass sie sehr darunter leidet, weil sie Rafael Adrover wirklich liebt«, erwiderte Marie.

»Okay, bitte fahre mit ihr aufs Revier und wartet dort auf mich«, sagte Silvia. »Ich hoffe, dass ich hier auch nicht mehr lang brauche.« Sie beendete das Gespräch und steckte ihr Handy zurück in die Handtasche. Doch in diesem Moment der Unachtsamkeit stand Rafael Adrover plötzlich vor ihr. Hart schlug er ihr mit der Faust in den Magen und rannte an ihr vorbei zur Tür.

Silvia fluchte laut und wankte ein wenig, konnte sich jedoch aufrecht halten und dem alten Mann hinterhereilen. Als sie ihn im Flur erreichte, fiel es ihr leicht, ihn außer Gefecht zu setzen. Rafael Adrover versuchte zwar, sich zu wehren, aber Silvia konnte ihm rasch Handschellen anlegen.

»Sie sind total verrückt, Sie können sich auf was gefasst machen! Glauben Sie wirklich, dass Sie mich so einfach verhaften können? Ich bin Rafael Adrover! Warten Sie nur ab, bis ich meinen Anwalt auf Sie ansetze, dann können Sie sich Ihre Karriere abschminken.«

»Herr Adrover, Sie haben gerade eine staatliche Vollstreckungsbeamtin körperlich angegriffen und versucht zu fliehen«, gab Silvia zurück. »Also sparen Sie sich Ihre weiteren Drohungen besser. Sie sitzen sowieso schon ziemlich in der Scheiße.« Als er sich weigerte, sich von der Stelle zu rühren, stieß sie ihn vor sich her.

Magdalena Estades kam in den Flur gerannt. »Was ist denn hier los?«, rief sie und sah Rafael entgeistert an. »Warum trägst du Handschellen? Haben Sie den Verstand verloren, Frau Comisaria?«

»Ruf sofort unseren Anwalt an, Magdalena«, sagte Rafael Adrover. »Irgendwie hat die Polizei von meiner Beziehung zu Isabel Wind bekommen. Sorg dafür, dass das alles nicht an die Öffentlichkeit gelangt.«

»Was redest du da?«, fragte Frau Estades mit aufgerissenen Augen. »Von wem sollen sie es denn erfahren haben? Von Isabel etwa?«

»Ich weiß es doch auch nicht!«, schrie Rafael.

Die Erkenntnis darüber, dass Magdalena Estades über das Verhältnis zwischen ihrem Ehemann und dessen Schwiegertochter ganz offensichtlich im Bilde war, verschlug Silvia fast die Sprache. Was war das für eine kranke Familie?

»Sie wussten von der Affäre?«, fragte Silvia.

Magdalena Estades funkelte Silvia giftig an. »Sagte ich nicht, dass mein Mann und ich keine Geheimnisse voreinander haben?«

Silvia wusste nicht, was sie darauf erwidern sollte. Die ganze Situation hätte surrealer kaum sein können.

»Aber Sie können meinen Mann doch nicht einfach festnehmen, weil er ein außereheliches Verhältnis hat. Wo sind wir denn hier? Im Mittelalter?«, fuhr Frau Estades fort.

Bevor Silvia etwas erwidern konnte, erschien Anabel im Flur.

»Verlieren Sie bloß kein Wort von der Sache gegenüber dem Dienstmädchen!«, zischte Frau Estades. »Unsere Familienangelegenheiten gehen niemanden etwas an.«

Silvia platzte fast der Kragen. Was bildete sich dieses alte Ehepaar eigentlich ein? Sie musste schleunigst hier raus, bevor sie ihnen noch eine Ohrfeige verpasste. Ohne Rafael Adrover loszulassen, holte sie mit der freien Hand ihr Handy aus der Handtasche und rief auf dem Präsidium an.

»Ja, hallo, Toni, Silvia hier. Bitte schick mir umgehend einen Einsatzwagen zum Haus der Familie Adrover Estades. Ich habe Rafael Adrover verhaftet, er soll sofort aufs Revier gebracht werden.«

»O Mann«, sagte der Beamte am anderen Ende der Leitung. »Die feine Familie hat also doch keine so weiße Weste?«

»Wir sprechen später, Toni. Bitte schick einfach schnellstmöglich einen Wagen vorbei«, sagte Silvia.

»Ja, natürlich. In fünf Minuten sollten Vicenç und Hugo bei dir sein.«

Silvia beendete das Gespräch.

»Ich komme mit!«, schrie die alte Frau.

»Sehr gut!«, sagte Silvia. »Das wollte ich Ihnen sowieso gerade nahelegen.«

»Frau Estades, ich verstehe nicht …«, meldete sich das Dienstmädchen nun zu Wort, das bisher noch keinen Ton herausgebracht hatte.

»Gehen Sie einfach wieder in die Küche und kochen Sie das Mittagessen«, zischte Magdalena Estades sie an. »Wenn mein Mann und ich zurückkommen, werden wir hungrig sein.«

Silvia unterdrückte den Impuls, der Alten mitzuteilen, dass zumindest ihr Ehemann nicht so schnell wieder auf freien Fuß kommen würde. Sie wollte nur raus aus diesem grässlichen Haus.

Das Dienstmädchen nickte stumm und verließ ohne ein weiteres Wort den Flur.

»Können wir jetzt endlich gehen?«, fragte Rafael Adrover. »Oder wie lange soll ich hier noch mit Handschellen herumstehen?«

»Da bin ich endlich mal ganz Ihrer Meinung«, sagte Silvia. »Frau Estades, bitte gehen Sie vor.«

Auf keinen Fall wollte Silvia mit ihm vor der Alten herlaufen. Sie traute dieser Hexe durchaus zu, dass sie versuchen könnte, sie anzugreifen.

Frau Estades strafte Silvia erneut mit einem finsteren Blick, setzte sich dann aber in Gang.

»Dann mal los, werter Herr Adrover«, sagte Silvia und zog den Verhafteten am Arm mit sich.

Kapitel sechsundzwanzig

Marie konnte ihre Verwunderung über all das, was Isabel Bestard ihr erzählte, kaum verbergen. Eigentlich waren Mallorquiner dafür bekannt, dass sie kaum jemandem von ihren Privatangelegenheiten berichteten, und erst recht nicht, wenn es um so unschöne Dinge ging wie außereheliche Verhältnisse oder familiäre Probleme. Aber bei Isabel Bestard hatte sie den Eindruck, als hätte sie jahrelang ein immenses Redebedürfnis unterdrückt, und nun sprudelten die Worte nur so aus ihr heraus. Als Marie vor einer Viertelstunde das schicke Haus mit Meerblick in Es Molinar erreichte, hatte die junge Frau kaum versucht, ihre Affäre mit Rafael Adrover zu leugnen.

Nun saß sie wie ein Kleinkind zusammengekauert auf einem der Rattansessel der Terrasse und schluchzte vor sich hin. Irgendwie tat sie Marie leid, aber auf der anderen Seite verspürte sie auch eine gewisse Abneigung gegen die so zerbrechlich wirkende Frau. Kinder mit dem eigenen Schwiegervater zu zeugen und diese dann mit dessen Sohn, der ja tatsächlich der Halbbruder der Kinder war, großzuziehen, glich schon einer Perversität, die ihresgleichen suchte.

»Frau Bestard, ist alles okay?«, fragte Marie.

Die Mallorquinerin wischte sich mit dem Ärmel ihrer hellblauen Seidenbluse über das verweinte Gesicht. »Sie glauben jetzt bestimmt, dass ich eine gewissenlose Ehebrecherin bin und meinen lieben Mann heimtückisch hintergehe.«

»Ich glaube gar nichts, Frau Bestard. Das ist auch gar nicht meine Aufgabe. Mir geht es darum, Markus Hennings Mörder schnellstmöglich ausfindig zu machen. Und es war nun einmal Herr Henning, der Sie und Rafael Adrover einen Tag vor seinem gewaltsamen Tod beim Geschlechtsverkehr beobachtete.«

Isabel Bestard ignorierte Maries Worte und schien ihren eigenen Gedanken nachzuhängen. »Wissen Sie was? Albert ist das alles sowieso egal, ihm geht es nur um seine politische Karriere. Die Zwillinge und ich dienen ihm nur dazu, auf Veranstaltungen das Bild der perfekten Familie abzugeben, aber sonst schert er sich einen Dreck um uns.«

»Was meinen Sie mit *ihm ist sowieso alles egal*? Weiß Albert etwa doch von der Affäre zwischen seinem Vater und Ihnen?«

Die junge Frau schaute zu Boden. »Ja, sowohl Albert als auch Magdalena wissen von uns.« Sie hob den Blick und sah Marie direkt in die Augen. »Aber weder Víctor noch Sofía oder sonst jemand weiß etwas, und so muss es auch bleiben. Bitte versprechen Sie mir, dass meine Beziehung zu Rafael nicht an die Öffentlichkeit gelangt – Magdalena würde mich umbringen.«

Marie brauchte ein paar Sekunden, um diese weiteren obskuren Informationen zu ordnen. Unweigerlich musste sie an Lilly denken. In was für eine gestörte Familie hatte ihre arme Freundin da bloß hineingeheiratet?

»Okay, Frau Bestard, nur damit ich es richtig verstehe: Magdalena und Albert wissen, dass Sie eine Affäre mit Rafael haben, dass die Zwillinge seine biologischen Kinder sind, und obendrein haben die beiden mit alldem kein Problem?«

»Na ja, natürlich war Magdalena, als sie uns damals erwischte, nicht sehr begeistert. Aber ihre einzige Sorge war eigentlich nur, dass niemand von der Beziehung erfuhr. Für sie ist der gute Ruf der Familie das Allerwichtigste. Ich könnte mir sogar vorstellen, dass sie, um den zu wahren, über Leichen geht.«

Marie beugte sich ein wenig vor. »Glauben Sie, dass Ihre Schwiegermutter etwas mit Markus Hennings Tod zu tun hat?«

Isabel Bestard wirkte ein wenig verunsichert, so als wäre sie sich gar nicht im Klaren über das, was sie gesagt hatte. »Das weiß ich natürlich nicht, keine Ahnung. Ich meinte ja nur, dass ihr das Ansehen der Familie wichtig ist und dass sie unser Verhältnis nicht besonders stört, solange niemand davon Wind bekommt.«

»Warum glauben Sie, dass Frau Estades das nicht stört? Auf mich haben ihr Mann und sie wie ein eingespieltes Team gewirkt, das sich gut versteht«, sagte Marie.

Isabel Bestard fuhr sich mit den Fingern über die Unterlippe. »Ja genau, sie verstehen sich ja auch ausgezeichnet, weil sie eigentlich über alles dieselbe Ansicht teilen. Aber sie sind mehr wie Bruder und Schwester füreinander, und das war schon immer so. Geliebt wie ein Ehepaar haben sie sich nie.«

»Nie? Woher wollen Sie das wissen? Immerhin haben sie ja geheiratet und drei Kinder miteinander gezeugt«, erwiderte Marie.

»Aber das heißt ja nicht, dass sie sich jemals geliebt haben. Sie müssen wissen, Frau Lindner, dass die Ehe zwischen Magdalena und Rafael schon beschlossene Sache war, als die beiden noch im Teenageralter waren.« Isabel Bestard nahm einen Schluck aus der Coladose, die vor ihr auf dem Glastisch stand. »Wie Sie sicher mitbekommen haben, sind Magdalenas Vorfahren die Gründer Mallorcas bekanntester Hotelkette, und Rafael ist der Erbe der Banca Adrover. Bei ihrer Hochzeit damals ging es nicht um Liebe, sondern nur darum, zwei der mächtigsten Familien der Insel zu vereinen. Aber die beiden hatten Glück, denn obwohl sie sich nicht liebten, kamen sie gut miteinander aus, teilten die gleichen Interessen und ließen sich ihre Freiräume, was ihre sexuellen Bedürfnisse anging.«

»Soll das heißen, dass auch Frau Estades ein Verhältnis hat?«, fragte Marie. Mittlerweile wunderte sie in dieser Familie nichts mehr.

»Nein, soweit ich weiß, ist das vorbei. Aber sie war auch kein Kind von Traurigkeit, wenn Sie verstehen, was ich meine. Magdalena wusste jedoch ihre Liebschaften komplett geheim zu halten. Nicht einmal ihre Kinder haben es je mitbekommen. Wie gesagt, für Magdalena sind der Schein und der äußere Zusammenhalt der Familie das Wichtigste in ihrem Leben.«

»Und Sie haben all diese Informationen von Rafael Adrover?«, fragte Marie.

»Ja, unser Verhältnis ist nicht nur sexueller Art, wir vertrauen uns auch sonst alles an.«

Marie dachte einen Augenblick nach. »Und Sie wollen mir wirklich weismachen, dass Albert Adrover ebenfalls nichts dagegen hat, dass Sie mit seinem Vater ins Bett gehen?«

Isabel Bestard schwieg, und Marie sah, dass die Mallorquinerin zum ersten Mal genau zu überlegen schien, was sie sagen sollte.

»Was ist es, Frau Bestard?«, forderte Marie sie auf, weiterzureden.

»Ich erzähle Ihnen sowieso schon viel zu viel von der Familie und hoffe, dass Sie als Polizistin einer Schweigepflicht unterliegen.«

Marie ging nicht auf diese Bemerkung ein. »Bitte sagen Sie mir, was mit Herrn Adrover ist, Frau Bestard.«

»Mein Mann ist homosexuell«, erwiderte Isabel endlich.

Das war nun eine interessante Information, die erklärte, warum Albert die Affäre anscheinend kaum störte. Aber bevor Marie ihre nächste Frage stellen konnte, redete Isabel schon weiter.

»Jetzt, wo ich Ihnen sowieso schon alles erzählt habe –« Sie stockte einen Moment und dachte nach.

»Ja, Frau Bestard?«

Die Mallorquinerin holte tief Luft und starrte wie hypnotisiert auf ihre Handflächen. »Wissen Sie, Frau Lindner, es tut gut, nach all den Jahren des Schweigens mit jemandem über die ganze Angelegenheit zu reden.«

»Das verstehe ich, Frau Bestard.« Marie beschloss, ihr ein wenig Zeit zu geben, damit sie sich nicht in die Enge getrieben fühlte. Aus jahrelanger Erfahrung wusste sie, dass Zeugen, auf die ein allzu großer Druck ausgeübt wurde, oft dichtmachten und gar nichts mehr preisgaben.

»Vorhin habe ich nicht die ganze Wahrheit gesagt«, begann sie schließlich.

»Inwiefern meinen Sie das?«, fragte Marie.

»Magdalena hat damals alles eingefädelt, damit Albert und ich heirateten.« Sie fuhr sich mit der Zunge über ihre trockenen Lippen. »Wie ich schon sagte, war sie verständlicherweise nicht sehr erfreut, als sie mich mit Rafael erwischte. Aber nur wenige Tage später machte sie mich ausfindig und stand vor der Tür meiner damaligen Wohnung.«

»Moment, Frau Bestard, nur damit ich es richtig verstehe«, warf Marie ein. »Heißt das, dass Sie mit Rafael Adrover schon ein Verhältnis hatten, bevor Sie seinen Sohn heirateten?«

»Ja, ich kannte Albert damals gar nicht. Ich war total in Rafael verliebt. Ich hätte alles dafür getan, um bei ihm zu sein.«

»Was wollte Frau Estades, als sie damals vor Ihrer Tür stand?«, fragte Marie.

»Sie machte mir ein Angebot. Ich durfte die Beziehung zu Rafael heimlich weiterführen, unter einer Bedingung: Ich sollte ihren Sohn Albert heiraten. Sie wusste von seiner Homosexualität und wollte unter allen Umständen vermeiden, dass dies an die Öffentlichkeit gelangte. Sie müssen verstehen, Frau Lindner, dass sowohl Magdalena als auch Rafael sehr altmodisch eingestellt sind. Für sie stellt es immer noch eine Schande dar, dass ihr ältester Sohn, dem eine wichtige politische Karriere bevorsteht, schwul ist.« Sie seufzte. »Magdalena wusste, wie sehr ich an Rafael hing, und sie nutzte diese Tatsache aus, um mich davon zu überzeugen, dass ein Leben an Alberts Seite das Beste für alle Beteiligten darstellte.«

»Und Albert Adrover war mit dieser Scheinehe einverstanden?«, fragte Marie.

»Zu Beginn nicht, aber Magdalena ist eine Meisterin der Überredungskunst. Sie konnte ihn schon bald davon überzeugen, dass unsere Hochzeit seiner politischen Karriere einen positiven Schub verleihen würde. Zwar stellen sich ja heutzutage alle Politiker aufgeschlossen und modern dar, aber in Alberts konservativer Partei ist Homosexualität trotzdem nicht gern gesehen. Ich bin mir sicher, dass Albert es niemals zum Vorsitzenden oder gar zum Präsidentschaftskandidaten gebracht hätte, wenn seine Vorliebe für Männer an die Öffentlichkeit gekommen wäre.«

»Und Herr Adrover hat über all diese Jahre keine Beziehung zu einem Mann gehabt?«

»Für Albert steht seine Karriere an oberster Stelle, das war schon immer so. Wie die Dinge stehen, würde er gewiss nicht riskieren, mit einem anderen Mann von der Presse erwischt zu werden.«

»Wollen Sie damit sagen, dass Ihr Mann seit Jahren weder mit Ihnen noch mit jemand anderem sexuellen Verkehr hat?«, fragte Marie.

Isabel Bestard lachte bitter auf. »Mit mir? Den engsten Körperkontakt, den Albert und ich jemals hatten, war unser Hochzeitskuss, den wir zur Schau in der Kirche abliefern mussten. Deshalb habe ich ja vorhin schon angedeutet, dass es für seine politische Laufbahn ganz gut war, dass ich Kinder von einem anderen Mann bekommen habe.«

»Von seinem eigenen Vater.« Marie hatte sich die Bemerkung einfach nicht verkneifen können.

»Ja, aber dem Bild der perfekten Familie, das Albert vor den Medien abgeben will, kommt es natürlich zugute, dass wir so entzückende Zwillinge haben«, sagte Isabel.

»Um noch einmal auf Alberts Sexualleben in den vergangenen Jahren zurückzukommen –«

»Das hat er ganz geschickt eingefädelt«, fiel Isabel Bestard ihr ins Wort. »Zweimal im Jahr fliegt er nach Bangkok und macht dort *Geschäftsurlaub,* wie er es nennt.«

Marie sah den vornehmen Mallorquiner vor sich, wie er sich an junge thailändische Männer heranmachte. »Ich verstehe«, erwiderte sie nur.

»Ja, so ist das«, sagte Isabel. »Mir ist klar, dass das für Sie alles ziemlich verrückt klingen muss, aber wissen Sie was? Für mich war es die einzige Möglichkeit, mit Rafael zusammen zu sein. Er hätte sich niemals von Magdalena getrennt.« Ihre Augen wurden erneut feucht.

»Und was ist mit Víctor und Sofía Adrover?«, wechselte Marie das Thema. »Wollen Sie mir wirklich weismachen, dass die beiden während all der Zeit nichts mitbekommen haben? Und dass sie nicht wissen, dass ihr Bruder homosexuell ist?«

Isabel Bestard seufzte erneut. »Ich kann es nicht hundertprozentig sagen, Frau Lindner. Von meinem Verhältnis zu Rafael und dass die Zwillinge von ihm sind, wissen sie bestimmt nichts, denn ich glaube kaum, dass sie es so einfach hingenommen hätten. Aber dass Albert homosexuell ist … na ja, sie sind ja mit ihm zusammen aufgewachsen, vielleicht können sie es sich denken. Víctor jedoch ist so korrekt und konfliktscheu, dass er wohl auch dann nichts sagen würde, wenn er es wüsste. Und bei Sofía kann ich mir eigentlich nicht vorstellen, dass sie eine Ahnung hat. Sie ist das komplette Gegenteil von Víctor und sagt immer geradeaus ihre Meinung zu allem.«

»Wie würden Sie das Verhältnis zwischen den Geschwistern beschreiben?«, fragte Marie.

»Wie ich schon sagte, interessiert sich Albert für rein gar nichts, was nicht mit seiner Partei zusammenhängt. Demnach pflegt er auch keinen besonderen Kontakt zu Víctor oder Sofía.«

Marie kam schlagartig ein anderer Gedanke. »Könnten Sie sich vorstellen, dass Ihr Mann ein Auge auf Markus Henning geworfen hatte?«

Isabel Bestard sah sie verwundert an. »Wie bitte? Nein, bestimmt nicht. Lillys Bruder entsprach nun wirklich nicht Alberts Geschmack. Mein Mann bevorzugt wesentlich jüngere, weiblich wirkende Männer, wenn Sie verstehen, was ich meine. Wer jedoch wirklich ein Auge auf den Deutschen geworfen hat, war Sofía. Am Tag vor der Hochzeit hat sie ganz schön mit ihm geflirtet.«

Marie wollte nun nicht erneut diese Geschichte hören. Sie schaute auf ihre Armbanduhr und erschrak. Es war fast eine halbe Stunde vergangen, seit sie mit Silvia telefoniert hatte.

»Frau Bestard, ich muss Sie bitten, mich aufs Polizeirevier zu begleiten. Wir müssen Ihre Aussage zu Protokoll nehmen, und meine Kollegin hat sicherlich weitere Fragen an Sie.«

Die zierliche Frau schien plötzlich zu begreifen, dass sie die ganze Zeit über nicht mit einer Freundin, sondern mit einer Polizistin gesprochen hatte. »Frau Lindner, ich habe Ihnen zu viele Familiengeheimnisse anvertraut. Wenn Magdalena oder Rafael erfahren, dass ich alles, was sie seit Jahren erfolgreich verbergen, der Polizei gebeichtet habe …«

Marie dachte einen Moment lang nach. Silvia und sie würden sowohl Magdalena Estades als auch Rafael Adrover, ebenso wie Víctor, Albert und Sofía mit den neuen Erkenntnissen konfrontieren müssen. Daher war es sehr unwahrscheinlich, dass es den Familienmitgliedern verborgen blieb, wer aus dem Nähkästchen geplaudert hatte. Aber sie wollte Isabel Bestard vorerst nicht noch mehr beunruhigen.

»Wir sollten nun wirklich zum Präsidium fahren, alles Weitere wird sich finden«, sagte sie und erhob sich.

Isabel Bestard blickte ängstlich zu ihr auf, und Marie musste unwillkürlich an ein in die Enge getriebenes Tier denken.

»Kommen Sie, Frau Bestard«, sagte Marie.

Die Mallorquinerin atmete tief durch und stand glücklicherweise ebenfalls auf.

»Ich will mich noch kurz frisch machen, ich sehe bestimmt schrecklich verheult aus. Geben Sie mir bitte zehn Minuten, sie können ruhig hier auf der Terrasse warten.«

»Nein, ist schon gut, ich begleite Sie ins Haus«, erwiderte Marie.

Zwar konnte sie sich kaum vorstellen, dass die verstörte Frau vorhatte, zu fliehen. Aber sicher war sicher.

Isabel Bestard nickte stumm und verließ dann, von Marie gefolgt, die Terrasse mit dem spektakulären Meerblick, dem die beiden Frauen kaum eine Sekunde ihrer Aufmerksamkeit geschenkt hatten.

Kapitel siebenundzwanzig

Silvia packte ein paar Sachen in ihre Handtasche und verließ das Büro. Der Flur war leer und Maria Antònias Computer ausgeschaltet. Die Sekretärin hatte schon vor Stunden Feierabend gemacht. Silvia ignorierte den Aufzug und nahm wie immer die Treppe. Seitdem sie als Jugendliche einmal stecken geblieben war, vermied sie Aufzüge, wann immer möglich. Fast niemand wusste von ihrer ausgeprägten Phobie, denn es war ihr peinlich, und meist behauptete sie, die Treppen zu nehmen, um sich fit zu halten. Nur ihrem Vater und Ramón hatte sie je von ihrem traumatischen Erlebnis erzählt. Sie versuchte, den Kloß in ihrem Hals, den die Erinnerung an Ramón auslöste, hinunterzuschlucken und ihre Gedanken auf den bisherigen langen Arbeitstag zu fokussieren.

Isabel Bestard hatte sie mit einer ganzen Reihe von haarsträubenden Neuigkeiten über die Familie Adrover Estades versorgt. Es war erschreckend und erstaunlich zugleich, wie es Magdalena, Rafael, Albert und Isabel über all die Jahre gelungen war, ihre parallelen Leben vor der Öffentlichkeit geheim zu halten. Aber trotz der Fülle an neuen Informationen waren Silvia und Marie, was die Identität von Markus Hennings Mörder anging, nicht wirklich weitergekommen. Rafael Adrover saß vorerst wegen Körperverletzung gegen Silvia in Untersuchungshaft, aber ob er auch für Markus Hennings Tod verantwortlich war, konnten sie noch nicht ausmachen. Sowohl Isabel Bestard als auch Rafael Adrover hätten nun zwar ein Motiv, aber wenn die beiden wirklich nicht bemerkt hatten, dass sie beim Geschlechtsverkehr beobachtet wurden, waren sie genauso verdächtig oder unverdächtig wie die anderen Familienmitglieder oder irgendein Dritter.

Im Verlauf des Nachmittags hatten sie Víctor, Albert und Sofía erneut vernommen und sie mit den Schilderungen von Jonas und Isabel konfrontiert. Víctor Adrover hatte erschüttert reagiert und schien wirklich von all den gut gehüteten Familiengeheimnissen nichts gewusst zu haben. Zwar war es kaum zu glauben, dass er über Jahre hinweg nichts mitbekommen hatte, aber entweder war er ein grandioser Schauspieler, oder er hatte wahrhaftig nicht den leisesten Schimmer gehabt. Albert Adrover hingegen hatte sehr besorgt reagiert. Aber eher, weil er befürchtete, dass etwas von alledem an die Öffentlichkeit kommen und seine politische Karriere bedrohen könnte, als dass es ihm persönlich naheging. Sofía Adrover ihrerseits hatte sich vollkommen durcheinander und nervös verhalten. Sie war so angespannt gewesen, dass sie Silvia und Marie sogar beschimpft hatte, als sie ihr erneut Fragen über ihre Beziehung zu Markus Henning stellten. Aber Silvias Intuition sagte ihr, dass weder Sofía Adrover noch Isabel Bestard etwas mit dem Mord zu tun hatten. Magdalena, Rafael und Albert hingegen waren ihr vom ersten Moment an unsympathisch gewesen. Und was Víctor Adrover betraf, konnte sie ihr Gefühl noch nicht hundertprozentig festmachen. Zwar wirkte er ehrlich, aber irgendwie erschien er Silvia zu perfekt, um wahr zu sein.

Endlich schaltete die Ampel von Rot auf Grün, und sie konnte die dreispurige Straße des Passeig Mallorca überqueren. Silvia warf einen Blick auf ihr Handy, es war 21:17 Uhr. Sie hatte Fernando gesagt, dass sie gegen 21:30 im Los Rafaeles sein würde. Der Gerichtsmediziner hatte sie am Nachmittag angerufen, als Silvia und Marie gerade eine kurze Pause eingelegt hatten, um ein Sandwich zu essen. Er war über die Nachricht von Ramóns Tod bestürzt gewesen und hatte nicht lockergelassen, bis Silvia einwilligte, nach der Arbeit ein Bier mit ihm zu trinken. Nun war sie froh, nicht auf direktem Weg in ihr leeres Apartment gehen zu müssen.

Sie überquerte auch die zweite Straße des Passeig Mallorca und ging dann unter den Arkaden Richtung Avenida Alemanya. An einem Montagabend war es relativ ruhig in den Bars und Restaurants. Als sie Los Rafaeles erreichte und das Lokal betrat, kam augenblicklich Paco mit ausgestreckten Armen auf sie zu. Der glatzköpfige Eigentümer war kaum größer als Silvia selbst.

»Silvia, wie geht es dir? Du hast dich ja hier schon länger nicht mehr blicken lassen! Hast du dir etwa einen Freund zugelegt, der dich vollkommen in Anspruch nimmt?«

Silvia versuchte ein müdes Lächeln. »*Hola,* Paco. Nein, da muss ich dich leider enttäuschen, ich habe einfach viel um die Ohren zurzeit.«

Erleichtert sah sie, dass der Eigentümer von einem alten Mallorquiner, der an einem der Holztische saß, mit ausladender Geste herbeigewunken wurde.

»Entschuldige mich, meine Liebe. Ich komm gleich wieder«, sagte Paco, und schon hörte sie ihn lautstark mit dem alten Mallorquiner reden.

Silvia ging zum Tresen und war dankbar, dass zwei Hocker am hinteren Ende noch frei waren. Sie zog ihre dünne Jacke aus und hängte sie über die Lehne, bevor sie sich setzte. Keine zehn Sekunden später stellte Andrés, der andalusische Kellner, ihr ein eiskaltes Rosa Blanca vor die Nase.

»Danke dir«, sagte Silvia und nahm einen großen Schluck aus der Bierflasche.

»Hast du Lust auf eine Tapa *ensaladilla?*«, fragte Andrés und sah sie lächelnd an.

Kartoffelsalat war so ungefähr das Letzte, auf was Silvia Appetit verspürte. Außerdem würde sie mit ihrem Kloß im Hals wahrscheinlich sowieso keinen Bissen runterbekommen.

»Vielleicht später, Andrés. Ich warte noch auf einen Freund«, sagte Silvia und nahm einen weiteren Schluck von dem Bier.

Der Andalusier nickte ihr zu und widmete sich dann einem Pärchen, das am anderen Ende des Tresens saß und zwei Gläser Weißwein bestellte. Ihrer schicken Kleidung nach zu urteilen, waren sie ebenfalls direkt von der Arbeit hierhergekommen. Wahrscheinlich arbeiteten sie in irgendeiner der renommierten Kanzleien oder in einem der Steuerberaterbüros, von denen es besonders in der Avinguda de Jaume III sehr viele gab.

Silvia schaute sich in dem urigen Lokal um und war zufrieden mit dem, was sie sah. Sie mochte den Mix an Gästen, die Los Rafaeles aufsuchten. Hier konnte man sowohl auf geschniegelte Anwälte als auch auf uralte, Cognac trinkende Rentner treffen. Es gab keine Musik, aber das Ambiente wurde stets von durcheinanderredenden Stimmen erhellt. Touristen verirrten sich kaum in die mallorquinische Kneipe, was im Zentrum von Palma eher die Ausnahme war. Trotzdem waren die Preise nicht mehr das, was sie einmal waren. Aber mit dieser Tatsache hatte Silvia sich mittlerweile resigniert abgefunden. Die Kehrseite, auf einer der beliebtesten Inseln der Welt zu wohnen, war eben ein großer Andrang von ausländischen Urlaubern, die mit ihren gut bestückten Geldbörsen die Preise sowohl der Gastronomie als auch des Immobilienmarktes in schwindelerregende Höhen trieben.

»Hey, Silvia«, sagte Fernando, der auf einmal neben ihr stand und sie an der Schulter berührte.

»Hi! Danke, dass du mich überredet hast, zu kommen«, erwiderte Silvia. »Ich war schon viel zu lange nicht mehr hier.«

Fernando gab ihr einen Kuss auf jede Wange und setzte sich auf den Hocker neben ihr. Dann nahm er ihre Hand und sah sie aus mitfühlenden Augen an. »Wie geht es dir? Es tut mir so leid.«

»O nein, Fernando, tu mir das nicht an!«, sagte Silvia. »Verzichte ausgerechnet heute bitte nicht auf deine zynische Art – zum ersten Mal kann ich sie wirklich gebrauchen, um auf andere Gedanken zu kommen.«

Der Gerichtsmediziner hob fragend eine Augenbraue. Dieser Gesichtsausdruck gefiel Silvia schon besser. Das Letzte, was sie wollte, war, im Selbstmitleid zu versinken und über Ramóns tragischen Tod zu sprechen.

»Du willst wirklich, dass ich so tue, als wäre nichts passiert?«, fragte Fernando.

»Ja!«, sagte Silvia mit Nachdruck.

Andrés näherte sich ihnen und fragte Fernando, was er trinken wollte. Der Forensiker beäugte Silvias halb leer getrunkene Bierflasche. »Hmmm, also dieses einheimische Gebräu hier will ich nicht. Bring mir lieber ein richtiges Bier. Habt ihr Mahou?«

Der Kellner nickte. *»Sí.«*

»Dann ein Mahou, und ein Glas dazu, bitte. Ich trinke nicht aus der Flasche«, sagte Fernando und schielte in Silvias Richtung.

»Kommt sofort«, sagte Andrés und entfernte sich.

Silvia war froh, dass Fernando sich wieder so pingelig wie immer verhielt. Das gab ihr wenigstens einen Grund, sich über ihn aufzuregen. »Du hast doch wirklich keine Ahnung von Bier. Rosa Blanca ist mit das Beste, was es derzeit auf dem

Markt gibt. Es ist intensiv im Geschmack und hat trotzdem eine originelle Note. Und außerdem kommt es aus Palma.«

»Ja, eben«, erwiderte Fernando und krümmte die Nase. »Als wärt ihr Mallorquiner auf einmal Experten im Bierbrauen.«

»Okay, vergiss es«, winkte Silvia ab.« Lass uns das Thema wechseln.« Sie rutschte etwas näher an ihn heran. »Ist die Spurensicherung auf irgendetwas Neues gestoßen, das mich interessieren könnte?«

»Bis auf eine Sache haben sie leider nichts Weiteres gefunden«, sagte Fernando.

»Und die wäre?«

Andrés kam und stellte das Mahou und ein leeres Bierglas vor den Gerichtsmediziner. Fernando nahm die Flasche und schenkte sich seelenruhig ein. Silvia hätte ihn für seine aufgesetzte Gelassenheit erwürgen können.

»Jetzt spuck es schon aus und hör auf, mich zu provozieren«, fuhr sie ihn an.

Er zuckte mit den Schultern. »Nie kann man es dir recht machen. Wenn ich mich um dich sorge, passt es dir nicht, und wenn ich mir in Ruhe ein Bier einschenke, mache ich es auch falsch.«

Silvia verdrehte die Augen.

»Na gut, ich erzähl es dir ja sofort. Aber ich denke sowieso nicht, dass es uns wesentlich weiterbringt.« Der Gerichtsmediziner trank einen Schluck.

»Das werden wir ja sehen, aber nun rede endlich.«

»Kurz bevor ich gerade Feierabend gemacht habe, kam der Bericht der Spurensicherung noch rein.«

Silvia sah ihn fragend an.

»Am Vorderschaft des Gewehrs konnten wir Fingerabdrücke von Víctor Adrover nachweisen«, fügte Fernando hinzu.

»Aber, du meintest doch gestern, dass die Waffe mit einem Handtuch abgewischt wurde.«

»Ja, aber bis ganz oben ist der Täter anscheinend nicht gekommen.«

Silvia überlegte kurz. »Und du glaubst, dass es uns nicht weiterbringt, weil der Täter wohl nicht so blöd gewesen wäre und vergessen hätte, den Vorderschaft abzuwischen, wenn er den berührt hätte?«

»Genau, meine Liebe. Und ich kann mir auch nicht vorstellen, dass er so dämlich ist und ihn anfasst, nachdem er das ganze Gewehr sorgfältig abgewischt hat.« Fernando fuhr sich durch die Haare. »Ich denke eher, dass die Fingerabdrücke sich schon länger dort befanden und der Täter den Vorderschaft einfach nicht abgewischt hat, weil er wusste, dass er nicht mit ihm in Berührung gekommen war.«

Silvia spitzte die Lippen. »Víctors Fingerabdrücke könnten natürlich von einem früheren Jagdausflug stammen.«

Sie machte sich eine mentale Notiz, zu überprüfen, wann genau Víctor Adrover das letzte Mal an einer Jagd teilgenommen hatte.

»Zum Beispiel«, erwiderte Fernando.

»Aber es könnte auch sein, dass er den Vorderschaft angefasst hat und einfach keine Zeit mehr hatte, ihn abzuwischen«, sagte Silvia. »Vielleicht hörte er, wie sich jemand dem Gästehäuschen näherte, und musste schleunigst verschwinden.«

»Wenn du das glaubst, solltest du dir Víctor Adrover vielleicht doch noch einmal vornehmen.«

»Aber was soll er denn für ein Motiv gehabt haben, den Bruder seiner frischgebackenen Ehefrau zu töten?«, fragte Silvia.

»Das kann ich dir leider auch nicht beantworten. Ich kenne den Herrn ja nicht einmal«, sagte Fernando.

Silvia starrte auf ihre fast leere Bierflasche.

»Sollen wir ein paar Tapas bestellen? Ich habe ziemlich Hunger«, sagte Fernando.

Silvias Handy begann in ihrer Handtasche zu vibrieren. Sie holte es heraus. Die Nummer auf dem Display kannte sie nicht.

»Entschuldige mich einen Moment«, sagte sie.

Fernando nickte ihr zu und gab dann Andrés mit einem Handzeichen zu verstehen, dass sie etwas bestellen wollten.

Silvia nahm ab. *»Sí?«*

»Comisaria Fiol«, sagte eine Männerstimme, die sie nicht sofort einordnen konnte. »Bitte kommen Sie, es ist dringend.«

Kapitel achtundzwanzig

Marie gähnte und ließ das Fenster ein Stück herunter. Sie war hundemüde und freute sich darauf, nach Hause zu kommen und einigermaßen früh ins Bett zu gehen. Nachdem sie das Polizeipräsidium verlassen hatte, war sie noch bei Lilly und Jonas im Hotel vorbeigefahren. Ihre Freundin war verständlicherweise völlig durch den Wind gewesen, als sie von all den Verstrickungen der Familie Adrover Estades erfuhr. Marie hatte ohne nennenswerten Erfolg versucht, ihr gut zuzureden, aber eine definitive Spur, die zu Markus' Mörder führte, gab es leider nach wie vor nicht. Wenigstens hielt nun ein Streifenwagen vor dem Hotel Wache, und ihre Freundin fühlte sich zumindest ein wenig sicherer, was Jonas anging.

Sie schaltete einen Gang runter und bog auf den Schotterweg ab, der zu ihrer Finca führte. Ihre Gedanken kreisten um die Familienmitglieder, die Silvia und sie heute abermals vernommen hatten, und deren Reaktionen auf Isabel Bestards Aussage. Aber sie war so erschöpft, dass ihre Gehirnzellen kaum etwas Konstruktives hervorbrachten.

Doch von einer Sekunde auf die andere war sie hellwach. Eine weibliche Gestalt stand plötzlich vor ihr im Scheinwerferlicht, und Marie hatte gerade noch Zeit, mit voller Wucht auf das Bremspedal zu treten. Ihr Wagen kam abrupt zum Stehen, und sie brauchte einen Augenblick, um sich von dem Schreck zu erholen, dass sie die Frau fast angefahren hätte. Dann öffnete sie die Fahrertür und stürzte aus dem Auto.

»Ist alles in Ordnung mit Ihnen?«, rief sie auf Spanisch. »Warum sind Sie mir vors Auto gelaufen? Sie haben mich doch kommen gehört, oder?«

Die gut gekleidete, dunkelhaarige Frau sagte nichts und kam mit einem merkwürdig aufgesetzten Lächeln auf sie zu.

Marie lief blitzartig ein kalter Schauer über den Rücken. Was sollte dieses abstruse Verhalten? »Wer sind Sie, und was wollen Sie?«, fragte sie mit deutlich mehr Schärfe in der Stimme.

»Da bist du ja endlich«, antwortete die Frau in akzentfreiem Deutsch, nachdem sie dicht vor Marie haltgemacht hatte.

Marie versuchte, sich zu erinnern, ob sie die Fremde schon jemals zuvor gesehen hatte. War sie womöglich ein Gast aus ihrem Hotel? Sie hatte die Leute, die in den vergangenen zwei Tagen angekommen waren, noch nicht kennengelernt.

»Sollte ich etwa wissen, wer Sie sind?«, fragte sie.

Die Frau, die ungefähr in Maries Alter war, schwieg und setzte erneut ihr herablassendes Lächeln auf.

Marie reichte es. »Was zum Teufel soll das? Jetzt sagen Sie mir schon endlich, was Sie von mir wollen!«

»Du kennst mich nicht, aber ich weiß alles über dich«, erwiderte die Dunkelhaarige.

Marie fühlte sich zunehmend unwohl, versuchte jedoch, sich nichts anmerken zu lassen. »Das freut mich sehr für Sie. Aber es wäre äußerst nett von Ihnen, endlich auf meine Fragen zu antworten. Ich bin müde, will nach Hause und habe keine Lust auf Ratespiele.«

»Ach, die arme, erschöpfte Marie will zu ihrem liebenden, fürsorglichen Ehemann, der sich immer so beispielhaft um sie kümmert.«

»Was soll der Scheiß? Woher kennen Sie mich und meinen Mann?«

Die Frau lehnte sich lässig an die Motorhaube des alten Land Rovers. Dann fuhr sie sich nachdenklich über das markante Kinn. »Hmmm, lass mich kurz nachdenken, wie ich es dir am besten erkläre.«

Nun platzte Marie fast der Kragen. Am liebsten hätte sie der dummen Fremden eine Ohrfeige verpasst. Stattdessen beschloss sie, ihre Taktik zu ändern. »Ich habe keinen Bock auf Ihre dämlichen Spielchen«, sagte sie trocken. »Machen Sie, was Sie wollen, ich fahre nach Hause.« Sie öffnete die Fahrertür des Wagens.

Sofort sah sie am Gesichtsausdruck der Frau, dass sie mit diesem Verhalten nicht gerechnet hatte. Marie setzte sich auf den Fahrersitz und wollte gerade die Tür zuschlagen, da ergriff die Frau ihr Handgelenk. »Warte, ich habe dir doch noch gar nichts erzählt«, brach es aus ihr heraus.

Marie stieß ihre Hand weg und sah sie herausfordernd an. »Dann erzählen Sie es mir endlich, verdammt noch mal!«

Die Frau hatte sich wieder unter Kontrolle. Herablassend sah sie Marie an. »Dein Mann fickt vorzüglich.«

Sie musste sich verhört haben. »Wie bitte?«

»Andreas ist eine Granate im Bett!«, schrie die Frau sie an.

Marie wurde schlagartig übel. »Was zum Teufel reden Sie da?«

»Mein Gott Schätzchen, ich dachte, du wärst Polizistin, aber sonderlich helle bist du ja nicht gerade«, sagte die Frau und zog eine Augenbraue hoch.

Maries Gedanken liefen auf Hochtouren. »Wer sind Sie?«

»Na, das wird aber auch mal Zeit, dass du dich nach meinem Namen erkundigst, du arrogante Kuh.«

Marie war kurz davor, ihr mit der Faust ins Gesicht zu schlagen. Für einen Moment schloss sie die Augen und holte tief Luft. Dann blickte sie die Frau todernst an. »Sagen

Sie mir, wer Sie sind und was Sie von mir und meinem Mann wollen.«

»Okay, Süße, ich wollte es dir schonend beibringen, aber du willst es ja nicht anders.« Sie strich sich seelenruhig eine dunkle Haarsträhne aus dem Gesicht, bevor sie weitersprach. »Ich bin Sandra Russo, Chirurgin an der Uniklinik Hamburg, Kollegin und Geliebte deines Mannes.«

Marie versuchte, ihre Worte einzuordnen. Konnte es tatsächlich sein, dass diese Verrückte die Wahrheit sagte? Warum sollte sie sich solch eine Geschichte ausdenken? Was machte sie hier auf der Finca? Es waren Monate vergangen, seit Andreas das letzte Mal nach Deutschland geflogen war.

»Zermalme dir nicht deinen schönen Kopf, ich sage die Wahrheit. Dein lieber und ach so treuer Ehemann fickt mit mir, und ich würde sagen, dass er auch mächtig in mich verschossen ist.«

Vor Maries Augen begann es zu flimmern. Sie wollte auf schnellstem Weg von dieser schrecklichen Frau weg und nichts mehr von dem hören, was sie da von sich gab. Es konnte unmöglich wahr sein. Andreas liebte sie aufrichtig und war immer hundertprozentig für sie da. Aber trotzdem nagten die Worte der Frau an ihr. Erneut stellte sie sich die Frage, aus welchem Grund die Fremde sich so etwas ausdenken sollte.

»Wann haben Sie meinen Mann das letzte Mal gesehen?«, fragte Marie und war von der Festigkeit ihrer Stimme erstaunt.

Sandra schien diese Frage nicht erwartet zu haben, denn sie musste nachdenken und verlor einen Augenblick ihre Selbstsicherheit.

»Das ist schon ein paar Monate her«, sagte sie. »Aber wir haben uns Zeit genommen, um uns auf eure Trennung vorzubereiten.«

Marie versuchte, Sandras letzten Satz auszublenden. »Wie lange ging die Affäre?«

Sandra setzte wieder ihren arroganten Gesichtsausdruck auf. »Schätzchen, du hast es nicht ganz verstanden. Wer redet hier von *ging*? Unsere Beziehung ist alles andere als beendet, sie hat gerade erst richtig begonnen.«

»Haben Sie nicht eben noch gesagt, dass Sie Andreas seit Monaten nicht gesehen haben? Und was haben Sie verflucht noch mal auf unserer Finca zu suchen?«

»Ich sagte doch schon, dass wir uns etwas Zeit gelassen und nun beschlossen haben, dir alles zu erzählen, weil wir ein neues Leben anfangen wollen.«

Marie glaubte zwar kaum etwas von dem, was diese durchgeknallte Person von sich gab, aber eine Frage brannte ihr trotzdem auf der Zunge. »Wie oft haben Sie mit meinem Mann geschlafen?«

»Wie oft? Glaubst du etwa, ich führe über unsere Liebe Buch?« Sandra neigte den Kopf etwas zur Seite. »Aber sei dir sicher, dass er jedes Wochenende, das er theoretisch in Hamburg im Uniklinikum arbeiten sollte, in meiner Wohnung verbracht hat.«

Marie horchte auf. Sie wusste über die Zahlungen des Unikrankenhauses im vergangenen Jahr gut Bescheid, da sie die Eingänge stets auf ihrem gemeinsamen Bankkonto verfolgt hatte. Andreas war definitiv zur Arbeit gegangen, sonst hätte ihn das Krankenhaus wohl kaum bezahlt. Sie beschloss, der Fremden vorerst kein weiteres Wort zu glauben.

»Ich fahre jetzt nach Hause«, sagte sie. »Und Ihnen rate ich, schleunigst von meinem Anwesen zu verschwinden, oder ich rufe meine Kollegen von der Policía Local. Auf eine Nacht hinter Gittern haben Sie doch bestimmt keine Lust, oder?«

Sie zog die Fahrertür heftig zu, startete den Motor und ließ die entrüstet dreinschauende Sandra auf dem Schotterweg stehen. Sie wollte so schnell wie möglich nach Hause und sich Klarheit über die Behauptungen dieser schrecklichen Frau verschaffen.

Kapitel neunundzwanzig

Andreas zwinkerte Bob zu, der auf den Hinterpfoten neben dem Kühlschrank saß und jeden Schritt seines Herrchens aufmerksam verfolgte. »Na, passt du schön auf, ob mir etwas zu essen auf den Boden fällt?«, sagte er und widmete sich erneut der Küchenanrichte, auf der er ein schnelles Abendessen zubereitete.

Bob hatte anscheinend begriffen, dass sein Herrchen nicht erneut den Kühlschrank öffnen würde. Er legte sich mit ausgestreckten Vorderpfoten auf den Fliesenboden und atmete tief aus, so als wäre er beleidigt.

Andreas schaute kurz zu ihm hinüber. Obwohl ihm wirklich nicht zum Lachen zumute war, konnte er sich ein Schmunzeln doch nicht verkneifen. Er schnitt ein paar Tomaten und Champignons klein und vermischte sie in einer Schüssel, in der er zuvor sechs Eier zerschlagen hatte. Ein Omelett und ein wenig mallorquinisches Bauernbrot mussten heute fürs Abendessen reichen. Hunger verspürte er sowieso keinen.

Er schaute auf die große Küchenuhr über dem Kühlschrank. Es war fast 22 Uhr, und Marie sollte jeden Moment eintreffen. Sie hatte ihn vor über einer halben Stunde von Palma aus angerufen und gesagt, dass sie Richtung Sóller losfuhr. Er gab das Gemisch aus Gemüse und Eiern in die Pfanne mit heißem Öl und blieb neben dem Herd stehen, während das Omelett langsam Form annahm.

Noch immer hatte er nicht entschieden, ob er Marie die Geschichte mit Sandra beichten sollte. Den ganzen Tag über hatte er versucht, Sandra zu erreichen, aber sie hatte weder auf seine Anrufe noch auf seine Nachrichten reagiert. Dies schien ihm kein gutes Zeichen, dennoch bezweifelte er, dass sie ihre Drohung wahr machen und nach Mallorca kommen würde.

Er wendete das Omelett und verbrannte sich dabei den Daumen an der heißen Pfanne.

»Verdammt«, schrie er und ließ den Holzlöffel fallen.

Bob, der durch sein lautes Fluchen hochgeschreckt war, kam auf ihn zu, blieb schwanzwedelnd vor ihm stehen und schnüffelte dann an dem Löffel.

Andreas drehte rasch den Wasserhahn auf und hielt den Daumen unter den kalten Strahl. Während er so dastand und seine Gedanken erneut um Sandra kreisten, hörte er, wie die Haustür mit einem kräftigen Knall zugeschlagen wurde. Wenige Sekunden später stand eine völlig aufgebrachte Marie vor ihm.

»Was ist passiert, Schatz?«, fragte er, während er nach dem Küchentuch griff, um sich die Hände abzutrocknen.

»Das würde ich gerne von dir erfahren«, sagte sie und warf ihre Handtasche achtlos auf den Küchentisch.

Andreas schluckte. Was sollte das bedeuten? Hatte Sandra Marie etwa wirklich angerufen und ihr von dem Seitensprung berichtet? Der Geruch nach Angebranntem zog plötzlich seine Aufmerksamkeit auf sich. Er schaute zur immer noch brennenden Gasherdplatte mit dem Omelett.

»Mist«, sagte er und drehte den Knopf auf Off.

Dann wandte er sich erneut Marie zu und wollte sie an der Schulter berühren.

»Fass mich nicht an«, sagte sie und wich einen Meter von ihm weg.

»Was ist los?«, fragte er, obwohl ihm immer klarer wurde, dass Marie von seinem Geheimnis erfahren hatte. Er konnte sich keinen anderen Grund erklären, warum sie ihn sonst mit einem so hasserfüllten Blick strafen sollte.

Bob kam auf Marie zu. Aber sie ignorierte den Hund vollkommen. »Gerade hat sich eine Frau vor meinen Wagen geschmissen, die behauptet, ein Verhältnis mit dir zu führen«, sagte sie.

Andreas stutzte einen Augenblick. »Wie – *vor dein Auto geschmissen?*«

War Sandra etwa hier auf ihrer Finca? Hatte sie deshalb den ganzen Tag nicht auf seine Anrufe reagiert, weil sie längst beschlossen hatte, Marie vor Ort alles zu berichten? Ihm wurde leicht schwindelig, und er musste sich auf einen der Küchenstühle setzen.

»Ich erkläre dir jetzt bestimmt nicht die Details«, gab Marie mit harter Stimme zurück. »Antworte einfach auf meine Frage: Sagt diese Frau, die sich übrigens als Sandra vorgestellt hat, die Wahrheit, ja oder nein?«

Andreas konnte ihrem Blick nicht standhalten. Er starrte auf seine zusammengefalteten Hände, während sich in seinem Kopf nur ein einziger Gedanke ausbreitete: Seine Ehe würde zerbrechen. Bei allem, was er und Marie in den vergangenen Jahren durchgemacht und gemeinsam überwunden hatten, war nun der Moment gekommen, in dem sein damaliger Ausrutscher allem ein Ende setzte.

»Beantworte meine Frage«, wiederholte Marie.

Seine Kehle war wie zugeschnürt. »Ja«, brachte er schließlich mit brüchiger Stimme hervor, ohne ihr dabei in die Augen zu sehen. Noch nie in seinem Leben hatte er sich so sehr für etwas geschämt.

Marie setzte sich ihm gegenüber. »Du mieser Feigling. Lügst und betrügst mich und hast dann nicht mal den Mumm, mich anzuschauen. Du ekelst mich an.«

Andreas erwiderte nichts. Was sollte er schon sagen, das sich nicht wie eine dahergesagte Floskel anhörte? Er war nicht einmal imstande, sich zu entschuldigen, so sehr hasste er sich selbst für sein Verhalten.

»Und wann hatte der gnädige Herr vor, mir mitzuteilen, dass er sich in seine rassige Arbeitskollegin verliebt hat und mit ihr ein neues Leben beginnen will?«, fragte Marie.

»Was?« Andreas erwachte plötzlich aus seiner Starre und hob den Kopf. »Was redest du da? Ich habe Sandra seit einer halben Ewigkeit nicht gesehen, und Gefühle habe ich nie für sie gehabt.«

Marie schaute ihn mit kalter Wut an. »Aha, also war sie für dich einfach nur eine heiße Affäre, die dir deine Dienstwochenenden in Hamburg versüßt hat, und die kleine Sandra hat sich einseitig in ihren tollen Lover verknallt.«

»Hör zu, Marie«, sagte Andreas. Er spürte, dass er wieder einen klaren Gedanken fassen konnte. »Sandra hat psychische Probleme und ist deshalb sogar seit Monaten krankgeschrieben. Was hat sie dir erzählt?«

»O nein, mein Lieber, so einfach mache ich es dir nicht«, entgegnete Marie. »Ich berichte dir, was deine Geliebte gesagt hat, damit du nachher einfach alles leugnest? Vergiss es! Erst will ich von dir hören, was Sache ist.«

Andreas fuhr sich mit der Zunge über die Lippen und starrte erneut auf seine Hände. »Ich hatte nie eine Affäre mit Sandra. Ich war nur einen einzigen Abend mit ihr zusammen.«

»Wann?«, fragte Marie.

»Vor über anderthalb Jahren«, sagte er leise.

Marie schwieg einen Moment lang nachdenklich, ehe sie sagte: »Du hast mich betrogen, nachdem ich entführt worden und nur haarscharf einem Serienmörder entkommen war?«

»Nein, nicht danach«, antwortete Andreas.

»Davor? Als wir hier gerade begonnen hatten, uns ein neues Leben aufzubauen?«

»Marie, hör zu, ich weiß, dass nichts mein Verhalten rechtfertigt, und es war auch niemals meine Absicht gewesen …« Er nahm die Brille ab und rieb sich die Augen. »Mein Gott, ich habe doch nicht einmal eine andere Frau angeguckt in all der langen Zeit, in der du mich dich nicht hast berühren lassen.«

»Ich bin vergewaltigt worden, falls du das vergessen hast«, erwiderte sie zornig.

»Ich sagte ja gerade, dass ich mich nicht rechtfertigen will, aber trotzdem war es nicht einfach, über ein Jahr lang keinen körperlichen Kontakt zu meiner eigenen Frau zu ha…«

»Sag mir, wann es genau passiert ist«, unterbrach sie ihn.

Andreas rang mit sich. Er spielte mit dem Gedanken, sie anzulügen.

»Wann?«, schrie sie ihn so laut an, dass er zusammenzuckte.

»In der Nacht, in der du entführt worden bist«, brachte er endlich hervor.

Augenblicklich versteinerte sich Maries Gesicht, und sie sah ihn fassungslos an.

»Es tut mir so leid. Ich hasse mich dafür mehr, als du es dir vorstellen kannst. Ich habe auch oft überlegt, es dir zu beichten, aber ich wollte dich wegen dieses einmaligen Ausrutschers nicht verlieren. Du bist das Wichtigste in meinem Leben, Marie.« Andreas wischte sich eine Träne aus dem Augenwinkel. »Ich weiß nicht, was Sandra dir erzählt hat, aber ich bitte dich, ihr kein Wort zu glauben. Ich habe nach dieser einen Nacht den Kontakt zu ihr vollkommen abgebrochen, aber sie ist wie besessen und hat mir sogar gedroht. Und jetzt ist sie aus Deutschland bis hierher auf unsere Finca gekommen! Wir sollten die Polizei verständigen. Mit Sandra ist nicht zu spaßen, sie ist psychisch krank.«

Marie erwiderte nichts.

»Schatz«, sagte er und wollte nach ihrer Hand greifen.

Sie stieß ihn zurück und stand abrupt auf. »Du widerst mich an«, sagte sie. Dann drehte sie sich um und verließ die Küche.

Kapitel dreißig

Eine Stunde früher

Isabel Bestard hatte eine Valium genommen und ein Glas Rotwein getrunken, aber noch immer war sie nervös und konnte nicht einschlafen. Natürlich ging sie normalerweise auch nicht um 21:30 Uhr ins Bett, aber sie hatte die Stille und ihre innere Unruhe nicht mehr ausgehalten und deshalb versucht, diesem schrecklichen Tag endlich ein Ende zu setzen. Nun lag sie in dem großen Ehebett und starrte im Dunkeln an die hohe Decke. Albert war auf irgendeinem seiner Partei-Abendessen, und die Zwillinge hatte sie bei ihrer Mutter untergebracht. Sie war zu fertig gewesen, sich um die quengelnden Kinder zu kümmern, nachdem sie endlich das Polizeipräsidium verlassen hatte.

Ihre Gedanken kreisten um Rafael und wie es ihm wohl gerade in der Untersuchungshaft ergehen musste. Warum war er auch so dumm gewesen und hatte Comisaria Fiol angegriffen? Soweit Isabel wusste, hatten die Kommissarinnen nichts gegen ihn in der Hand, das ihn mit Markus' Tod in Verbindung brachte. Aber dass ihr Geliebter nun verhaftet war, machte die ganze Angelegenheit nicht gerade einfacher. Magdalena war sie nur kurz auf dem Flur im Präsidium begegnet, aber ihr strafender Blick hatte Bände gesprochen. Daher wunderte es Isabel, dass Magdalena sie bis jetzt nicht angerufen hatte, um ihr die Hölle heißzumachen.

Albert seinerseits war stinksauer gewesen, und sie hatten heftig gestritten, bevor er zu seinem Partei-Meeting abgerauscht war. Er war mehr als beunruhigt gewesen, dass nun die ganze Geschichte an die Öffentlichkeit dringen könnte. Wie immer ging es ihrem Mann nur um seine verdammte Karriere!

Isabel überlegte, ob sie ein weiteres Glas Rotwein trinken oder sich mit irgendeiner Netflix-Serie betäuben sollte. An Schlafen war bei ihrer Anspannung sowieso nicht zu denken. Doch gerade als sie die Bettdecke zurückwerfen wollte, ließ sie ein Geräusch innehalten. Hatte sie es sich nur eingebildet, oder war die Haustür unten ins Schloss gefallen? Sie verharrte in ihrer Position und versuchte, in die Stille zu lauschen. Ja, sie hörte nun eindeutig, dass jemand die Treppe heraufkam. Isabels Herzschlag beschleunigte sich, und der Schweiß brach ihr am ganzen Körper aus. Sie versuchte, klar zu denken. Vielleicht war es nur Albert, dessen Abendessen abgesagt worden war. Aber für gewöhnlich machte ihr Mann wesentlich mehr Lärm, wenn er nach Hause kam.

Sie hörte, wie sich die Schritte der Schlafzimmertür näherten. »Albert? Bist du das?«, rief sie.

Die Schritte hielten inne, aber sie bekam keine Antwort. Isabel knipste die Nachttischlampe an und überlegte angestrengt, was sie tun sollte. Ihr Blick fiel auf die Schlafzimmertür. Der Schlüssel steckte im Schloss. Sie musste schleunigst aufstehen und sich einschließen. Dann wäre sie vorerst in Sicherheit und könnte die Polizei verständigen.

Sie sprang aus dem Bett und durchquerte das große Schlafzimmer. Gerade als sie die Tür erreichte und im Begriff war, den Schlüssel umzudrehen, wurde diese jedoch aufgerissen und knallte gegen Isabels Kopf. Sie taumelte und stürzte zu Boden. Im Türrahmen erschien die Gestalt von Magdalena. Isabel wollte ihren Augen nicht trauen. Ihre Schwiegermutter hielt eine Pistole auf sie gerichtet.

»Magdalena? Was …?«, stieß sie hervor.

»Steh auf, du Miststück. Los, setz dich an den Schreibtisch«, sagte die alte Frau.

Isabel war vollkommen perplex.

»Steh auf!«, wiederholte Magdalena.

»Ich versteh nicht, was soll das?«, brachte Isabel endlich hervor.

»Was das soll? Du Hure hast alles zerstört, was wir uns jahrelang aufgebaut haben!« Magdalenas Hand mit der Waffe zitterte vor ihrem Gesicht, und Isabel bekam nun wirklich Angst. Nie zuvor hatte sie solch einen Hass in den Augen eines Menschen gesehen.

»Ich … ich konnte die Polizei nicht weiter anlügen! Ich weiß ja auch nicht, woher sie von Rafael und mir erfahren haben, aber –«

»Halt dein dreckiges Maul und steh endlich auf! Wir haben nicht viel Zeit«, unterbrach Magdalena sie.

Isabel bekam Gänsehaut am ganzen Körper. Was hatte das nun zu bedeuten? Wollte ihre Schwiegermutter sie wirklich töten?

»Du sollst verdammt noch mal aufstehen und dich an den Schreibtisch setzen!«

Isabel zuckte zusammen, erhob sich dann aber langsam. Ihr Kopf schmerzte von dem Schlag gegen die Holztür. Sie fasste sich an die Stirn und sah, dass sie blutete. Aber das war wohl gerade ihr geringstes Problem.

»Gut«, sagte Magdalena, als Isabel auf dem Stuhl vor dem Schreibtisch Platz nahm. »Nimm dir ein leeres Blatt und einen Stift, und dann schreibst du, was ich dir diktiere.«

Isabel sah sie ungläubig an.

»Glotz nicht so blöd, sonst jag ich dir eine Kugel durch deinen hübschen Kopf.«

Isabel bekam eine vage Ahnung von dem, was ihre Schwiegermutter vorhatte. »Magdalena, hör mal, wir haben uns doch immer gut verstanden. Vielleicht kommt die ganze Sache gar nicht an die Öffentlichkeit. Die Polizei ist doch nur daran interessiert, den Mord an Markus aufzulösen.« Sie zog den Träger ihres Nachthemds, der heruntergerutscht war, über ihre Schulter. Ihre Hände zitterten leicht. »Sobald sie den Mörder gefunden haben, werden sie der ganzen Geschichte keine Beachtung mehr schenken. Die Beziehung zwischen mir und Rafael stellt ja schließlich kein Verbrechen dar.«

»Ich verlasse mich nicht auf irgendwelche Spekulationen von dir. Wenn die Presse von alledem Wind bekommt, ist das Ansehen unserer Familie, für das schon unsere Vorfahren so hart gekämpft haben, für immer zerstört. Daher wirst du nun schreiben, dass alles, was du heute der Polizei berichtet hast, frei erfunden ist. Du wirst zugeben, dass du psychisch labil bist und dir alles ausgedacht hast, weil Rafael deine Liebe nicht erwidert.«

Isabel spürte, wie ihr ein Stein vom Herzen fiel. Sie hatte befürchtet, dass Magdalena sie umbringen und ihren Tod dann als Selbstmord inszenieren wollte, inklusive eines handgeschriebenen Abschiedsbriefs.

»Außerdem wirst du in dem Brief den Mord an Markus gestehen«, fügte Magdalena hinzu.

»Wie bitte?«, fragte Isabel. »Ich soll einen Mord gestehen, den ich nicht begangen habe? Bist du verrückt geworden? Ich gehe doch nicht freiwillig ins Gefängnis.«

»Keine Sorge, Schätzchen, du wirst nicht ins Gefängnis gehen. Die Polizei wird dich nicht mehr vernehmen können«, sagte Magdalena, ohne mit der Wimper zu zucken.

Erneut überfiel sie Panik. »Was soll das bedeuten, Magdalena? Willst du wirklich deine Enkelkinder zu Halbwaisen machen?«

Die alte Frau warf einen raschen Blick auf ihre Armbanduhr. »Wir haben nicht mehr viel Zeit, du musst auch noch packen. Also beginn endlich zu schreiben!«

»Packen?«, fragte Isabel.

»Wir fahren zum Flughafen, verdammt noch mal«, erwiderte Magdalena. »Ich habe dir ein One-Way-Ticket nach Puerto Rico gekauft. Eine Cousine von Rafael hat dort ein großes Anwesen, auf dem du wohnen und ein neues Leben beginnen kannst.«

Isabel sah sie entgeistert an. »Was? Ich soll meine Kinder und Rafael verlassen? Das kannst du nicht von mir verlangen.«

Sofort stand Magdalena neben ihr und hielt ihr die Pistole an die Schläfe. »Mir reicht es jetzt mit den Frage-und-Antwort-Spielchen. Wenn du nicht fliegen willst, kann ich dich auch auf der Stelle umbringen, falls dir das lieber ist.«

Isabels Herz schlug ihr bis zum Hals. Sie bezweifelte nun kaum mehr, dass Magdalena ihre Drohung wahr machen könnte. »Ist ja gut, Magdalena, ich tu, was du willst.«

»Dann nimm dir jetzt endlich einen Stift und schreib, was ich dir sage.«

Isabels Hände zitterten so sehr, dass sie zwei Versuche benötigte, bis sie den Kugelschreiber zwischen den Fingern festhalten konnte. Magdalena begann mit ihren Ausführungen, und Isabel versuchte, mechanisch niederzuschreiben, was ihre Schwiegermutter von sich gab. Doch als sie den Mord an Markus gestehen sollte, hielt sie inne.

»Warum willst du, dass ich das schreibe? Hast du kein Interesse, dass die Polizei den wahren Mörder findet?« Stirnrunzelnd sah sie Magdalena in die Augen. »Oder warst du es etwa, die ihn erschossen hat?«

»Halt den Mund und schreib, sonst bleibt dir keine Zeit zum Packen«, erwiderte Magdalena. »Und ich bin mir sicher, dass du nicht ohne deine ganzen feinen Klamotten abreisen willst.« Erneut drückte sie ihr die Pistole gegen den Kopf.

Isabel schloss eine Sekunde lang die Augen, dann kritzelte sie das falsche Geständnis auf das schon halb volle Blatt. Sie konnte kaum glauben, was sie da tat. Wenn die Polizei sie festnahm, würde sie jahrelang ins Gefängnis wandern.

»Sehr gut, braves Mädchen«, hörte sie Magdalena an ihrer Seite sagen. »Setz deine Unterschrift und das heutige Datum darunter und pack ein paar Kleidungsstücke zusammen.«

Isabel bewegte sich wie in Trance und holte eine Reisetasche aus dem Schrank. Sie warf wahllos Kleider, Hosen, Blusen, Unterwäsche und zwei Paar Schuhe in die Tasche. Zuletzt holte sie ihren Kulturbeutel aus dem angrenzenden Bad. Magdalena wich währenddessen keine Sekunde von ihrer Seite.

»Gut, jetzt zieh dir schnell etwas an. Im Nachthemd wirst du ja wohl nicht über den Atlantik fliegen wollen«, sagte Magdalena.

Isabel, die unter normalen Umständen penibel auf ihre Kleiderwahl geachtet hätte, war nun alles egal. Sie dachte an die Zwillinge und Rafael und musste sich schier übermenschlich zusammenreißen, um nicht in Tränen auszubrechen. Sie schlüpfte in eine Jeans und einen dunkelroten Pullover und streifte sich dann ein paar schlichte Ballerinas über.

»Hast du deinen Reisepass, die Kreditkarten und dein Handy?«, fragte Magdalena.

Isabel nickte stumm, doch dann kam ihr ein Gedanke. Wenn sie mit ihrem Pass ein Flugzeug bestieg, würde die Polizei sie sofort ausfindig machen. Das Gleiche galt für den Fall, dass sie mit den Kreditkarten Geld von ihrem mallorquinischen Konto abhob. Hatte Magdalena das nicht bedacht? Oder hatte die Alte sie angelogen, und die ganze Geschichte mit dem Flug war nur ein Trick, um sie ins Auto zu locken und sie dann irgendwo zu erschießen, wo niemand sie finden würde?

»Nimm die Tasche und geh vor mir die Treppe runter«, unterbrach Magdalena ihre dunklen Vorahnungen.

Isabel nahm die Tasche und dachte angestrengt nach. Sie musste versuchen zu fliehen. Wenn sie erst einmal im Auto saß, wäre dies unmöglich. Aber wie sollte sie es anstellen? Magdalena ließ sie keinen Moment aus den Augen und hielt die Pistole ununterbrochen gezückt.

»Nun mach schon«, fuhr Magdalena sie an.

Isabel konnte einen verzweifelten Seufzer nicht unterdrücken, setzte sich dann aber in Bewegung. Magdalena folgte ihr in nur wenigen Zentimetern Abstand. Sie gingen durch den Flur in Richtung Treppe. Als Isabel den oberen Treppenabsatz erreichte, blieb sie jedoch abrupt stehen. Sie hatte gehört, wie jemand unten die Haustür öffnete.

»Los, geh schon runter«, befahl Magdalena, die das Geräusch allem Anschein nach nicht gehört hatte.

»Albert? Hilf mir, ich bin hier oben!«, rief Isabel.

»Was zum Teufel?«, sagte Magdalena, verstummte dann jedoch, weil tatsächlich ihr Sohn in der Eingangshalle erschien.

Albert blieb wie angewurzelt stehen und sah fassungslos zu ihnen nach oben. »Was geht hier vor? Mutter, was machst du da?«

»Ruf die Polizei, sie hat eine Pistole und will mich umbringen«, schrie Isabel.

»Was? Hast du den Verstand verloren, Mutter?«, rief Albert entgeistert.

»Ich habe alles unter Kontrolle, mein Sohn. Deine liebe Frau hat mir soeben erzählt, dass sie Markus ermordet hat«, sagte Magdalena.

Isabel überkam eine unglaubliche Wut. Ohne an die Pistole zu denken, fuhr sie herum und schlug Magdalena mitten ins Gesicht. Die alte Frau taumelte zurück, konnte sich aber gerade noch mit der freien Hand am Geländer festhalten. Isabel nutzte den Moment und begann die Treppe hinunterzulaufen.

»Deine Mutter ist verrückt geworden!«, schrie sie Albert zu, der immer noch regungslos in der Eingangshalle stand. »Ich glaube, sie ist Markus' Mörderin.«

»Nein, Mutter!«, rief Albert erschrocken.

Im gleichen Moment ertönte ein lauter Schuss. Isabel, die schon fast am Fuß der Treppe angelangt war, fiel schreiend zu Boden.

Kapitel einunddreißig

Hier muss es sein«, sagte Fernando und brachte den Wagen zum Stehen.

Sie waren mit dem Auto des Gerichtsmediziners gefahren, nachdem Silvia Albert Adrovers Anruf in der Bar Los Rafaeles erhalten hatte. Auf dem Weg hatte Silvia ein paarmal versucht, Marie zu erreichen. Aber ihre Kollegin war nicht ans Telefon gegangen.

»Gut, dann lass uns rein«, sagte Silvia und öffnete die Beifahrertür.

»Yep. Eine Tote und eine Verletzte also?«, fragte der Forensiker.

»Nach Herrn Adrovers Aussage am Telefon, ja«, sagte Silvia.

»Ergibt das für dich irgendeinen Sinn?«

Sie schüttelte den Kopf. »Bis jetzt noch nicht.«

Ein Krankenwagen und ein Fahrzeug der Policía Nacional waren bereits eingetroffen, und soeben fuhr ein Auto der Spurensicherung vor.

Silvia und Fernando grüßten die Kollegen und gingen dann auf das hell erleuchtete Haus zu. Als sie durch die offene Tür eintraten, waren ein paar Sanitäter gerade dabei, die verletzte Isabel Bestard auf eine Trage zu hieven.

Silvia sah sich rasch in der großen Eingangshalle um. Ihr Blick fiel sofort auf zwei Sanitäter, die oben am Treppenabsatz über einen leblosen Körper gebeugt waren. Es musste Magdalena Estades sein.

»Ich schau sie mir an«, sagte Fernando und verschwand in Richtung Treppe.

Silvia ging auf die Sanitäter zu, die sich um die Verletzte kümmerten. Albert Adrover stand neben der Trage und hielt die Hand seiner Frau.

»Guten Abend, ich bin Comisaria Fiol von der Policía Nacional«, sagte Silvia an einen der Sanitäter gewandt. »Kann ich Frau Bestard kurz befragen, bevor Sie sie ins Krankenhaus bringen?«

»Es tut mir leid, Frau Fiol, aber wie Sie sehen, hat die Dame eine Schusswunde am Bein und muss umgehend behandelt werden«, erwiderte der Sanitäter.

»Comisaria Fiol!«, sagte Isabel Bestard, die Silvia soeben erblickt hatte. »Magdalena hat mich bedroht und dann auf mich geschossen, bevor sie sich das Leben genommen hat. Ich glaube, dass sie Markus' Mörderin ist.«

»Schatz, beruhige dich«, unterbrach Herr Adrover seine Frau. »Du bist verletzt und solltest dich jetzt nicht so aufregen. Ich werde der Comisaria alles erklären.«

»Nur eine ganz kurze Frage«, sagte Silvia zu dem Sanitäter. Der Mann sah sie gereizt an, doch sie ignorierte ihn und wandte sich an die Verletzte. »Frau Bestard, es tut mir leid, was Ihnen passiert ist. Man wird sich umgehend im Krankenhaus um Sie kümmern. Aber sagen Sie mir bitte, warum Sie glauben, dass Ihre Schwiegermutter Markus Henning getötet hat. Hat Sie es Ihnen gesagt?«

Isabel Bestard verzog ein wenig das Gesicht, und Silvia warf einen Blick auf ihre Wunde. Es handelte sich zwar nur um einen Streifschuss, aber trotzdem litt sie gewiss unter schlimmen Schmerzen.

»Nicht direkt, aber sie hat mir gedroht, mich zu erschießen, und mich gezwungen, ein Geständnis zu schreiben, in dem ich mich bekenne, Markus ermordet zu haben.« Sie rang nach

Luft. »Der Brief liegt oben in unserem Schlafzimmer. Bitte vernichten Sie ihn! Ich habe Markus nicht umgebracht.«

Silvia horchte auf. Sie versuchte, sich einen Reim auf das eben Gehörte zu machen.

»Die Dame muss nun auf schnellstem Weg ins Krankenhaus«, sagte der Sanitäter und begann, die Trage aus der Eingangshalle zu schieben.

»Danke, Frau Bestard, ich komme später im Krankenhaus vorbei, und dann können Sie mir alles ausführlich erzählen«, sagte Silvia und nickte Isabel Bestard zu. Dann wandte sie sich an Albert. »Herr Adrover, danke, dass Sie mich sofort angerufen haben.«

»Was für ein Schock«, sagte er und blies die Wangen auf. »Da komme ich seelenruhig nach Hause und stoße auf meine Mutter, die meine Frau mit einer Pistole bedroht. Ich verstehe mittlerweile gar nichts mehr.«

»Es tut mir leid, dass Sie mit ansehen mussten, wie Ihre Mutter sich das Leben genommen hat«, sagte Silvia.

»Es ist alles so verrückt«, sagte er und senkte den Blick. »Ich will ihre Leiche nicht sehen.«

»Nein, das brauchen Sie auch nicht.« Silvia schaute kurz zu Fernando rauf. Der Gerichtsmediziner kniete vor dem leblosen Körper der alten Frau, während ein Mitarbeiter der Spurensicherung die Tatwaffe in einen Plastikbeutel schob. »Entschuldigen Sie mich einen Augenblick, ich muss kurz zu meinen Kollegen. Können Sie mir sagen, wo sich das Schlafzimmer von Ihnen und Ihrer Frau befindet?«

»Ja, gewiss. Oben den Flur entlang, die erste Tür rechts«, sagte Albert Adrover.

Silvia nickte. »Bitte warten Sie hier auf mich, ich bin gleich wieder bei Ihnen«, sagte sie und ging zur Treppe.

Als sie schon fast oben war, hielt sie einen Moment inne

und drehte sich um. Von hier aus hatte man beinahe die gesamte Eingangshalle im Blick, die Haustür jedoch konnte man nicht sehen.

»Da verstehe einer die Reichen«, hörte sie Fernando hinter ihr sagen. »Haben Geld und Ruhm ohne Ende und sind trotzdem so unzufrieden mit ihrem Leben, dass sie sich eine Kugel durch den Kopf schießen.«

Sie drehte sich zu ihm um. »Vielleicht liegt es ja gerade an diesem Ruhm und dem damit zusammenhängenden guten Ruf, der in Gefahr war«, murmelte sie und ging dann die letzten Stufen hinauf.

»Wie meinst du das?«, fragte Fernando.

Silvia ging nicht auf seine Frage ein und schaute sich stattdessen den leblosen Körper am Boden an. Magdalena Estades lag auf dem Rücken. Ihre weit aufgerissenen Augen starrten zur Decke, und an dem leicht geöffneten Mund klebte getrocknetes Blut. Der linke Arm lang ausgestreckt neben ihrem Rumpf, die rechte Hand ruhte auf ihrer Brust.

»Mit der Rechten hielt sie bis zum Schluss die Pistole umklammert«, sagte Fernando, der Silvias Blick gefolgt war.

»Glasklarer Selbstmord? Oder könnte es auch anders gelaufen sein?«, fragte Silvia.

»Ja, alles deutet darauf hin, dass sich die Dame die Pistole in den Mund gesteckt und abgedrückt hat.«

Iván, einer der Männer der Spurensicherung, wandte sich an sie. »Frau Fiol, wir nehmen noch schnell Fingerabdrücke hier an dem Geländer, und dann kümmern wir uns um den Rest des Hauses.«

»Ist gut«, sagte Silvia »Bitte nehmen Sie das Hauptschlafzimmer genau unter die Lupe. Ich will es mir jetzt auch ansehen. Isabel Bestard meinte, dort läge auf dem Schreibtisch eine Art Abschiedsbrief.«

Iván nickte und widmete sich dann dem Treppengeländer.

»Kommst du mit ins Schlafzimmer?«, fragte Silvia an Fernando gerichtet.

»Ja, so weit bin ich hier fertig«, erwiderte der Gerichtsmediziner.

Sie gingen den Flur entlang und dann durch die erste Tür rechts, die weit offen stand. Das Schlafzimmer war groß, mit hohen Decken und einem mindestens zwei mal zwei Meter breiten Bett zwischen zwei bodentiefen Fenstern. Eine Tür des Einbauschranks stand offen und gab den Blick auf Unmengen von Kleidern und Blusen in allen möglichen Farbtönen frei. Auf der einen Seite des Bettes brannte die Nachttischlampe, auf dem Schreibtisch an der linken Wand war ebenfalls das Licht angelassen worden. Silvia warf einen Blick in das angrenzende Badezimmer, in dem ihr nichts weiter auffiel, und ging dann zum Schreibtisch. Wie Isabel beschrieben hatte, lag dort ein handgeschriebener Brief. Ohne etwas zu berühren, beugte sie sich über das Blatt und las die leicht verkritzelten Wörter. Isabel musste sehr nervös gewesen sein, während sie dieses Geständnis geschrieben hatte. Aber sie gestand nicht nur den Mord an Markus, sondern behauptete ebenfalls, dass ihre am Vormittag getätigte Aussage, was ihr jahrelanges Verhältnis mit Rafael anging, frei erfunden war.

Silvia runzelte die Stirn. Sie konnte sich denken, dass Magdalena um jeden Preis vermeiden wollte, dass die ganze Geschichte die Runde machte. Die Presse würde aus dem Umstand, dass die Zwillinge des künftigen balearischen Ministerpräsidenten in Wirklichkeit seine Halbgeschwister waren, mit Sicherheit einen riesigen Skandal machen. Das Ansehen der gesamten Familie wäre von einem Moment zum anderen in den Dreck gezogen. Aber hatte die alte Frau wirklich gedacht, dass sie mit diesem Abschiedsbrief durchkommen würde?

Wie hätte sie den Mord an ihrer Schwiegertochter vertuschen wollen? Und was noch viel wichtiger war: Hatte das alles wirklich zu bedeuten, dass Magdalena Estades Markus Hennings Mörderin war? Sie musste unbedingt ins Krankenhaus fahren und Isabel Bestard befragen, bevor sie sich womöglich nicht mehr an alles erinnern konnte.

»Hier klebt Blut an der Tür«, sagte Fernando, der noch immer am Eingang stand.

Silvia ging zu ihm. »Könnte zu Isabels Größe passen. Ist dir nicht aufgefallen, dass sie eine leichte Wunde an der Stirn hatte?«

»Ja, natürlich, immerhin bin ich Arzt, meine Liebe. Aber die Wunde hätte sie sich ja auch mit dem Sturz durch den Schuss zufügen können.«

Silvia blickte sich erneut in dem großen Zimmer um. Das Bett war nur auf der einen Seite ungemacht.

»Wahrscheinlich hat Frau Estades ihre Schwiegertochter überrascht, als sie schon im Bett lag«, sagte Silvia mehr zu sich selbst als zu Fernando. »Frau Bestard hat etwas gehört und ist zur Tür gerannt, aber ihre Schwiegermutter hat in diesem Moment die Tür aufgestoßen und sie am Kopf verletzt.«

»Ja, so könnte es gewesen sein«, erwiderte Fernando. »Aber ich denke, es ist einfacher, wenn du mit Frau Bestard direkt sprichst. Sie machte ja einen sehr mitteilungsbedürftigen Eindruck.«

»Du hast recht. Hier vergeuden wir im Moment nur wertvolle Zeit, die Spurensicherung wird schon gründlich ihre Arbeit machen, falls wir irgendetwas übersehen haben.«

Gemeinsam gingen sie den Flur entlang, zurück zur Treppe. Silvia sah zur Eingangshalle hinunter und bemerkte, dass Sofía und Víctor Adrover eingetroffen waren. Sie standen neben ihrem Bruder und schienen ihn mit Fragen zu durchlöchern. Sofía Adrover weinte.

»Kommst du mit runter?«, fragte Fernando.

»Gleich, aber geh du ruhig schon«, erwiderte sie.

»In Ordnung, wenn du mich hier nicht mehr brauchst, mach ich mich auf den Heimweg«, sagte Fernando.

»Ja, schon gut. Ich spreche jetzt mit Albert Adrover, und dann lass ich mich von einem Kollegen ins Krankenhaus fahren.«

»Alles klar, dann wünsch ich dir noch viel Spaß heute Nacht.« Fernando konnte sich ein zynisches Lächeln nicht verkneifen. Als er jedoch sah, dass Silvia nicht auf seine Bemerkung einging, hob er entschuldigend die Hände. »Sorry, war nicht so gemeint. Morgen früh kümmere ich mich direkt um die Autopsie.« Er schaute sie einen Moment lang ernst an. »Silvia, es tut mir wirklich leid wegen Ramón. Du kannst mich jederzeit anrufen, wenn du reden willst.«

Silvia nickte knapp. »Danke, ist schon gut. Melde dich morgen, wenn du mit der Autopsie fertig bist.«

Fernando zwinkerte ihr zu und berührte sie kurz an der Schulter. Dann wandte er sich ab und ging die Treppe hinunter.

Silvia warf noch einen Blick auf die Leiche von Magdalena Estades. Zwei Mitarbeiter der Spurensicherung waren gerade dabei, ihren leblosen Körper in einen Leichensack zu verfrachten.

Sie atmete tief durch und strich sich über ihre leicht verknitterte Baumwollbluse. Bevor sie runter zu den Geschwistern Adrover ging, überprüfte sie ihr Handy und wunderte sich, dass Marie sie noch immer nicht zurückgerufen hatte. Erneut wählte sie die Nummer der Deutschen, aber Marie nahm auch diesmal nicht ab.

Kapitel zweiunddreißig

Marie nahm einen weiteren tiefen Zug und stieß den Rauch durch die Nasenlöcher aus. Es war ihre dritte Zigarette innerhalb von zehn Minuten. Als Andreas ihr auf die Terrasse gefolgt war, hatte sie ihn augenblicklich weggeschickt. Sie wollte allein sein, und seine Nähe war ihr unerträglich. Die Erkenntnis, dass ihr Mann Sex mit einer anderen Frau gehabt hatte, war noch nicht wirklich in ihr Bewusstsein gedrungen. Niemals in all den Jahren hatte sie an Andreas' Treue gezweifelt. Auch während ihrer schlimmsten Monate hatte sie sich immer geliebt gefühlt und war gar nicht auf den Gedanken gekommen, er könnte etwas mit einer Arbeitskollegin haben. Jetzt musste sie sich eingestehen, dass sie unglaublich naiv gewesen war. Sie hatte gedacht, einen besonderen Mann an ihrer Seite zu haben, aber im Endeffekt war er wie alle anderen auch.

Eine leise Stimme in ihrem Ohr sagte ihr, dass sie Andreas unrecht tat, dass er sie wirklich über alles liebte und die Geschichte mit Sandra bestimmt nur ein einmaliger Ausrutscher war. Aber Marie wollte nichts von alledem hören und konzentrierte sich weiter auf ihre negativen Gedanken. Andreas hatte sie belogen und betrogen. Und dann auch noch mit dieser Sandra, die exakt dem Bild einer Männer verführenden *Femme fatale* entsprach. Aber das Allerschlimmste war, dass er es in der Nacht getan hatte, in der sie von einem geisteskranken Serienmörder aus ihrem Haus entführt worden war. Sie hatte Todesängste ausgestanden, während ihr Ehemann sich mit dieser Schlampe vergnügte.

Marie zog noch heftiger an der Zigarette und sah, wie ihre Hand leicht zitterte. Sie musste sich beruhigen und versuchen, ihre aufwallenden Gefühle unter Kontrolle zu halten. Ihr Blick fiel auf ihre Handtasche, die auf dem Steintisch vor ihr lag. Sie drückte die aufgerauchte Zigarette im Aschenbecher aus und holte ihr Handy hervor. Bevor sie nach Hause gekommen war, hatte sie es auf lautlos gestellt. Nun sah sie, dass sie drei verpasste Anrufe von Silvia und zwei von Lilly erhalten hatte. Das konnte um diese Uhrzeit nichts Gutes bedeuten. Ihr Puls beschleunigte sich, und sie vergaß einen Moment lang ihre Wut auf Andreas.

Doch gerade als sie Silvia zurückrufen wollte, hörte sie ein Geräusch aus dem an die Terrasse angrenzenden Garten. Marie konnte ihren Augen nicht trauen. Andreas' hysterische Geliebte war soeben über die Steinmauer gesprungen und lief nun seelenruhig durch den Garten direkt auf sie zu. In Marie stieg die blanke Wut hoch. Was bildete sich diese Frau ein, einfach in ihr Zuhause einzudringen?

Sie erhob sich blitzschnell aus dem Korbstuhl. »Verschwinden Sie sofort von meinem Grundstück!«

Aber Sandra ignorierte ihre Worte, stieg die zwei Stufen zur Terrasse empor und setzte sich mit ihrem aufgesetzten Lächeln Marie gegenüber auf einen der leeren Stühle.

Ehe Marie etwas erwidern konnte, hörte sie, wie die Schiebetür des Wohnzimmers aufging. Andreas und Bob kamen auf die Terrasse.

»Was ist los, Marie? Ich hab dich schreien gehör...«, sagte er und verstummte in dem Moment, als er Sandra erblickte.

Bob begann augenblicklich zu knurren, und Marie war versucht zu lächeln. Ihr geliebter Hund witterte selbst in dieser konfusen Situation, dass Sandra kein willkommener Gast war. Aber dieser kurze Moment der Freude verflog so schnell, wie er gekommen war. Sie stand zwischen ihrem Mann und dessen Geliebter. Konnte es eine unangenehmere Lage geben als diese?

»Andreas, verschwinde, lass uns in Ruhe«, sagte sie, ohne über ihre Worte nachzudenken, nur dem Impuls folgend, dass sie ihren Mann nicht sehen wollte.

»Was hast du hier in unserem Haus zu suchen?«, richtete Andreas das Wort an Sandra.

Aber sie sah ihn nur lächelnd an und schwieg.

»Bitte, Andreas, mach nicht alles noch schlimmer, als es sowieso schon ist«, sagte Marie. Sie war versucht, einfach selbst abzuhauen, nur wegzurennen vor dieser schrecklichen Situation. Aber gleichzeitig wollte sie keine Schwäche zeigen und sah auch nicht ein, warum sie aus ihrem eigenen Zuhause fliehen sollte.

Andreas sah sie flehend an. »Marie, bitte, du darfst ihr kein Wort glauben. Sie ist besessen von mir.« Er deutete auf Sandra. »Die würde dir alles Mögliche erzählen, um einen Keil zwischen uns zu treiben.«

Marie unterdrückte den Impuls, Andreas an den Kopf zu werfen, dass dieser Keil dank seines Verhaltens ohnehin zwischen ihnen existierte. Aber sie wollte Sandra nicht die Genugtuung geben, sich vor ihr mit Andreas zu streiten.

»Nimm Bob und geh rein«, sagte sie und sah ihn eindringlich an.

Andreas schüttelte den Kopf, tat dann jedoch, was sie verlangte, und verschwand mit Bob im Haus.

Marie wandte sich an Sandra, die immer noch lächelnd in dem Korbstuhl saß. »Was wollen Sie von mir?«

»Bitte nimm Platz. Ich möchte dir eine Geschichte erzählen«, sagte Sandra.

»Die können Sie sich sparen«, gab Marie scharf zurück, »ich habe genug Märchen von Ihnen gehört.«

»Verlass dich darauf, was ich dir berichten will, möchtest du bestimmt wissen«, erwiderte Sandra lächelnd. »Aber setz dich vorher besser hin.«

»Hören Sie, ich habe ein paar verdammt wichtige Anrufe zu tätigen und keine Zeit für irgendwelche dummen Spielchen.«

»Erinnerst du dich an die Nacht vom 21. Juli 2016?«, fragte Sandra.

Von einer Sekunde auf die andere stellten sich Maries Nackenhaare auf. Niemals würde sie dieses Datum vergessen. Es war die Nacht, in der sie in Hamburg betäubt und vergewaltigt worden war. Die Nacht, die ihr damaliges Leben vollkommen aus dem Ruder hatte laufen lassen. Die Nacht, die sie in eine Depression stürzte, durch die sie ihre Arbeit verlor und fast ihre Ehe beendete. Aber woher wusste Sandra von diesem Datum? Marie schwante Übles. War Andreas wirklich so dreist gewesen, dieser Schlampe von der schrecklichsten Nacht ihres Lebens zu erzählen?

»Was ist mit dieser Nacht?«, fragte Marie und versuchte, ihre Nervosität herunterzuspielen. Das Letzte, was sie wollte, war, sich vor dieser widerlichen Frau schwach und verletzlich zu zeigen. Trotzdem konnte sie es nicht unterlassen, nach einer Zigarette zu greifen.

Sandra fixierte sie. »In deinem Wodka-Tonic war ja wirklich nicht mehr viel drin, als du auf die Toilette gegangen bist«, sagte sie.

Marie stutzte. Woher wusste Sandra, welches Getränk sie in jener Nacht in dem Club bestellt und wie viel sie davon getrunken hatte? Warum hätte Andreas ihr davon erzählen sollen? Doch ehe sie etwas erwidern konnte, sprach Sandra schon weiter.

»Weißt du was? Ich hatte sogar Bedenken, ob du den Rest des Drinks überhaupt noch austrinken würdest.«

Marie spürte, wie sich ihre Kehle zuschnürte. Sie setzte sich hin und drückte die eben angezündete Zigarette im Aschenbecher aus. »Was? Du hast …?«, brachte sie heraus.

Sandra schlug lässig ein Bein über das andere. »Ja, meine Liebe, du vermutest richtig. Ich habe dir das Liquid Ecstasy in deinen Wodka geschüttet.«

Marie glaubte, ihren Ohren nicht trauen zu können.

»Du weißt ja, dass ich Chirurgin bin. Für mich war es kein Problem, an Gamma-Hydroxybuttersäure zu kommen«, redete Sandra weiter.

Verzweiflung und Wut überkamen Marie.

»Na ja, auf jeden Fall lief dann alles wie am Schnürchen.« Sandra lächelte jetzt noch breiter. »Als du von der Toilette wiederkamst, hast du den Rest des Drinks brav ausgetrunken und bist dann, wie ich erwartet hatte, gegangen. Und dann war alles ganz einfach.«

»Warst du es etwa, die mich auf der Straße von hinten aufgefangen hat, als ich ohnmächtig wurde?«, wollte Marie wissen.

»Nein, meine Liebe, für so etwas gibt es ja Gott sei Dank im Darknet gegen Geld genug Freiwillige«, erwiderte Sandra.

Marie konnte es nicht fassen. »Du hast jemanden dafür bezahlt, mich betäubt in ein Auto zu verfrachten und dann auf einem Kinderspielplatz zu vergewaltigen?«

»So ungefähr, ja. Aber wir waren nicht so dumm, mit dir direkt auf den Kinderspielplatz zu fahren, da hätte ja doch jemand vorbeikommen können. Gefickt hat Dennis dich in einem abgelegenen Waldstück.«

»Was? Willst du damit sagen, dass du etwa dabei warst, als er mich vergewaltigt hat?«, fragte Marie. »Du hast dir angesehen, wie ein Typ, den du extra dafür angeheuert hast, über mich hergefallen ist?«

»Ganz genau, meine Liebe. Ich stand direkt neben euch, und du kannst dir nicht vorstellen, wie befriedigend es war, die ach so tolle Kriminalkommissarin in dieser erniedrigenden Lage zu sehen.« Sandra grinste übers ganze Gesicht.

Marie war schlagartig so schlecht, dass sie der Frau vor die Füße hätte kotzen können. Sie schluckte hart, ehe sie weitersprach. »Warum, Sandra? Warum hast du das gemacht?«

Sandra lachte auf, und Marie verspürte eine unbändige Lust, ihr mit der Faust in das dämliche Gesicht zu schlagen. Aber sie biss die Zähne zusammen und blieb für den Moment sitzen. Erst wollte sie wissen, warum diese Psychopathin ihr das angetan hatte.

»Ja, warum?«, wiederholte Sandra ihre Frage und gab sich dann selbst die Antwort. »Ganz einfach: Du warst mir im Weg. Ich war mir sicher, dass eure Beziehung an der Vergewaltigung zerbrechen und Andreas sich endlich von dir trennen würde. Und das wäre ja auch fast passiert, wenn ihr nicht auf diese dämliche Insel ausgewandert wärt.« Sandras Stimmung war nun in Wut umgeschlagen. »Aber das hat mich trotzdem nicht aufgehalten. Bald werde ich Andreas ganz für mich alleine haben. Denn ich bin seine einzig wahre Liebe, nicht du!«

Nun konnte Marie sich nicht mehr zurückhalten. Noch nie zuvor in ihrem Leben hatte sie einen solch unbändigen Hass verspürt. Sie sprang auf und stürzte sich auf Sandra. Doch gerade als sie den Hals des Miststücks packen wollte, spürte sie einen stechenden Schmerz in ihrem Unterleib. Marie wich instinktiv zurück und schaute an sich hinunter. Ihr Oberteil war hochgerutscht, und ein paar Zentimeter unter ihrem Bauchnabel glänzte das Metall einer Messerklinge.

Ihr wurde schwindelig. Sie rief Andreas' Namen, während ihre Beine nachgaben und sie auf den Steinboden sank. Sie sah

Sandra lächelnd über ihr stehen, aber im nächsten Moment war sie verschwunden. Bobs Bellen und Andreas' Stimme drangen wie aus weiter Ferne zu ihr, doch als sie den Kopf in die Richtung der Geräusche drehen wollte, verlor sie das Bewusstsein.

DIENSTAG, 21. MAI 2019

Kapitel dreiunddreißig

Lilly stöhnte leise, als sie aufwachte. Ihr Kopf schmerzte. Aber das war ja auch kein Wunder bei all dem Stress und der viel zu kurzen Nacht. Sie öffnete die Augen und stutzte, als sie sah, dass Víctor nicht neben ihr lag. Der Wecker auf dem Nachttisch zeigte 6:50 Uhr an. Sie rief nach ihm, erhielt jedoch keine Antwort. Die Wohnung war vollkommen still. Jonas hatte auch diese Nacht bei Marianne und Bernd im Hotel übernachtet.

Aber wo war Víctor? Es war nach drei Uhr gewesen, als sie endlich ins Bett gegangen waren. Die Nachricht über den Tod seiner Mutter hatte ihn sehr mitgenommen, und er war sofort zu Alberts Haus aufgebrochen, als dieser ihn am späten Abend anrief. Sie hatte ihn begleiten wollen, aber er bestand darauf, dass sie zu Hause blieb. Lilly hatte einige Male versucht, Marie zu erreichen, aber ihre Freundin war nicht ans Telefon gegangen. Gegen ein Uhr war Víctor mit geröteten Augen nach Hause gekommen und hatte Lilly von den Geschehnissen berichtet. So richtig schien er jedoch selbst nicht zu verstehen, was am vergangenen Abend in Alberts und Isabels Haus geschehen war. Sofort hatte Lilly Víctor nach einer möglichen Verbindung zu dem Mord an Markus gefragt, aber Víctor war so verstört gewesen, dass sie nicht weiter nachgebohrt hatte.

Außerdem berichtete Víctor, dass Silvia Fiol ohne Marie am Tatort erschienen war. Lilly verstand nicht, warum ihre Freundin sich nicht bei ihr meldete. Sie musste doch wissen, was passiert war!

Lilly griff nach ihrem Handy, das auf dem Nachttisch lag, und schaltete es ein. Doch weder eine Nachricht noch ein Rückruf von Marie waren eingegangen. Auch Víctor hatte ihr keine WhatsApp geschickt, um sie zu informieren, wo er war. Sie rieb sich die Augen und wählte dann seine Nummer. Aber es erklang nur eine spanische Frauenstimme, die sie darüber benachrichtigte, dass der gewünschte Gesprächspartner nicht erreichbar war. Lilly versuchte, ihre aufkeimende Sorge zu ignorieren, und wählte stattdessen erneut Maries Nummer. Zwar war das Handy ihrer Freundin eingeschaltet, und es erklang ein Freizeichen, aber auch dieses Mal meldete sie sich nicht. Sie dachte einen Moment lang nach und beschloss dann, es trotz der frühen Uhrzeit bei Andreas zu versuchen. Nach dem zweiten Klingeln nahm er ab.

»Morgen, Lilly«, hörte sie ihn mit müder Stimme sagen.

»Andreas, es tut mir leid, wenn ich dich geweckt habe, aber ich hab es gestern schon ein paarmal erfolglos bei Marie versucht. Ist alles in Ordnung bei euch?«

Einen Augenblick lang war es vollkommen still in der Leitung.

»Hörst du mich?«

»Ja, Lilly, sorry, es ist –«

»Andreas, was ist los?«, unterbrach sie ihn.

»Marie wurde angegriffen«, sagte er. »Sie musste vergangene Nacht notoperiert werden.«

Lilly schluckte. »Was? Warum? Wie geht es ihr? Ich meine, ist sie in Lebensgefahr?«

»Nein, nicht mehr. Die OP ist erfolgreich verlaufen, und es geht ihr den Umständen entsprechend gut. Sie schläft jetzt.«

»In welchem Krankenhaus seid ihr?«, fragte Lilly.

»In Son Llàtzer.«

»Kann ich vorbeikommen?«

»Danke, Lilly, vielleicht später. Wie gesagt, Marie schläft jetzt«, antwortete er.

»Andreas?«

»Ja?«

»Was ist passiert?«, fragte sie.

Erneut herrschte Stille in der Leitung.

Lilly hörte wie, Andreas Luft holte. »Du, sei mir nicht böse, ich bin ziemlich fertig und hab die ganze Nacht kein Auge zugetan.«

»Ja, klar, sorry«, sagte sie. »Aber kannst du mir nicht wenigstens sagen, wer sie angegriffen hat und wo sie verletzt worden ist? Hat man auf sie geschossen?« Lilly verstand nicht, warum Andreas sich so abwehrend verhielt.

»Nein, nein, es ist keine Schusswunde, sie wurde mit einem Messer im Unterleib verletzt«, erwiderte Andreas.

»O nein, wie schrecklich! Wer hat ihr das angetan?«

»Das ist eine längere Geschichte, Lilly. Und ich denke, Marie wäre es lieber, sie dir selbst zu erzählen.«

Lilly stutzte. Sie verstand nicht, was das zu bedeuten hatte. »Okay, sag mir nur eine Sache, dann lass ich dich in Ruhe. Steht dieser Angriff irgendwie mit Markus' Tod in Verbindung?«

»Was? Nein, überhaupt nicht. Mach dir deswegen keine Sorgen, Lilly.«

»Okay, also dann … Versuch, dich ein bisschen auszuruhen. Ich melde mich später, ja?«

»Ja, ist gut. Danke für den Anruf, und entschuldige, dass ich dir im Moment nicht mehr sagen kann.«

Sie beendeten das Gespräch, und Lilly dachte ein paar Minuten über das eben Gehörte nach. Da sie jedoch nur ins Grübeln verfiel, beschloss sie, aufzustehen und trotzdem ins Krankenhaus zu fahren. Sie musste wissen, wie es ihrer Freundin ging. Auf dem Weg ins Badezimmer versuchte sie, erneut Víctor zu erreichen. Aber sein Telefon war weiterhin ausgeschaltet.

Kapitel vierunddreißig

Zum gefühlt zwanzigsten Mal ging Sofía Adrover die Sätze, die sie gleich sagen wollte, im Kopf durch. Ihre Hände umklammerten das Lenkrad, und sie versuchte, sich trotz der Müdigkeit auf den Verkehr zu konzentrieren. In der vergangenen Nacht hatte sie keine Sekunde geschlafen und war wie ein Tiger in ihrer Wohnung auf und ab gegangen. Ihre Gedanken hatten verrücktgespielt. Rafael saß in U-Haft, und Magdalena hatte Selbstmord begangen. Und allem Anschein nach galt ihre tote Mutter nun als Hauptverdächtige in Markus' Mordfall. Sofía hatte stundenlang überlegt und war zu dem Schluss gekommen, dass sie nicht länger schweigen konnte. Ihre Mutter durfte nicht als Mörderin zu Grabe getragen werden, wo Sofía doch wusste, dass sie unschuldig war.

Sie bog rechts ab und begegnete kaum einem Fußgänger in den engen Straßen, die Richtung Meer führten. Fünf Minuten später hatte sie ihren Wagen geparkt und klingelte an der Haustür. Ihr Herzschlag beschleunigte sich, aber sie war fest entschlossen, die Sache durchzuziehen. Das war sie ihrer Mutter schuldig.

Sie hörte Schritte im Haus, dann wurde die Tür geöffnet. Albert stand vor ihr. Er trug noch die gleiche Kleidung wie in der vergangenen Nacht, und nach seinem Gesichtsausdruck zu urteilen, hatte er auch gar nicht erst versucht, sich hinzulegen.

»Sofía«, sagte er und schaute etwas überrascht drein.

»Wie geht es Isabel?«, fragte Sofía.

»Sie ist noch im Krankenhaus«, antwortete er, »aber die Wunde ist nicht weiter schlimm. Gott sei Dank.«

»Sind die Zwillinge bei Isabels Eltern?«

»Ja, ich bin ganz froh darüber. Es ist grad alles ein bisschen viel. Aber sag du mir, was los ist. Warum bist du so früh am Morgen hier?«

»Kann ich reinkommen?«

»Ja, sorry, klar.«

Sofía trat in die große Eingangshalle, wo sie erst wenige Stunden zuvor hatte mit ansehen müssen, wie die Leiche ihrer Mutter abtransportiert worden war.

»Willst du einen Kaffee?«, fragte Albert hinter ihr.

»Nein danke, ich bin so schon aufgeputscht genug«, antwortete sie.

»Okay, aber lass uns trotzdem in die Küche setzen, ich brauch unbedingt eine Tasse«, sagte er.

Schweigend durchquerten sie die Eingangshalle und betraten die geräumige Küche, die zur Terrasse hinausführte.

Albert ging zur Espressomaschine und begann, an ihr herumzuhantieren. »Magst du etwas anderes trinken?«, fragte er sie, ohne sich umzudrehen.

Sofía setzte sich an den großen Küchentisch. »Nein danke.«

Sie wartete, bis er sich ihr mit seiner Tasse gegenübergesetzt hatte.

»Hör zu, Albert, Papa sitzt in Untersuchungshaft. Mama ist tot und wird nun höchstwahrscheinlich als Mörderin hingestellt.«

Albert seufzte. »Ja, ich weiß auch nicht, was in Mutter gefahren ist. Ich hätte ihr das wirklich nicht zugetraut.«

Nun konnte sich Sofía nicht mehr zurückhalten. »Du verdammter Heuchler! Wie kannst du Mama das antun?«

»Was meinst du?«, fragte Albert und sah sie ernst an.

»Ich habe die ganze Zeit meinen Mund gehalten, und es ist mir weiß Gott nicht leichtgefallen, die Polizei anzulügen. Aber nun reicht es.«

»Was willst du damit sagen, Sofía?« Die Farbe war vollkommen aus seinem Gesicht gewichen.

»Samstagabend habe ich dich gesehen, wie du aus dem Gästehäuschen gekommen bist. Verdammt noch mal, Albert, ich weiß, dass du Markus umgebracht hast.«

Sofía hatte erwartet, dass ihr Bruder ausrasten würde, sobald sie ihn mit der Wahrheit konfrontierte. Doch Albert sagte gar nichts, sondern stand nur auf und begann, langsam in der Küche auf und ab zu gehen.

Sie war verunsichert, aber die Worte sprudelten nun aus ihr heraus. Gleichzeitig begann sie zu weinen. »Warum hast du das gemacht, Albert? Was hat Markus dir angetan? Ich wollte dich schützen, wollte nicht, dass unsere Familie zerbricht und du ins Gefängnis musst, aber du kannst nicht zulassen, dass unsere unschuldige Mutter dafür büßen muss.«

»Hast du irgendjemandem von alldem erzählt?«, wandte er sich plötzlich an sie.

»Nein, natürlich nicht!«

»Was ist mit Víctor?«, fragte er und stand nun ganz nah vor ihr.

»Nein, Albert. Ich habe gehofft, dass die ganze Untersuchung im Sande verlaufen würde, aber jetzt …«

»Hör zu, Sofía, halte noch ein paar Tage durch. Ich bin dir sehr dankbar, aber du musst mir versprechen, dass du weiterhin kein Wort zur Polizei sagst.«

Sie schluchzte und wischte sich mit dem Handrücken über die nasse Wange. »Ich kann nicht mehr, Albert. Hast du eigentlich eine Vorstellung davon, was ich in den vergangenen Tagen durchgemacht habe? Ich wollte nur alles so schnell wie möglich vergessen, aber jetzt kann ich es nicht mehr. Mama ist tot und Papa im Gefängnis. Du kannst das nicht zulassen, du musst dich der Polizei stellen.«

»Das werde ich nicht«, sagte er mit vollkommen ruhiger Stimme.

»Wenn du beweisen kannst, dass du aus Notwehr handeln musstest, weil Markus dich angegriffen hat, wird dir bestimmt nichts passieren. Papa besorgt dir gewiss den besten Strafverteidiger des Landes.«

»Es war aber keine Notwehr, und ich habe nicht vor, wegen diesem Deutschen für Jahrzehnte ins Gefängnis zu wandern.«

Sofía schluckte. »Warum hast du ihn getötet, Albert?«

»Das tut nichts zur Sache«, sagte er und beugte sich zu ihr hinunter. »Hör zu, Sofía, lass uns versuchen, unsere Familie nicht noch mehr zu zerstören. Willst du wirklich, dass dein eigener Bruder ins Gefängnis wandert und deine Neffen ohne Vater aufwachsen müssen?«

»Du bist doch gar nicht ihr Vater! Das mussten Víctor und ich ja gestern auch noch erfahren. Mein Gott, ich dachte immer, wir wären zwar eine viel zu konservative Familie, aber wenigstens würden wir zusammenhalten und ehrlich zueinander sein.«

Albert sah sie eindringlich an. »Eben weil wir zusammenhalten müssen, bitte ich dich, weiterhin zu schweigen, für die Familie.«

Sofía fühlte sich am Ende ihrer Kräfte. Aber sie hatte vergangene Nacht eine Entscheidung getroffen und konnte es nicht länger mit ihrem Gewissen vereinbaren, untätig zu bleiben. »Es tut mir wirklich leid, Albert, aber wenn du nicht zur Polizei gehst, werde ich es selbst tun müssen.«

Plötzlich und ohne jegliche Vorwarnung schlug Albert ihr mit solcher Kraft ins Gesicht, dass sie vom Stuhl fiel.

»Albert, bitte nicht!«, stammelte sie unter Schmerzen. »Bist du verrückt geworden? Ich bin deine Schwester.«

Aber es war vergebens. Schon stand er über ihr und verpasste ihr einen weiteren Schlag.

»Du hast es nicht anders gewollt«, war das Letzte, was sie ihn sagen hörte, bevor alles schwarz um sie herum wurde.

Kapitel fünfunddreißig

Er warf den schwarzen Aktenkoffer auf den Rücksitz des Mercedes und startete den Motor. Die 300 000 Euro, die er soeben aus dem Schließfach seiner Bank entnommen hatte, würden ihm den Start in ein neues Leben in Asien erleichtern.

Albert manövrierte den Wagen aus der Parklücke und reihte sich in Palmas zähen Vormittagsverkehr ein. Nachdem er die bewusstlose Sofía in den Weinkeller seines Hauses eingesperrt hatte, war er ins Obergeschoss geeilt und hatte im Internet einen Flug von Algier nach Bangkok gebucht. Dann hatte er ein paar Kleidungsstücke und Ausweispapiere in eine Reisetasche geworfen und war aus dem Haus geeilt.

Er fuhr die Avenidas hinunter Richtung Meer und bog dann rechts ab. Sein Blick schweifte kurz über die Kathedrale, und ein trauriges Gefühl überkam ihn. Er würde seiner Heimat für immer den Rücken kehren müssen. Bestimmt konnte er nie wieder einen Fuß auf die Insel setzen. Warum war auch alles so schiefgegangen? In seiner gesamten politischen Laufbahn hatte er sich kaum je etwas zuschulden kommen lassen. Aber jetzt, wo er so kurz vor seinem lang ersehnten Ziel gewesen war, Ministerpräsident der Balearen zu werden, hatte dieser vollgekokste Deutsche alles zerstört! Erst drei Tage waren seit der Hochzeit vergangen, aber es kam ihm so vor, als lägen Wochen zwischen dem heutigen Morgen und dem Mord an Markus Henning.

Während er den Wagen steuerte, stand ihm alles wieder vor Augen. Lillys Bruder hatte gerade über einer Linie Kokain gehangen, als Albert durch die offene Tür ins Bad des Gästehauses gekommen war. Er hatte sich bei dem Deutschen für die Störung entschuldigt und gerade wieder hinausgehen wollen, als dieser ihn zurückgerufen hatte. Ohne Umschweife berichtete Markus ihm, dass er am Vortag Isabel und Rafael beim Sex beobachtet hätte.

Lillys Bruder war betrunken und high gewesen, aber Albert erkannte trotzdem, dass die Beobachtung ihn ziemlich aufgebracht hatte. Der Deutsche sagte, dass er bis jetzt niemandem von der Sache etwas verraten hätte, aber dass er es Lilly nach der Hochzeit erklären müsse. Er könne seiner Schwester nicht verheimlichen, in was für eine dekadente Familie sie hineingeheiratet hätte. Markus hatte sich in Rage geredet und über die Familie hergezogen. Albert erinnerte sich noch an die exakten Worte, die der Mistkerl benutzt hatte. *»Ihr hochnäsige, heuchelnde Sippe! Mich behandelt ihr wie Dreck unterm Schuh, dabei seid ihr selbst nur ein jämmerlicher Haufen Perverser, bei dem jeder mit jedem vögelt. Kriegst du keinen mehr hoch, oder warum muss dein Vater es deiner Frau besorgen?«*

Bei diesem letzten Satz hatte Albert seine Wut nicht mehr zurückhalten können und mit voller Wucht zugeschlagen. Der Faustschlag traf den besoffenen Deutschen vollkommen unvorbereitet. Er taumelte einen winzigen Augenblick, dann stieß er mit dem Hinterkopf auf die Toilettenschüssel, bevor er bewusstlos zu Boden fiel. Schlagartig war Albert klar geworden, dass er den Drecksack zum Schweigen bringen musste, wenn er vermeiden wollte, dass das gut gehütete Familiengeheimnis so kurz vor den Regionalwahlen an die Öffentlichkeit gelangte. Ohne weitere Zeit zu vergeuden, war er ins Nebenzimmer gerannt, um eines der Jagdgewehre aus dem Schrank zu holen. Zurück im Bad hatte er dem verfluchten

Deutschen den Todesschuss verpasst und danach das Gewehr dort, wo er es angefasst hatte, gründlich abgewischt. Dann war er aus dem Häuschen geeilt und über den hinteren Kiesweg zurück zur Party gegangen.

Ihm war bewusst, dass er Sofía vorhin hätte töten müssen, denn schon bald würde sie aufwachen und um Hilfe schreien. Und früher oder später würde ein Nachbar die Polizei verständigen. Aber er hatte es nicht übers Herz gebracht, seine eigene Schwester umzubringen. Warum hatte sie nicht weiterhin die Sache einfach für sich behalten können? Die Polizei hatte ihn zu keinem Zeitpunkt wirklich verdächtigt, und nun, da Magdalena sowieso beschlossen hatte, sich das Leben zu nehmen, konnte es doch egal sein, ob sie als Mörderin unter die Erde kam. Aber es war nicht mehr zu ändern, und ehe er für Jahre ins Gefängnis wanderte und sich dem Hohn seiner politischen Gegner aussetzte, war es gewiss angenehmer, in Thailand ein neues Leben zu beginnen. Dort würde er sich wenigstens nicht hinter einer Scheinehe und mit Kindern, die gar nicht seine eigenen waren, verstecken müssen. Ein Lächeln streifte seine Lippen. Vielleicht würde er sogar Gefallen an diesem neuen Dasein unter Palmen und in angenehmer Begleitung eines hübschen Thailänders finden.

Er setzte den Blinker und bog links in den Jachthafen von Palma ein. Ein Glück, dass er seine Rodman nach dem letzten Angelausflug vollgetankt hatte und sie startbereit an ihrem Ankerplatz lag! Er kalkulierte, dass er mit seiner Jacht in ungefähr fünf bis sechs Stunden die Küste Algeriens erreichen würde. Genug Zeit also bis zu seinem Flug, der um kurz nach Mitternacht von Algier abhob.

Kapitel sechsunddreißig

Zum dritten Mal innerhalb von achtundvierzig Stunden saß Silvia an einem Krankenbett. Vorgestern hatte sie Ramón noch besucht. Vergangene Nacht war sie bei Isabel Bestard im Krankenhaus Son Espases gewesen, und nun, nach nur wenigen Stunden Schlaf, saß sie neben der ziemlich fertig aussehenden Marie im Krankenhaus Son Llàtzer. Glücklicherweise hatte das Messer Maries Dünndarm kaum verletzt, und die Operation war erfolgreich verlaufen. In ein paar Tagen würde Marie wieder entlassen werden.

Gegen Sandra Russo war inzwischen eine Fahndung im Gange. Falls sie mit dem Flugzeug oder der Fähre die Insel verlassen wollte, würden die Beamten sie umgehend festnehmen. Aber Silvia verstand immer noch nicht ganz, was genau vorgefallen war und warum diese Deutsche Marie attackiert hatte. Marie hatte ihr nur gesagt, dass es sich um eine ehemalige Arbeitskollegin von Andreas handle, die offenbar psychische Probleme habe und Marie nicht ausstehen konnte. Silvia hatte nachhaken wollen, aber Marie versicherte, ihr ein anderes Mal die ganze Geschichte zu erzählen.

Trotz ihrer Verfassung hatte Marie sie gebeten, ihr von den neuesten Entwicklungen der Familie Adrover Estades zu berichten. Silvia fasste die Geschehnisse der vergangenen Nacht im Haus von Isabel Bestard und Albert Adrover zusammen, und Marie staunte nicht schlecht über die verheerenden Ereignisse.

»Und glaubst du, Isabel Bestard sagt die Wahrheit und es war wirklich Magdalena Estades, die Markus erschossen hat?«, fragte Marie.

Silvia stand auf und streckte ein wenig ihre müden Muskeln. »Ein Motiv hätte sie ja gehabt, falls sie von Markus Hennings Entdeckung wusste.«

»Aber das hat sie ja abgestritten, und nachweisen werden wir es auch nicht mehr können«, erwiderte Marie.

»Nein«, sagte Silvia nachdenklich.

»Wenn Magdalena jedoch nicht Markus' Mörderin ist, warum sollte sie dann diese ganze Geschichte mit Isabels Ausreise organisiert haben?«, fragte Marie.

In der vergangenen Nacht hatte ein Kollege der Policía Nacional ausfindig gemacht, dass Magdalena Estades wirklich einen Flug nach Puerto Rico auf den Namen ihrer Schwiegertochter gebucht hatte.

Silvia strich sich mit den Fingerspitzen über ihre Stirnnarbe. »Ich frage mich Folgendes: Wenn Magdalena Estades eine Mörderin gewesen ist, warum hat sie dann Isabel Bestard nicht einfach umgebracht, nachdem die das Geständnis geschrieben hat? Wenn sie keine Skrupel gehabt hat, Markus Henning zu erschießen, warum sollte sie dann nicht auch ihre Schwiegertochter töten? Das wäre doch viel einfacher und sicherer gewesen, als zu riskieren, dass Isabel Bestard doch irgendwann nach Mallorca zurückkehrt und zur Polizei geht.«

Marie versuchte, sich im Bett ein wenig aufzusetzen, verzog dann aber sogleich vor Schmerzen das Gesicht.

»Es ist besser, wenn du dich schonst, Marie«, sagte Silvia. »Ich sollte auch gar nicht in dieser Situation mit dir über den Fall sprechen. Du Arme hast grade echt andere Sorgen.«

»Ach komm schon, so schlimm sind die Schmerzen nun auch wieder nicht«, wehrte Marie ab. »Außerdem bin ich ja diejenige, die dich gebeten hat, mir die neuesten Entwicklungen des Falls zu erzählen. So komm ich wenigstens auf andere Gedanken.«

»Wie du meinst«, erwiderte Silvia. »Also, was ich sagte: Für mich ergibt es keinen Sinn, dass Magdalena Estades Markus Henning tötet und dann bei Isabel Bestard dazu nicht imstande ist.«

»Na ja, immerhin war Markus fast ein Fremder, Isabel hingegen gehört zur Familie«, sagte Marie.

»Also ich kann mir nicht gerade vorstellen, dass Magdalena Estades ihre Schwiegertochter, die nebenbei andauernd mit ihrem Ehemann ins Bett steigt, besonders geliebt hat«, erwiderte Silvia. »Vielmehr denke ich, dass die alte Frau einfach keine Mörderin war. Es ist eine Sache, ein schlechter Mensch zu sein und Intrigen und Machenschaften zu hegen, damit der gute Ruf der Familie nicht ruiniert wird, aber etwas ganz anderes ist es, jemanden umzubringen.«

»Nun sag schon«, drängte Marie. »Du hast jemand anderes unter Verdacht, nicht wahr? Denkst du, Albert könnte es gewesen sein?«

Silvia sah ihre Kollegin fragend an. »Woher weißt du das?«

»Vorhin, als du über die gestrigen Geschehnisse erzählt hast, machtest du so eine Andeutung in die Richtung.«

»Du hast recht«, sagte Silvia. »Anfangs habe ich der Sache kaum Beachtung geschenkt. Ich dachte einfach, dass Albert Adrover unter Schock stand, weil er mit angesehen hatte, wie seine Mutter erst seine Frau angeschossen und sich dann eine Kugel durch den Kopf gejagt hat. Aber je mehr ich über sein Verhalten von gestern Nacht nachdenke, desto merkwürdiger finde ich es. Irgendwie machte er den Eindruck, erleichtert zu sein. Einmal hatte ich sogar das Gefühl, dass er eine nervöse Freude überspielte.«

»Du meinst, er war erleichtert darüber, dass Isabel Bestard Magdalena Estades als Markus' Mörderin beschuldigte?«, fragte Marie.

Die Tür ging auf, und Andreas kam mit zwei Pappbechern ins Zimmer.

»O super, danke dir. Einen Kaffee kann ich wirklich gebrauchen«, sagte Silvia, als er ihr eines der dampfenden Getränke überreichte.

»Nichts zu danken«, erwiderte Andreas und hielt Marie den anderen Becher hin, der Kamillentee enthielt.

Silvia bemerkte, dass ihre Kollegin den Becher zwar entgegennahm, Andreas jedoch keines Blickes würdigte. Irgendetwas musste zwischen den beiden vorgefallen sein. Silvia überlegte, ob dies mit dem gestrigen Angriff auf Marie in Verbindung stand. Sie sagte jedoch nichts und nahm stattdessen ein paar Schlucke von dem Kaffee.

»Soll ich euch noch ein wenig allein lassen? Ich kann ruhig eine Runde draußen laufen«, sagte Andreas und sah Silvia fragend an.

»Nein, ist schon gut. Wir waren sowieso gerade fertig, und ich muss eh los«, sagte sie und stand auf.

»Fährst du zu ihm?«, wollte Marie wissen.

»Ja, ich mache mich sofort auf den Weg zu seinem Haus«, erwiderte Silvia. »Ich will der Sache noch einmal näher auf den Zahn fühlen.«

»Ja, ich glaube auch, dass es das Beste ist, ihn im Auge zu behalten«, stimmte Marie zu.

»Ich melde mich später. Danke für den Kaffee, Andreas«, sagte Silvia und verließ das Krankenzimmer.

Kapitel siebenunddreißig

Silvia parkte ihren Dienstwagen vor Isabel Bestards und Albert Adrovers Haus und stieg aus. Auf der Vorderseite des einstöckigen Gebäudes waren alle Fensterläden verschlossen. Sie hatte versucht, Albert Adrover telefonisch zu erreichen, aber sein Handy war ausgeschaltet, und bei der Parteizentrale informierte man sie, dass er heute noch nicht bei der Arbeit erschienen war.

Silvia ging auf die Haustür zu und klingelte. Sie wartete eine Minute, aber nichts geschah. Erneut versuchte sie es auf Albert Adrovers Handy. Wieder meldete sich jedoch nur die Mailbox. Resigniert steckte sie das Telefon zurück in ihre Handtasche und wollte gerade zurück zu ihrem Wagen gehen, da vernahm sie plötzlich einen entfernten Knall. Es hatte sich wie zerschlagenes Glas angehört. Rasch lief sie auf die Rückseite des Hauses. Auch hier waren alle Fensterläden sowohl im Erdgeschoss als auch auf der ersten Etage verschlossen. Doch dann fiel ihr Blick auf ein zersprungenes Kellerfenster.

»Hilfe!«, erklang es im selben Augenblick aus der Öffnung.

Mit zwei Schritten stand Silvia vor dem Fenster und versuchte hineinzugucken. »Hallo, hören Sie mich? Ich bin von der Policía Nacional. Sind Sie verletzt?«

»Ja, ich …«, sagte die Stimme. »Mein Bruder hat mich geschlagen und hier in den Weinkeller eingesperrt.«

»Sofía Adrover? Sind Sie es? Ich bin Comisaria Fiol.«

»Frau Fiol, Gott sei Dank! Ich dachte schon, ich müsste hier drinnen sterben. Ich habe mit einer Weinflasche das Fenster zerschlagen.«

»Ja, das war gut. Hören Sie, ich verständige sofort meine Kollegen. In Kürze werden Sie befreit. Aber Sie müssen mir sagen, wo Ihr Bruder ist.«

»Albert ist ein Mörder! Es tut mir so leid, Comisaria.«

Silvia hörte die Frau schluchzen. »Frau Adrover, war es Ihr Bruder, der Markus getötet hat?«

»Ja. Ich wollte ihn dazu bringen, sich zu stellen, aber –«

»Wo ist er jetzt?«, unterbrach Silvia sie.

»Ich weiß es nicht, ich muss bewusstlos gewesen sein, als er mich hier einsperrte. Das war vor ungefähr zwei Stunden.«

»Verdammt!«, entwich es Silvia.

»Bitte helfen Sie mir hier raus!«

»Ich rufe jetzt Verstärkung. Bitte denken Sie nach, wohin Ihr Bruder geflohen sein könnte«, sagte Silvia und entfernte sich ein paar Schritte von dem Kellerfenster, um zu telefonieren.

Zwei Minuten später hatte sie ihre Kollegen verständigt und wandte sich erneut an Sofía Adrover.

»Okay, Hilfe ist bereits unterwegs. Kommt Ihnen ein Ort in den Sinn, wo sich Ihr Bruder aufhalten könnte?«

»Ich weiß nicht. Sie wissen ja, dass unsere Familie zahlreiche Immobilien auf der ganzen Insel besitzt.«

»Hat Ihr Bruder irgendetwas darüber gesagt, dass er Mallorca verlassen wollte?«, fragte Silvia.

»Nein, aber er hat ja nicht mit mir geredet. Auf einmal hat er mich geschlagen, und das Nächste, an das ich mich erinnere, ist, wie ich in diesem Weinkeller aufgewacht bin.«

»Verfügt Ihre Familie über ein Privatflugzeug?«

»Wie bitte? Nein, warum?«, erwiderte Sofía Adrover.

»Was ist mit Booten?«

»Ja, sowohl Víctor als auch Albert haben sich vor Jahren Jachten gekauft.«

»Wo steht Alberts Boot? Und um welches Modell handelt es sich?«, fragte Silvia. Sie spürte, wie ihr das Adrenalin durch den ganzen Körper strömte.

»Hier im Club Náutico von Palma, soweit ich weiß. Ich bin seit Jahren nicht mehr mit ihm rausgefahren. Wenn er das Boot mal benutzt, ist es sowieso nur zum Angeln.«

»Also ist es eine Jacht zum Sportfischen?«

»Ja, aber ich habe keine Ahnung, welches Modell es ist. So ungefähr zehn Meter lang, würde ich sie schätzen.«

»Okay. Hören Sie, ich muss kurz telefonieren.«

Silvia entfernte sich und holte erneut ihr Handy hervor. Zuerst benachrichtigte sie die Zentrale und gab eine Fahndung für Albert Adrover in Auftrag. Dann ließ sie sich mit dem Jachtclub von Palma verbinden. Nach ein paar Minuten hatte sie endlich den richtigen Ansprechpartner in der Leitung.

»Hören Sie, es ist wichtig, ich muss umgehend wissen, ob die Jacht von Herrn Albert Adrover an ihrem Ankerplatz liegt.«

»Wie bitte? Warum wollen Sie das wissen?«

Sie verdrehte die Augen und mahnte sich innerlich zur Ruhe. »Tun Sie einfach, was ich sage, und schauen Sie sofort nach, ob das Boot an seinem Platz ist.«

»Ist gut, einen Moment.«

Silvia hörte, wie der Mann die Anweisungen in eine Sprechanlage rief. Ungeduldig lief sie vor dem Haus auf und ab. Dann endlich war der Mann wieder in der Leitung.

»Nein, Frau Comisaria, die Sportjacht von Herrn Adrover liegt nicht an ihrem Platz. Ein Kollege hat vor circa einer halben Stunde gesehen, wie der Herr mit seinem Boot aus dem Hafen gefahren ist.«

Ein weiterer Adrenalinstoß durchlief Silvias Körper. »Okay,

können Sie mir bitte sagen, um welches Modell es sich bei der Jacht handelt?«

»Ja, natürlich. Es ist eine Rodman 1040, ein wirklich gutes Boot zum Fischen.«

»Ich danke Ihnen«, sagte sie rasch und legte auf.

Erneut wählte Silvia die Nummer der Zentrale und beauftragte einen Polizeihubschrauber, in einem Radius von zwanzig Seemeilen die Gewässer vor Palma nach einer Rodman abzusuchen. Dann rief sie die Küstenwache an und gab Anweisungen, dass sie ein Boot bereithalten sollten, um in zehn Minuten mit ihr hinauszufahren.

Gerade als Silvia das letzte Gespräch beendet hatte, traf ein Streifenwagen mit drei Beamten der Policía Nacional ein. Sie lief ihnen entgegen und erklärte den Männern knapp, was zu tun war.

»Alles klar, Silvia, wir brechen sofort das Haus auf und befreien die arme Frau«, sagte der Älteste.

»Ja, und bitte durchsucht danach ausgiebig das Haus und meldet euch sofort bei mir, wenn ihr mögliche Hinweise auf das Fluchtziel von Herrn Adrover findet«, sagte Silvia und rannte dann zu ihrem eigenen Wagen.

Sie setzte die Sirene auf und fuhr mit quietschenden Reifen Richtung Jachthafen.

Keine fünf Minuten später fuhr sie in die Einfahrt des Club Náutico. Ein Mitarbeiter der Küstenwache kam auf sie zu, als sie aus dem Auto stieg.

»Frau Fiol, ich bin Joan Llompart, unser Boot steht bereit für Sie«, sagte der junge Mann.

»Sehr gut, lassen Sie uns sofort losfahren, wir haben keine Minute zu verlieren.«

Sie rannten zu dem Boot. Silvia begrüßte flüchtig ein paar Kollegen, die bereits an Deck waren. Dann wandte sie sich an

Natàlia Torrens, die Kapitänin, mit der sie in der Vergangenheit schon ein paarmal zusammengearbeitet hatte.

»Hi, Natàlia, schön, dich mal wieder zu sehen.«

Die große, dunkelblonde Frau lächelte sie an. »Schieß los, Silvia, in welche Richtung soll's gehen?«

»Stehst du in Verbindung mit unserem Hubschrauber?«, fragte Silvia.

»Ja, aber die Jungs sind erst seit ein paar Minuten in der Luft und haben bis jetzt noch keine Rodman gesichtet.«

»Okay, lass uns trotzdem schon mal Kurs auf Nordafrika nehmen«, sagte Silvia.

Natàlia zog eine Augenbraue hoch.

»Wo würdest du denn hinfahren, wenn du eine gesuchte Mörderin wärst?«, fragte Silvia.

»Keine Ahnung, die Frage musste ich mir Gott sei Dank noch nie stellen«, sagte Natàlia, während sie das Boot langsam aus der Parklücke hinausmanövrierte.

»Vielleicht lieg ich vollkommen falsch, aber ich würde nicht aufs spanische Festland oder in ein anderes EU-Land fliehen, wenn ich auf der Flucht wäre. Er kann sich ja denken, dass wir nach ihm fahnden und er uns an jedem europäischen Flughafen ins Netz gehen würde.«

»Das stimmt, aber woher willst du wissen, dass er überhaupt einen Flughafen aufsuchen will?«, erwiderte Natàlia. »Vielleicht ist er längst auf dem Weg nach Andalusien und hat vor, sich dort in irgendeiner Stadt zu verstecken.«

»Natürlich ist das eine Möglichkeit, aber vergiss nicht, dass er Politiker ist und viele Bürger ihn erkennen würden. Außerdem wird in den Mittagsnachrichten schon sein Foto durch die Medien gegangen sein.«

»Wie du meinst, du bist der Boss«, sagte Natàlia. Mit erhöhter Geschwindigkeit fuhr sie aus der Bucht von Palma.

Silvia schnappte sich ein Fernglas und ging an Deck. Es herrschte reger Bootsbetrieb auf dem Meer, was für diese Jahreszeit jedoch vollkommen normal war. Sie passierten Luxusjachten mit ausländischen Flaggen, ein paar Segelboote und das eine oder andere *llaüt,* das durch die Wellen der größeren Boote heftig hin und her schaukelte. Aber das Meer war spiegelglatt an diesem Tag, und es herrschte fast Windstille. Unter diesen Bedingungen würde ein Boot wie das von Albert mit voller Geschwindigkeit in circa fünf Stunden die Küste Algeriens erreichen. Der Hubschrauber überflog sie, drehte aber dann in westliche Richtung. Silvia ging erneut in die Kapitänskabine und gab ihren Kollegen über Funk Anweisungen, das Meer weiter südlich im Auge zu behalten. Dann ging sie wieder an Deck und suchte mit dem Fernglas den Horizont ab. Bevor sie losgefahren waren, hatte sie mit ihrem Handy kurz im Internet nachgeschaut, wie genau die gesuchte Jacht auszusehen hatte.

Zehn Minuten später sah sie ein Boot, das dem von Albert Adrover von Weitem ähnelte. Sie gab Natàlia ein Zeichen, ein wenig die Richtung zu ändern. Als sie der Jacht jedoch näher kamen, sah sie eine Gruppe junger Leute an Deck, die anscheinend eine Party feierten. Gerade als sie Natàlia sagen wollte, den Kurs wieder zu ändern, hörte sie, wie ein Polizist aus dem Hubschrauber, den sie mittlerweile nur noch als entfernten Punkt am Horizont wahrnahm, etwas über Funk mitteilte.

Rasch lief Silvia in die Kabine und nahm Natàlia das Funkgerät aus der Hand. »Tomeu, habt ihr ihn?«, fragte sie.

»Könnte sein, Silvia. Unter uns fährt eine Rodman mit Vollgas und nur einer Person am Steuer in Richtung afrikanischer Küste«, sagte ihr Kollege.

»Okay, gebt ihm Anweisungen, anzuhalten. Wir sind auf dem Weg zu euch«, sagte Silvia und wandte sich dann an

Natàlia. »Meinst du, wir haben eine realistische Chance, ihn einzuholen, wenn er sich Tomeus Anweisungen widersetzt und einfach weiterfährt?«

Natàlia richtete den Blick auf den Hubschrauber am Horizont und fuhr den Fahrhebel komplett herauf. Das Boot gewann augenblicklich an Geschwindigkeit. »Ja, ich denke schon. Unser gutes Stück hier sollte ein paar Knoten mehr draufhaben als die Rodman.«

Sie rasten über die spiegelglatte Meeresoberfläche, während Silvia ein weiteres Mal nach dem Funkgerät griff. »Tomeu, hört ihr mich?«

»Ja, Silvia. Er muss uns klar und deutlich verstanden haben, aber er fährt einfach weiter. Sollen wir schießen und das Boot beschädigen?«

Silvia sah zu Natàlia hinüber.

»Wir holen ihn locker ein«, sagte diese, ohne den Blick zu wenden.

»Tomeu, wartet bitte noch ein wenig und wiederholt die Anweisung. Wir sind gleich bei euch«, sagte Silvia und hängte das Funkgerät ein.

Stumm blickten Silvia und Natàlia zum Horizont, an dem sich zehn Minuten später endlich ein Boot unter dem Hubschrauber abzeichnete.

Weitere fünfzehn Minuten später, die Silvia wie eine Stunde vorkamen, waren sie auf einer Höhe mit der Rodman. Silvia erkannte nun den Gesuchten am Steuer. Sie betätigte den Lautsprecher des Polizeibootes.

»Albert Adrover, hier spricht Comisaria Fiol.«

Sie hielt ein paar Sekunden inne, weil sie seine Reaktion abwarten wollte. Und tatsächlich zuckte er kurz zusammen und blickte einen Moment lang in ihre Richtung. Seine Geschwindigkeit verlangsamte er jedoch nicht.

»Halten Sie an und machen Sie es nicht noch schlimmer, als es sowieso schon ist. Ihre Situation ist ausweglos. In Algier wartet die dortige Polizei schon im Hafen auf Sie.«

Das stimmte zwar nicht, aber Silvia entschied, dass sie einen größeren Druck auf ihn ausüben mussten.

»Ihre Schwester hat bezeugt, dass Sie Markus Henning erschossen haben. Mit dieser Flucht verschlechtern Sie Ihre Chancen auf eine Strafmilderung vor Gericht erheblich«, rief sie ins Mikrofon.

Doch Albert Adrover fuhr weiter, ohne sich erneut zu ihr umzuwenden.

Silvia atmete tief durch, bevor sie weitersprach. »Herr Adrover, wenn Sie nicht umgehend Ihr Boot zum Stehen bringen, sehen wir uns gezwungen, auf die Jacht zu schießen. Und wir können nicht ausschließen, dass eine Kugel Sie bei dieser Geschwindigkeit versehentlich treffen könnte.«

Nun schaute er doch kurz zu ihr herüber.

Silvia nutzte die Gelegenheit, um weiteren Druck zu erzeugen. »Ich zähle jetzt bis zehn. Wenn Sie bei zehn nicht vom Gas runtergegangen sind, eröffnen wir das Feuer. Die Entscheidung liegt also bei Ihnen. Eins … zwei … drei … vier …«

Und tatsächlich verlangsamte sich endlich die Geschwindigkeit der Rodman, als Silvia bei acht angelangt war. Sie atmete erleichtert aus, als auch Natàlia das Tempo des Polizeibootes herunterfuhr. Dann gab sie Anweisungen sowohl an die Kollegen im Hubschrauber als auch an die Beamten an Deck, ihre Waffen auf Albert Adrover zu richten. Noch wussten sie nicht, was er im Schilde führte, und konnten nicht ausschließen, dass er bewaffnet war. Zwei Minuten später waren beide Boote komplett zum Stillstand gekommen, und der Hubschrauber drehte kleine Kreise direkt über ihnen.

»Kreuzen Sie Ihre Hände auf dem Hinterkopf und kommen Sie langsam aus der Kabine«, befahl Silvia.

Sie konnte seinen Gesichtsausdruck nicht erkennen, aber seine Haltung ließ sie erahnen, dass er nun wirklich gewillt war, sich zu ergeben. Kurz darauf kam er mit erhobenen Armen aus der Kabine und stellte sich in die Mitte des Decks. Natàlia manövrierte das Boot direkt neben die Rodman, und Silvia und zwei weitere Kollegen sprangen mit gezückten Waffen an Bord.

»Ich habe aus Notwehr handeln müssen, Frau Fiol«, begann Albert, als Silvia auf ihn zukam. »Markus Henning wollte mich umbringen. Ich habe mich nur verteidigt.«

»Das ist alles schön und gut, Herr Adrover«, sagte Silvia, während sie ihm Handschellen anlegte. »Aber das interessiert mich momentan nicht. Mein Job ist es, Sie wegen mutmaßlichen Mordes festzunehmen. Ihre Aussage nehmen wir auf dem Polizeipräsidium zu Protokoll, und die können Sie dann gerne gegenüber dem Richter und den Geschworenen vortragen. Ich bezweifle jedoch stark, dass die Ihnen irgendjemand abnehmen wird.« Damit führte sie Albert Adrover ab.

Drei Wochen später

»Ich hole mir noch schnell einen Kaffee, bevor wir gleich durch die Sicherheitskontrolle müssen«, sagte Víctor Adrover zu Jonas. »Kommst du mit? Vielleicht haben die in der Cafeteria dort drüben ja auch ein Aquarius für dich.«

»Au ja!«, sagte Jonas und sprang auf.

»Sollen wir euch etwas mitbringen?«, fragte Víctor.

»Nein, danke«, sagten Lilly und Marie gleichzeitig.

Marie schaute Víctor und Jonas in der großen Eingangshalle vom Flughafen von Son Sant Joan hinterher. »Du hast eine tolle Familie, Lilly.«

»Ja, ich hoffe nur, dass es für Jonas nicht allzu schwer wird, sich erneut in einer fremden Stadt und an einer neuen Schule zurechtzufinden«, sagte Lilly und holte eine Mineralwasserflasche aus ihrem Handgepäck.

»Da mach dir mal keine Sorgen, der kleine Kerl ist doch der Toughste von uns allen hier. Er wird sich sicherlich schnell an alles gewöhnen.«

Marie konnte Lilly und Víctor verstehen. Nach Alberts Festnahme und dem Bekanntwerden aller Fakten durch die Presse war ein regelrechter Medienzirkus um die Familie Adrover Estades ausgebrochen. Reporter hatten vor Víctors Stadtwohnung gelauert, und in den Zeitungen wurden sie jeden Tag aufs Neue mit all den schrecklichen Details der Familie konfrontiert. Außerdem hatten Rafael und Isabel, nachdem auch ihre Beziehung an die Öffentlichkeit gekommen war, kurzerhand alle Hemmungen über Bord geworfen und waren mit den Zwillingen zusammengezogen. Dieser Umstand hatte nur noch mehr dazu beigetragen, dass Víctor sich von seiner Familie distanzierte. Auch sein Verhältnis zu Sofía hatte sich in den vergangenen Wochen grundlegend geändert.

Er konnte seiner Schwester einfach nicht verzeihen, dass sie nicht sofort die Wahrheit gesagt hatte und damit wahrscheinlich Magdalenas Tod verhindert hätte. Daher hatten Víctor und Lilly beschlossen, für eine Weile Mallorca den Rücken zu kehren und nach Barcelona zu ziehen, bis ein wenig Gras über die ganze Angelegenheit gewachsen war. Zu dem bevorstehenden Gerichtsprozess gegen Albert, in dem sie beide als Zeugen geladen waren, konnten sie auch einfach einen Tag vorher einfliegen und am Tag darauf wieder abreisen.

»Hast du mit deinen Eltern gesprochen? Wie geht es ihnen?«, wechselte Marie das Thema.

Marianne und Bernd waren wenige Tage nach Alberts Festnahme zurück nach Hamburg geflogen. Sie waren vollkommen erschöpft, aber gleichzeitig auch ein bisschen erleichtert gewesen, wenigstens zu wissen, wer für den Tod ihres Sohnes verantwortlich war.

»Ja, ich habe gestern mit ihnen telefoniert«, sagte Lilly und entsorgte die leere Wasserflasche in einem Behälter, der direkt neben ihnen stand. »Gut geht es ihnen natürlich nicht, aber ich glaube, sie werden es packen. Zum Glück haben sie wenigstens einander. In ein paar Wochen werde ich sie mit Jonas besuchen.«

Marie lächelte ihre Freundin an.

Lilly griff nach ihrer Hand. »Ehrlich gesagt mach ich mir aber gerade am meisten Sorgen um dich. Es tut mir so leid, dir nun nicht beistehen zu können. Aber du weißt, mein Angebot steht: Du kannst jederzeit zu uns nach Barcelona kommen, die Wohnung ist groß genug.«

Marie drückte ihre Hand. »Ja, das ist lieb von dir, aber ich will eine Zeit für mich sein. Und ich bin euch wirklich dankbar, dass ihr mich in eurem Apartment in Palma wohnen lasst.«

Marie hatte Lilly direkt am ersten Tag im Krankenhaus die ganze Geschichte mit Sandra erzählt. In den darauffolgenden Tagen war Lilly jeden Tag gekommen, und sie hatten viel geredet und geweint. Maries körperliche Narben waren mittlerweile fast verheilt, aber in ihrem Inneren herrschten noch immer Schmerz, Wut und Verzweiflung über alles, was geschehen war. Sandra hatte nicht nur ihrer Ehe einen derben und vielleicht definitiven Schlag versetzt, sie hatte auch all die schlimmen Erinnerungen an die Vergewaltigung wieder hervorgerufen. Das einzig Positive war, dass Sandra noch am gleichen Tag wie Albert gefasst worden war. Zwei Beamte der Policía Nacional hatten sie am Flughafen festgenommen, als sie zurück nach Hamburg hatte fliegen wollen. Nun saß sie in Untersuchungshaft, bis ihr der Prozess wegen schwerer Körperverletzung gemacht wurde.

»Das ist doch wohl das Mindeste, was ich für dich tun kann«, sagte Lilly.

»Ja, ich denke, es ist wirklich das Beste, wenn ich erst mal Distanz zwischen Andreas und mich bringe und in Ruhe über alles nachdenke«, sagte Marie.

Als sie aus dem Krankenhaus entlassen worden war, hatte Andreas sie zu Hause sehr umsorgt. Er hatte gekocht, die Wäsche gewaschen und versucht, ihr jeden Wunsch von den Lippen abzulesen. Aber Marie hatte seine Nähe nicht ertragen können und ihn gebeten, sie für eine Weile in Ruhe zu lassen. Sie war kurz davor gewesen, sich eine eigene Wohnung zu suchen, als Lilly ihr anbot, erst einmal in ihre zu ziehen.

»Mama, guck mal, ich hab ein Aquarius bekommen«, sagte Jonas, der in diesem Moment mit einer blauen Dose auf sie zugelaufen kam.

Lilly strich ihm durch die dunkelblonden Locken. »Die musst du nun aber schnell austrinken, bevor wir durch die Sicherheitskontrolle gehen.«

»Ja, und wir sollten jetzt echt los, unser Flieger geht in vierzig Minuten«, sagte Víctor und griff nach Jonas' Handgepäck.

Lilly wischte sich eine Träne aus dem Augenwinkel und umarmte Marie lange und fest. »Ich ruf dich heute Abend an.«

»Mach dir keine Sorgen, es wird schon alles irgendwie gut werden«, sagte Marie und wusste selbst nicht so recht, ob sie das glauben konnte.

Sie umarmte Jonas und Víctor ebenfalls und blieb dann noch eine Weile stehen, um der Familie hinterherzuwinken. Als sie in der Menschenmenge der Sicherheitskontrolle verschwunden waren, machte Marie kehrt und fuhr die Rolltreppe hinunter. Gerade als sie die Ausgangstür des Flughafengebäudes passierte, klingelte ihr Handy. Es war Silvia.

»Hey, ich hoffe, ich störe nicht, aber da heute dein erster Abend alleine in Palma ist, wollte ich dich fragen, ob du Lust hast, ein Bier mit mir trinken zu gehen«, sagte Silvia.

Marie dachte kurz nach. »Ja, das ist keine schlechte Idee.«

»Super, dann melde ich mich später, wenn ich Feierabend mache«, sagte die Comisaria, und schon hatte sie ohne ein weiteres Wort das Gespräch beendet.

Marie schmunzelte und legte das Handy zurück in ihre Handtasche. Dann atmete sie tief durch und trat hinaus in die strahlende Sonne.